KB078519

멱운 장편 소설
FUSION FANTASTIC STORY

전공
삼국지

전공 삼국지 9

멱운 장편 소설

초판 1쇄 찍은 날 § 2016년 1월 12일
초판 1쇄 펴낸 날 § 2016년 1월 19일

지은이 § 멱운
펴낸이 § 서경석

편집책임 § 한준만

펴낸곳 § 도서출판 청어람
등록번호 § 제387-1999-000006호
등록일자 § 1999. 5. 31
어람번호 § 제1-2337호

주소 § 경기도 부천시 원미구 부일로 483번길 40 서경B/D 3F (우) 14640
전화 § 032-656-4452 팩스 § 032-656-4453
http://www.chungeoram.com
E-mail § chungeorambook@daum.net

ⓒ 멱운, 2015

ISBN 979-11-04-90598-8 04810
ISBN 979-11-04-90353-3 (세트)

9

떡운 장편 소설

FUSION FANTASTIC STORY

진공 삼국지

도서출판 청어람

目次

第一章

청주 토벌

건안 2년 5월 초, 서주 경내의 가을밀 수확이 얼추 마무리되고 도웅은 반달도 채 남지 않은 출병 준비에 박차를 가하고 있었다.

도웅이 대당에서 문무 관원과 출병에 관해 논의하고 있을 때, 청주 전장에서 급보가 날아왔다.

전해는 서주 사자 허맹으로부터 도웅의 출병 소식을 전해 듣고 청주의 운명이 이미 기울었음을 깨달았다. 저현성에서 가만히 앉아 죽음을 기다릴 수 없었던 전해는 며칠 후 성을 버리고 돌파를 시도했다.

하지만 정예병으로 이루어진 원소와 조인 대군의 추격에 청주 연합군은 추풍낙엽처럼 나가떨어져 혈전을 치른 누수가 온통 선혈로 붉게 물들 지경이었다.

원소군은 휘파람을 불며 맹진해 단숨에 조양성(朝陽城)을 취하고, 청주 연합군을 추평(鄒平) 나루까지 추살해 들어갔다.

저현성을 버리고 도망친 5만 청주군 중 가까스로 강을 건너 추평성으로 들어간 군사가 채 8천 명도 되지 않을 만큼 참패를 당했다.

이 와중에도 조운의 활약은 크게 빛났다. 혼전 중에 조운은 마치 무인지경처럼 적진을 종횡무진 휘저었고, 그가 지나가는 곳마다 바람에 초목이 쓰러지듯 모두 목이 달아났다.

신들린 듯한 그의 무용 앞에 하북 맹장 고람마저 발이 얼어붙어 감히 달려들지 못했다. 조운이 혈로를 뚫어준 덕에 전해는 요행히 목숨을 건져 동쪽으로 달아날 수 있었다.

조운 때문에 다 잡은 전해를 놓치자 원소는 크게 노해 반드시 조운을 잡아 죽이겠다며 이를 바득바득 갈았다.

도응은 대군이 출정하기도 전에 적의 주력군이 거의 전멸했다는 소식을 듣고 크게 기뻐했다.

이로써 서주군의 압력이 크게 줄었을 뿐 아니라 적의 투항을 유도하려던 작전 구사도 더욱 용이해졌다.

이에 도응은 또다시 전해와 공융에게 거듭 투항을 권유하는 서신을 보내라고 명한 후, 문무 관원들과 출정 인선에 대해 논의했다.

도응 수하에 명장들이 갈수록 늘어남에 따라 장수를 변통하기 어려웠던 지난 시절은 말 그대로 옛날 일이 돼버렸다.

감개가 무량해진 도응은 새로 항복한 위연, 서황을 선봉으로 삼고 장패, 허저, 고순에게 중군을 이끌도록 명했다. 또 청주 정황에 밝은 소패 수장 손관을 소환하고, 대신 교유에게 소패를 지키며 혹시 모를 조조의 기습에 대비하도록 했다.

한편 이번 출정에서 원소와 회합해야 하는 관계로 군자군과 풍우군은 자칫 비밀이 새나갈까 우려해 도기의 볼멘소리에도 불구하고 출정을 불허했다. 여타 장수들도 모두 서주에 남아 진등, 조표와 함께 도상을 보좌하라고 명했다.

낭야 방면에서는 이미 거현에 주둔 중인 장패의 1만 군사외에 개양을 지키는 윤례와 창희의 5천 군사까지 이번 출정에 힘을 보태라고 명했다. 여기에는 낭야에 뿌리박고 있는 장패 세력을 분산시키려는 의도가 담겨 있었다.

도응은 팽성에서 3만 군사만 이끌고 낭야로 북상해 장패 및 윤례, 창희의 인마와 회합한 후 곧장 북해의 관문 제현으로 쳐들어가기로 결정했다.

모든 준비를 완벽하게 마친 도응은 5월 보름이 되자 부인인 원예와 군사를 거느리고 보무당당하게 팽성을 출발했다.

　북벌에 참여한 서주 주력군이 미리 낭야 즉구(卽丘)로 떠난 상태여서 도응도 서둘러 말을 달려 닷새 만에 즉구에 당도해 선봉대와 합류했다. 개양에 주둔 중인 윤례와 창희도 즉구로 달려와 예를 갖추고 도응을 맞이했다.

　장패가 도응을 따라 남하한 후 줄곧 개양에서 토황제(土皇帝)로 군림하던 윤례와 창희는 계속 그 지위를 유지하고 싶은 마음이 간절했다.

　도겸이 살아 있을 때는 유비와 몰래 연락을 취할 정도로 대담했던 이들이었다. 하지만 지금 상황에서는 반기를 들어봤자 죽음만이 기다리고 있다는 사실을 잘 알았기에 고분고분 도응의 말에 따라 군대를 이끌고 청주 북벌에 동참했다.

　이어 도응은 손관에게 개양 방어의 중임을 맡겼다. 동시에 윤례와 창희의 불만을 잠재우기 위해 이들을 각각 절충교위(折沖校尉)와 월기교위(越騎校尉)에 임명하고 많은 전량과 토지를 하사하며 청주 북벌 후에 다시 큰 상을 내리겠다고 약속했다.

　이에 감격한 윤례와 창희는 그 자리에서 꿇어 엎드려 선봉을 자청했고, 도응도 흐뭇한 미소를 지으며 이를 수락했다.

　윤례와 창희가 자신들의 5천 군사를 거느리고 북해의 관문인 제현성 아래에 이르자, 제현 수장인 북해 장수 종방(種方)도 군사를 이끌고 성을 나와 탄수(灘水) 강가에서 적군을 맞이했다. 하지만 종방은 격전 끝에 윤례와 창희에게 대패해 하는 수 없이 다시 성 안으로 달아났다.

하루가 지나 도응이 거느린 서주 주력군이 제현성에 당도했을 때, 종방이 먼 길을 와 피곤한 틈을 노려 기습공격에 나섰다. 이에 위연이 출천을 자청해 1천 군사를 거느리고 영채를 나가 종방의 5천 군사와 대적했다.

적군의 수가 턱도 없이 적은 것을 본 종방은 코웃음을 치며 위연에게 달려들었다.

위연은 불과 10여 합 만에 종방을 칼로 찔러 말에서 떨어뜨렸다. 사기가 크게 진작된 서주군이 함성을 지르며 공격 대형을 이루고 돌격해 들어가자 장수를 잃은 북해군은 수적 우세에도 불구하고 진영이 크게 어지러워졌다.

서주군의 공격에 속수무책으로 당하던 북해군은 전의를 완전히 상실해 부리나케 제현성 안으로 도망가 성문을 꽁꽁 걸어 잠갔다.

그날 밤 위연이 종방의 목을 들고 제현성 아래에서 투항을 권유하자, 사기가 크게 꺾인 종방의 부장 우막(于邈)은 성문을 활짝 열고 서주군에게 투항했다. 도응은 이를 받아들이고 우막에게 계속 제현성을 맡아 다스리라고 명했다.

북해의 관문 제현성이 항복하자 서주군은 순조롭게 진격하며 평창, 고막, 창안, 안구 등 네 성을 연달아 접수했다.

서주군의 위용 앞에 북해 수비군은 성문을 열고 항복하거나 성을 버리고 달아나는 것 외에 달리 방법이 없었다.

서주군이 여세를 몰아 보름도 안돼 영릉까지 진격하자 북해 전군이 크게 동요해 투항하는 군사와 백성이 부지기수요, 각 성과 현으로부터 항복을 청하는 문서가 빗발치듯 서주 군영으로 날아들었다.

상황이 다급해진 공융은 여러 차례 전해에게 편지를 보내 구원을 요청했다. 하지만 전군을 거의 잃고 가까스로 임치성으로 도망친 전해에게 어디 군사가 있어서 맹우를 구원한단 말인가? 전해의 절망적인 대답에 공융은 어쩔 줄을 몰라 발만 동동 굴렀다.

이때 북해 중신 좌승조(左承祖)가 가문의 목숨을 부지하고 백성을 전화의 도탄에서 구해내기 위해서라도 도응에게 투항하자고 극력 권했다.

하지만 성격이 완고하고 고집불통인 공융은 버럭 화를 내며 당장 좌승조를 끌어내 목을 베라고 명하고 큰소리로 관원들에게 경고했다.

"나는 한실의 신하로 천자를 위해 강토(疆土)를 수호하고 만민을 다스리라는 임무를 부여받았다. 설사 목이 달아나는 한이 있더라도 난신 도응에게 절대 무릎을 꿇을 수 없다! 지금

이후로 또다시 항복을 말하는 자가 있다면 좌승조의 뒤를 따를 것이다!"

그러나 좌승조의 목을 벤 지 사흘째 되는 날, 영릉과 평수 두 성에서 잇달아 비보가 전해졌다.

먼저 영릉은 서주군의 맹공을 당해내지 못하고 불과 반나절 만에 성이 공파돼 수장 조좌(趙佐)가 적의 칼에 목이 달아났다는 것이다.

물론 이것이 끝이 아니었다. 곧이어 평수에서 날아온 소식에 공융은 절망과 분노에 빠지고 말았다. 자신의 손으로 발탁한 평수령 병원이 서주군이 아직 이르지도 않은 상황에서 동향인 유정(劉政)과 합심해 칼을 거꾸로 잡고 도응에게 투항했다는 것이다.

공융을 더욱 기가 막히게 만든 건 반란을 일으킨 병원이 보낸 편지였다. 자신은 평수성 백성을 위해 도응에게 항복한 것이니, 공융도 자신을 본받아 일찌감치 극현 성문을 열고 정인군자(正人君子) 도응에게 투항하라고 권하는 것이 아닌가.

병원의 편지를 읽고 얼굴이 붉으락푸르락하던 공융은 편지를 북북 찢으며 배은망덕한 놈이라고 연신 욕을 퍼부었다.

공융이 이러지도 저러지도 못하며 대책 마련에 고심하고 있을 때, 공부의 집사가 대당 안으로 다급히 들어와 공융의 눈치를 살피고는 조심스럽게 말했다.

"나리, 공우 선생이 나리를 뵙고자 찾아왔습니다."

"공우 선생? 공우 선생이 누구란 말이냐?"

머릿속이 복잡해 제정신이 아닌 공융은 도무지 누구를 얘기하는지 몰라 되물었다.

"거 있잖습니까? 예전에 날마다 부중을 찾아와 나리와 함께 술잔을 기울이던 손건 선생 말입니다."

"아, 이제 생각났구나!"

집사의 설명에 공융은 그제야 누구를 말하는지 알고 이마를 쳤다. 이어 그는 기쁜 목소리로 말했다.

"공우는 유현덕을 보좌하고 있지 않은가? 그런데 어떻게 여길 찾아온 거지? 빨리 안으로 청해라. 아니, 아니다. 오랜 친구가 멀리서 왔는데 내 친히 영접하는 게 도리다."

그러고는 수하들을 이끌고 손건을 맞이하러 대당을 나섰다. 공융과 손건은 서로 손을 잡고 오랜만에 만난 해후의 정을 나눴다.

손건이 공융을 찾아오게 된 경위는 이러했다.

조인과 정욱이 청주로 출병해 원소군과 함께 전해를 공격할 때, 원소는 수차례 조조에게 편지를 보내 당장 군량과 원군을 보내라고 독촉했다.

조조는 원래 기황(饑荒:굶주림)을 핑계로 원소의 요구를 거절했는데, 곽가가 계속 원소와 대립각을 세우다간 청주 전쟁이 끝난 뒤 연주에 화가 미칠 수 있으므로 약간의 성의라도 보이자고 권유했다.

이때 유비는 조조에게 천자를 넘긴 후 그 공을 인정받아 후장군에 임명되었다. 하지만 조조가 병권을 전혀 주지 않은 관계로 유비는 허도에서 한가로이 시간만 보내고 있었다.

그사이 청주에서 전쟁이 발생하고, 조조와 원소의 사이가 갈수록 악화되자 유비는 이 틈을 노려 자신을 청주로 보내달라고 청했다.

지금 전해와 공융이 절체절명의 위기에 빠져 있기 때문에 자신과 친분이 있는 공융을 설득해 자기편으로 끌어들인다면 변수가 생길 수도 있다고 말한 것이다. 물론 여기에는 어떻게든 농중지조(籠中之鳥) 신세에서 벗어나 후일을 도모하고픈 계산이 깔려 있었지만.

조조도 당연히 유비의 의도를 알고 있었다. 하지만 아무리 머리를 쥐어짜도 이 위기를 타개할 묘안이 떠오르지 않자 조조는 마침내 유비에게 군사 천 명과 식량 1만 휘를 가지고 청주로 출격해 조인, 정욱과 합류하라고 명했다.

잠룡인 유비를 놓아주는 것이 마음에 걸렸지만 군사 천 명으로 무엇을 할 수 있단 말인가?

게다가 도응을 뼛속 깊이 증오하는 유비가 무슨 수를 써서라도 공융을 설득하는 데 성공한다면 난국을 타파할 길이 보이지 않을까 하는 기대감이 들었다.

이리하여 유비는 마침내 아우들과 함께 그물에 걸린 고기

신세에서 탈출해 청주로 출병했다. 조인, 정욱과 회합한 유비는 공융이 막다른 길목에 몰린 것을 보고 즉각 손건을 사신으로 파견했던 것이다.

*   *   *

공융의 안내를 받아 대당 안으로 들어온 손건은 단도직입적으로 말했다.

"이번에 전 유비 공을 따라 청주로 왔습니다. 천자께서는 우리 주공에게 청주로 출병해 전해를 토벌하라는 조서를 내리셨습니다. 주공은 옛 벗인 전 사군과 공 국상(國相)에게 차마 칼을 겨눌 수 없었지만 천자의 명을 거역하는 반역을 저지를 수 없어 어쩔 수 없이 조인 장군과 합류했습니다. 이 점 깊이 양해해 주십시오."

공융은 입을 다물고 침묵하다가 한참 후 탄식을 내뱉으며 말했다.

"내 다 이해하니 너무 미안해하지 마시오. 어쨌든 지금은 은혜를 원수로 갚은 도응 놈이 북해 성지 일곱 곳을 탈취하고 이리로 진격해 오고 있는 중이라오."

손건은 공융이 도응에게 확실히 원한을 가지고 있음을 확인하고, 일부러 궁금한 표정을 지으며 물었다.

"제가 방금 성안으로 들어오면서 보니 백성들이 떼를 지어 피난을 가고 있던데, 도응은 현재 어디까지 쳐들어 왔습니까?"

공융이 다시 침묵하자 주부 왕수(王脩)가 대신 대답했다.

"오후에 보고받은 바로는 평수의 병원이 유정과 함께 도응에게 투항했다고 합니다. 도응의 선봉대가 이미 평수에 당도했는데, 극현까지는 불과 40리도 채 되지 않아 내일이나 모레쯤이면 도응의 대군이 성 아래에 이를 것입니다."

"5월 보름 팽성에서 출발한 군대가 고작 한 달 만에 극현 가까이 이르렀다고요?"

손건은 짐짓 놀라는 체하며 다시 물었다.

"그럼 공 국상께서는 적병이 성 아래에 이른 후 어찌하실 생각입니까?"

공융은 쓴웃음을 지은 후 결연한 표정을 짓고 대꾸했다.

"어찌하다니요? 이 융은 대대로 한실의 녹을 먹은 사람이외다. 배은망덕한 난신적자가 쳐들어오면 마땅히 갑옷을 걸치고 군사를 이끌고서 결사전을 벌여 위로는 국은에 보답하고, 아래로는 백성을 지켜내야지요."

그러자 손건이 고개를 가로젓고 엄숙한 목소리로 말했다.

"공의 말씀은 틀렸습니다. 그리 마음먹었다면 틀려도 한참 틀린 생각입니다! 도응은 잔학무도하고 휘하에는 흉포한 장사들이 많습니다. 공이 전군을 이끌고 결전을 벌였다간 군사와 백성을 모두 죽음으로 내모는 참담한 결과를 초래할 뿐입니다. 그리 된다면 어찌 위로 국은에 보답하고 아래로 백성을 지켜냈다 말할 수 있겠습니까?"

공융 역시 말은 그리했지만 이 싸움에서 승산이 없음을 잘 알고 있었다. 이에 곧 냉정을 되찾고 침착하게 말했다.

"공우의 충고를 듣고 보니 내 생각이 짧았구려. 다만 적병의 예봉이 날카로워 설사 성을 사수한다 해도 결과는 마찬가지라는 것이 문제요."

이 말에 손건의 눈이 순간 반짝거렸다.

"아무 걱정 마십시오. 저에게 한 가지 계책이 있습니다. 이대로 따르기만 한다면 도응을 속수무책으로 만들어 절대 극현을 넘보지 못하게 할 수 있습니다."

공융은 귀가 번쩍 뜨이며 물었다.

"무슨 계책인지 얼른 말해 보시오."

"아주 간단합니다. 조 공에게 항복하고 극현 성지를 바치십시오."

손건의 대답에 공융은 낯빛이 붉으락푸르락해지며 책상을 치고 발연대로했다.

"내 그대를 옛 친구로 후대했거늘, 그대는 외려 조적 놈의 세객이 되어 어찌 불인불의하고 배은망덕한 짓을 권한단 말이오! 이 얘긴 못 들은 걸로 합시다!"

하지만 손건은 얼굴색 하나 변하지 않고 웃으면서 말했다.

"공이 제 말을 오해하셨군요. 저는 조조에게 항복하라는 것이 아니라 한실에 항복하라고 권한 것입니다."

공융이 어리둥절한 표정을 짓자 손건이 차근차근 설명했다.

"천자께서 허도로 천도하신 후 조 공을 승상에 봉했습니다. 임금이 어진 재상을 발탁해 군신이 함께 정사를 다스리니, 조 공에게 항복하는 건 한실에 항복하는 것과 다르지 않습니다. 공이 한실에 항복해 극현에 조 공의 깃발이 나부끼면, 도응은 한실의 신하인 데다 조 공이 함께 청주를 토벌하는 맹우인지라 감히 극현을 공격할 마음을 품을 수 없습니다. 이어 조인 장군이 극현에 이르렀을 때 공이 성문을 활짝 열어 한실의 군대를 영접하고, 다시 조인 장군을 따라 허도로 가 천자를 배알한다면 군신의 대의를 온전히 할 수 있습니다. 이 어찌 천자의 은혜에 보답하고 극현 백성을 보호하는 길이 아니겠습니까?"

공융이 아무리 고리타분한 유자(儒者)라 하나 손건의 현외지음(弦外之音)을 알아듣지 못할 정도는 아니었다. 손건의 이 말은 그럴싸하게 들리지만 사실은 극현을 배은망덕한 도응에게 빼앗기느니 차라리 그 전에 조조에게 넘기라는 의미였다.

물론 여기에는 북해의 대본영 극현에 산더미처럼 쌓인 재물과 식량도 포함되어 있었다.

손건의 말이 의미하는 바를 잘 알았지만 공융도 도응에 대한 증오심이 꽤나 깊었는지 마음이 흔들리기 시작했다.

한참 동안 주저하던 공융이 마침내 입을 열었다.

"내 조조에게 항복… 아니, 한실에 항복하면 도응이 정말 극현을 넘보지 못할 거라 보장하오?"

"그건 염려 마십시오. 도응 놈이 삼가의 동맹을 깨뜨리고 조조군과 싸움을 일으킬 만큼 어리석진 않습니다. 조인 장군이 친히 군사를 이끌고 극현에 이르렀을 때 공이 성안의 모든 군민과 함께 조 공에게 귀순한다면, 도응이 아무리 간이 부었다 해도 극현성의 풀 한 포기, 나무 한 그루도 절대 건드리지 못할 것입니다."

미소를 지으며 이야기를 마친 손건은 품속에서 편지 한 통을 꺼내 보이며 다시 말을 이었다.

"실례의 말씀이지만 조인 장군과 정욱 선생은 도응의 발을 묶기 위해 우군의 명의로 미리 도응에게 줄 편지를 작성했습니다. 공 국상은 이미 극현의 모든 군민과 함께 조 공에게 투항하기로 결정했으니, 도응은 삼가의 맹약을 지켜 절대 극현을 침공하지 말라는 내용이지요. 공이 당장 사람을 시켜 이 편지를 도응에게 전하고, 이어 극현에 조 공의 깃발을 내건다면 성안의 만백성은 태산처럼 안전해질 수 있습니다."

공융은 여전히 우두커니 자리에 앉아 탄식을 내뱉으며 쉽사리 결정을 내리지 못했다. 하지만 그의 마음은 이미 크게 흔들리고 있었다.

공융의 안색을 살피던 손건은 마침내 때가 왔다고 여기고 공융을 부추겼다.

"공 국상이 희생을 무릅쓰고 서주를 구원했지만 돌아온 결과가 무엇입니까? 도응은 배은망덕하게도 원소를 꼬드겨 청주를 병탄하라고 권함은 물론 직접 군사를 이끌고 청주 영지를 침탈하고 있습니다. 반면 조 공은 예전 원소의 은혜에 보답하기 위해 어쩔 수 없이 청주로 출병한 것입니다. 무엇이 옳고 그른지 공도 분별이 되지 않습니까?"

공융은 몸을 바르르 떨며 입을 앙다물고 한참 동안 고심하더니 마침내 쉰 소리로 입을 열었다.

"내, 한실에 투항하리다!"

*   *   *

손건이 공융을 회유하러 떠난 지 얼마 지나지 않아 기주군은 임치의 문호 서안(西安)을 점령하고 임치성을 물샐틈없이 포위했다.

이에 원담과 조인은 원소에게 백 리밖에 떨어지지 않은 극현에서 원군이 출동할지도 모르므로 즉각 극현 공격에 나서겠다고 청했다. 물론 이는 다 핑계였지만 말이다.

청주의 치소를 포위하고 크게 흥분한 원소가 기쁜 목소리로 말했다.

"자효 장군은 본부 인마를 거느리고 먼저 출발하시오. 현사(顯思) 등은 영채 세우는 작업을 도운 후 병마를 재정비하고 출병하라."

현사는 원담의 자다. 조인은 자신의 군대를 앞세워 소모전을 치르려는 원소의 속셈을 알았지만 마음속에 이미 꿍꿍이가 있었던 터라 몰래 코웃음을 치며 이에 응했다.

이때 원소는 뭔가 생각난 듯 한마디 더 보충했다.

"참, 서주군의 진격 속도가 빠르다던데 어디까지 왔는지 모르겠구려. 어쨌든 연주군이 극현에서 서주군과 회합하면 꼭 당부할 얘기가 있소. 절대 사위와 충돌을 일으키지 마시오. 만약 도발하는 자가 있다면 내 절대 용서치 않을 것이오."

조인이 그러겠다고 대답한 후 물었다.

"그런데 서주군이 먼저 도발해 오면 어찌합니까?"

"사위는 효성스럽고 사리 분별이 밝은 아이라 절대 그럴 리 없소."

그러자 정욱이 앞으로 나와 말했다.

"저도 물론 도 사군 같은 군자가 먼저 아군을 도발할 리 없다고 생각합니다. 하지만 도 사군 휘하의 서주 장수들은 다릅니다. 아군과 서주군 사이에 원한이 깊다는 사실은 원 공도 잘 아실 겁니다. 도 사군은 분명 중군에서 서서히 진군하고 선봉을 다른 장군에게 맡겼을 테니 만일의 사태가 일어나지 말란 법은 없습니다. 그래서 말씀인데, 양군 사이의 혹시 모를 충돌을 피하기 위해 원 공께서 친필 명령서를 써주십시오."

청주에서 양군이 싸움을 일으켜 봤자 자신에게 전혀 득이 될 게 없다고 판단한 원소는 정욱의 요청을 받아들였다. 하지만 경고의 말도 잊지 않았다.

"이 명령서는 서주군뿐만 아니라 그대들에게도 주는 것이오. 만약 이를 어기고 도발하는 자가 있다면 누구를 막론하고 모두 목을 벨 것이오! 알아듣겠소?"

조인과 정욱은 허리를 굽혀 대답한 후 속으로 똑같이 음흉한 미소를 지었다.

조인과 정욱이 상방보검(尙方寶劍) 같은 원소의 친필 명령서를 가지고 자신들의 영지로 돌아왔을 때, 공융을 만나러 극현으로 갔던 손건은 이미 군중으로 돌아와 유비 형제와 담소를 나누고 있었다.

조인은 궁금한 마음에 즉시 달려가 물었다.

"공우 선생, 갔던 일은 어찌 됐소? 공융이 항복 요청에 응했소이까?"

손건이 공융을 만나 나눴던 얘기를 낱낱이 풀어놓자 조인은 환성을 터뜨렸다.

"하하, 드디어 도응 놈에게 복수할 기회가 왔구려! 원소의 친필 명령서까지 있어서 이번에는 절대 빠져나가지 못할 것이오!"

그러자 유비가 조심스럽게 경고했다.

"자효 장군, 긴장을 늦춰서는 아니 되오. 공우가 비록 순조롭게 공문거(文擧)의 투항을 이끌어냈지만 도응의 진군 속도도 우리의 예상과 달리 만만치 않게 빠릅니다. 공우가 그제 오후 극현에 도착했을 때, 서주군 선봉대도 이미 평수에 당도해 평수 수군의 항복을 받아냈소. 행군 속도로 봤을 때, 예상이 틀리지 않다면 도응은 빠르면 어제 오후, 늦어도 오늘 안에 극현성 아래에 당도했을 것이오. 그러니 아군도 가능한 한 빨리 극현으로 출발해야 하오."

문거는 공융의 자다. 조인과 정욱은 이토록 빠른 서주군의 진격 속도에 깜짝 놀라 탄성을 터뜨렸다.

잠시도 지체해서는 안 되겠다고 판단한 정욱이 다급히 조인에게 말했다.

"시간이 없습니다. 아군은 지금 당장 출격해야 합니다. 지금 오시이고, 극현까지는 백 리가 채 되지 않아 행군을 서두른다면 내일 저녁에는 극현성에 당도할 수 있습니다. 공문거가 이삼 일은 충분히 버텨줄 테니 극현은 필시 아군 손에 들어올 것입니다."

"전군에 명하라. 당장 영채를 거둬 신시까지는 반드시 출발 준비를 마치도록 하라!"

조인의 명에 장수들이 일사불란하게 자신의 진영으로 돌아가 출발 준비를 서둘렀다. 조인이 명을 모두 전달하자 유비가 태연자약한 목소리로 말했다.

"도응이 비록 간사하고 비열하다고 하나 어쨌든 우리의 맹우입니다. 또 듣자니 도응이 원소와 회합한 후 군량 10만 휘를 바쳐 효심을 표한다고 했다더군요. 그렇다면 우리는 적당한 시기를 봐서 서주군이 이미 극현에 당도했다고 원소에게 알려야 하지 않을까요?"

조인은 유비가 무슨 말을 하는지 몰라 고개를 갸웃거렸다. 하지만 정욱은 미소를 짓고 유비에게 공수하며 말했다.

"황숙의 계략은 과연 남들이 미칠 바가 아닙니다. 이 욱이 미리 손을 써놨으니 너무 걱정 마십시오. 내일 오후가 되면 누군가 이 소식을 원소에게 전할 것입니다."

이 말에 유비는 음흉한 웃음으로 정욱에게 화답했다.

극현을 지켜내야 하는 공융은 손건을 통해 건네받은 조인의 외교 문서를 사신에게 주고 즉각 서주군 측에 전달하라고 명했다.

도응에게 투항한 평수까지는 불과 40리도 채 떨어지지 않아 사신은 날이 어두워졌을 무렵에는 평수에 당도할 수 있었다.

선봉대를 이끌고 평수에 이르러 성을 접수한 서주군 대장 위연은 이 서신을 보자마자 깜짝 놀랐다.

하지만 그는 주저 없이 결단을 내려 당장 쾌마를 통해 공융의 사신을 영릉으로 압송하는 한편, 자신은 3천 단양병을 이끌고서 밤새 쉬지 않고 극현으로 달려가 공성 준비를 마치고 도응의 후속 명령을 기다리기로 했다.

위연의 신속한 조치로 공융의 사신은 다음 날 아침 영릉에 도착할 수 있었다.

도응은 공융이 조조에게 항복했으니 공성을 멈추라는 조인의 편지를 보고 얼굴이 납빛으로 굳어 펄쩍펄쩍 뛰었다.

"공융, 이 늙은이가 노망이 났단 말이냐! 내가 거듭 투항을 권할 때는 듣지도 않더니 조조한테는 바로 항복했다고?"

"사군, 소인은 일개 사신에 불과해 주공께서 왜 이런 결정을 내렸는지 모릅니다."

설람(薛嵐)이라는 이 공융의 사신은 대답은 공손하게 했으나 목소리에서는 남의 재앙을 보고 기뻐하는 어투가 그대로 묻어나왔다.

도응은 그를 매서운 눈초리로 노려보며 곰곰이 생각에 잠겼지만 난국을 타개할 방법이 쉽사리 떠오르지 않았다.

무력으로 극현을 공격하면 맹약을 파기하는 것이 돼 원소를 화나게 할 테고, 무력을 사용하지 않자니 북해에서 가장 부유한 극현에 산더미처럼 쌓인 양초가 조조군 손에 넘어가게 생기지 않았는가.

그리 되면 원소에게 약속한 식량 10만 휘를 내주지 못하는 건 고사하고, 서주군의 군량 수급에도 문제가 생길 게 빤했다.

　도옹이 주저하는 사이, 가후가 먼저 입을 열어 설람에게 물었다.

　"공 국상은 언제 조인에게 항복했느냐? 그리고 조인의 부대는 언제 극현에 이르렀느냐?"

　설람이 고개를 가로저으며 대답했다.

　"소인은 군사 방면에 대해서 아는 바가 전혀 없습니다요."

　"공 국상이 언제 조조군에게 항복했는지는 몰라도 조조군이 극현에 당도한 시점은 알 것 아니냐?"

　가후의 추궁에 설람은 머뭇머뭇하다가 어쩔 수 없다는 듯 사실대로 대답했다.

　"그게… 조 장군의 대오는 아직 극현에 이르지 않았습니다. 다만 예주 치중 손건이 사신으로 와 우리 주공에게 투항을 권했습니다. 손건의 설득에 주공은 결국 투항 권유를 받아들이고 성안에 조 장군 깃발을 꽂기로 결정했습니다. 소인이 아는 바는 여기까지입니다."

　이 말에 도옹의 얼굴은 점점 더 어두워졌고, 가후와 유엽 역시 뒤통수를 얻어맞은 기분이 들었다.

　도옹이 한참 동안 아무 말도 없자 설람이 고개를 조아리고 말했다.

"다른 볼일이 더 없다면 소인은 이만 물러가겠습니다. 주공께서 기다리고 계서서요."

설람이 인사하고 대영을 나가려 할 때, 쭉 침묵을 지키던 도응이 갑자기 책상을 내려치며 설람을 가리키고 소리쳤다.

"여봐라, 저자를 당장 포박해라!"

호위병들이 예, 하고 대답한 후 다짜고짜 설람을 붙잡자 대경실색한 설람이 비명을 질러댔다.

"사군, 소인이 무슨 죄가 있다고 체포하십니까?"

도응은 준엄한 목소리로 설람을 크게 꾸짖었다.

"네 죄를 모르겠느냐? 반적 공융이 사면초가에 몰리자 조인 장군의 서신을 위조해 조조 공에게 항복한 것처럼 꾸미고, 또 성안에 조 공의 깃발을 꽂았다고 속이지 않았느냐! 게다가 네놈을 보내 본 자사가 극현을 병탄하려 한다고 터무니없는 유언비어를 날조한 죄까지 있다! 내 지금 네놈들의 흉계를 모두 간파했으니 목이 달아나고 싶지 않다면 사실대로 고해야 할 것이다!"

"아닙니다, 아닙니다요! 전 절대 사군을 속인 일이 없습니다. 이 편지는 손건이 극현으로 가져온 조 장군의 편지가 확실합니다!"

"네놈이 끝까지 발뺌을 하겠다고? 여봐라, 당장 이놈을 끌고 나가 형틀에 매달고 이실직고할 때까지 매우 쳐라!"

"사군, 살려주십시오! 소인은 그저 편지를 전하러 온 사신일 뿐입니다! 제발 목숨만 살려주십시오!"

설람이 연이어 울부짖었지만 도웅의 호위병들은 들은 체도 않고 막무가내로 그를 막사 밖으로 끌고 나갔다.

곧이어 밖에서는 살을 찢는 채찍 소리와 처절한 비명 소리가 화음을 이루며 사방에 울려 퍼졌다.

그사이 도웅은 재빨리 명을 내렸다.

"지금 바로 위연에게 전령을 보내 조조군이 극현에 당도하기 전에 반드시 성을 함락하라고 일러라! 고순 장군은 당장 함진영을 이끌고 극현으로 출발해 위연을 도우시오! 시간이 없으니 다들 서두르시오!"

고순은 공수하고 대답한 후 나는 듯이 막사를 나가 분초를 다퉈 부대를 정비하고 바로 극현으로 출발했다. 모든 일이 일사천리로 진행됐지만 유엽은 걱정스러운 듯 물었다.

"주공, 이리 해도 정말 문제가 없겠습니까? 조조 군대야 괜찮다 쳐도, 이 일 배후에 분명 원담이 있을 텐데 원소 앞에서 이간이라도 하는 날에는……."

도웅은 입을 앙다물고 대답했다.

"그래서 서둘러야 하는 것이오. 조조군보다 앞서서 극현을 손에 넣기만 한다면 모든 일이 순조로워질 것이오. 원소야 수중에 들어온 전량으로 어떻게든 요리해 봐야지요."

"하지만 지금 조조군이 어디쯤 왔는지 모르지 않습니까? 조조군이나 혹은 원담이 이미 극현에 당도했다면 괜한 분란

만 일으키지 않을까 염려됩니다."

그러자 도응은 비명 소리가 들려오는 바깥쪽으로 턱짓을 하며 말했다.

"밖에 마침 희생양이 하나 있잖소? 아군을 오해하게끔 만든 죄를 저놈에게 뒤집어씌워 목을 베어버리면 그만이오."

바로 이때 막사 밖에서 모진 고문을 이기지 못한 설람의 울부짖는 목소리가 들려왔다.

"모두 자백하겠습니다! 시키는 대로 모두 자백할 테니 제발 살려주십시오! 으악! 제발 그만……."

막사 안까지 이 소리가 전해지자 도응은 곁에 있는 진응에게 분부했다.

"내가 불러주는 대로 저놈의 자백서를 받아 적으시오. 그리고 저놈은 쓸데가 있을지도 모르니 일단 죽이지 말라고 이르시오."

위연이 군사를 이끌고 이튿날 아침 극현성 아래에 당도하자, 공융과 극현 군민은 혼비백산이 돼 어쩔 바를 몰랐다. 하지만 위연이 거느리고 온 군사가 많지 않고, 또 성을 공격할 기미도 보이지 않자 공융은 비로소 안도의 한숨을 내쉬었다.

위연은 결코 무력만 강한 필부가 아니었다. 조조의 깃발이 가득 꽂힌 극현성을 공격했다가 어떤 결과를 빚을지 잘 알고 있었다.

이에 위연은 도응의 명을 기다리는 동시에 지형을 탐사하고 적진을 정탐하고 무기를 점검하며 언제든지 성을 공격할 태세를 갖추라고 명했다.

이때 공융은 적의 의중을 알아보기 위해 주부 왕수를 성 밖으로 보냈다.

서주군을 호궤하고 전에 도응에게 입은 은혜에 답례한다는 구실로 왕수는 고기와 전량을 가지고 서주군 진영에 당도했다.

위연의 수하들은 공융이 아군의 허실을 정탐하려 사신을 보냈다고 여겨 당장 그의 목을 베야 한다고 목소리를 높였지만, 위연은 괜한 소동을 일으켜 봤자 득이 될 게 없다고 판단해 수하들을 진정시킨 후 왕수에게 깍듯이 공수하고 말했다.

"이 위연이 공 국상의 성의를 감사히 받았다고 돌아가서 꼭 전해주시오. 먼 길을 오셨는데 미처 답례를 준비하지 못했습니다. 후일에 꼭 이 은혜에 사례하겠소이다."

왕수는 서주군의 눈초리가 예사롭지 않은 것을 보고 서둘러 알겠다고 대답한 후 급히 공수하고 말했다.

"위 장군, 다른 말씀이 없으시면 전 이만 돌아가 보겠습니다."

"그러시지요."

위연이 고개를 끄덕여 동의하자 왕수는 수종 10여 명과 함께 자신들을 잡아먹을 듯 노려보는 서주군 사이를 빠른 걸음으로 지나쳤다.

왕수가 군영을 거의 빠져나가려고 할 때쯤, 위연이 갑자기 큰소리로 물었다.

"참, 주부 대인, 귀군이 연주의 조 공에게 귀순했는데 왜 조 공 휘하의 장령들은 성을 나와 말장을 보러 오지 않는 것이오?"

왕수가 고개를 돌려 대답했다.

"우리 주공께서 조 공의 투항 권유를 받아들였지만 조 공의 군대는 아직 극현에 당도하지 않았습니다."

"그렇군요. 그럼 조 공의 군대는 언제 극현에 당도합니까?"

"그건 잘 모……."

왕수는 하마터면 사실대로 대답할 뻔했다. 하지만 제때 말을 거두고 기민하게 머리를 굴려 대꾸했다.

"금방 도착합니다. 빠르면 오늘, 늦어도 내일이면 당도할 예정입니다. 조 공의 군대가 이르면 우리 주공은 조 공 휘하의 장수들과 함께 성을 나와 연회를 베풀겠다고 말씀하셨습니다."

"공 국상에게 고맙다고 전해주시오."

위연은 다시 한 번 사례한 후 더 이상 아무것도 묻지 않았다. 왕수는 안도의 한숨을 내쉬고 서둘러 발걸음을 재촉해 극현성 안으로 들어갔다.

왕수가 떠나자마자 위연의 수하들은 한꺼번에 위연에게 몰려가 왜 저런 쥐새끼 같은 놈의 목을 베지 않았냐고 따지듯 물었다.

그러자 위연은 미동도 하지 않고 되물었다.

"그를 놓아주지 않으면 어쩔 것이냐? 저들은 이미 조조에게 투항해 조조의 사람이 되었다. 그리고 조조는 지금 우리의 맹우인데 함부로 그를 죽였다간 주공께 누가 됨은 물론 어떤 결과를 초래할지 생각해 보았느냐?"

수하들이 꿀 먹은 벙어리가 돼 아무 대꾸도 못하자 위연은 자리에서 일어나 혼잣말로 중얼거렸다.

"빠르면 오늘, 늦어도 내일이라고? 이처럼 모호하게 대답한 걸 보면 공융도 조조군이 언제 극현에 당도할지 모른단 얘기 같은데… 이치대로라면 당당하게 조조군이 도착하는 시간을 밝히고 아군이 경거망동하지 못하게 경고했어야 정상 아닌가?"

위연은 잠시 고민에 잠기더니 즉각 수하들에게 두 가지 명을 내렸다.

하나는 사병 백여 명에게 반 시진마다 북을 울리고 호통(號筒)을 불라는 것이었고, 다른 하나는 극현 서쪽 관도에 정예병 50명을 매복시켜 놓고 있다가 공융이 조조군과 연락을 취하기 위해 보낼 사신을 사로잡으라는 것이었다.

그러자 수하들이 의아해하는 표정으로 물었다.

"공융이 조조군에게 사신을 파견한다고요? 확실한 정보입니까?"

"분명 사신을 보낼 것이다!"

위연은 단호한 어조로 잘라 말한 후 그 이유를 설명했다.

"조조군이 아직 극현에 당도하지 않은 상황이라 공융은 내심 불안에 떨고 있을 것이다. 이때 아군이 북을 울리며 짐짓 진공하는 태세를 갖추면 저들은 아군이 성을 공격하지 않을까 염려돼 필시 조조군에게 연락을 취할 것이다. 그리하여 공융의 사신을 붙잡으면 조조군의 정확한 위치는 물론 극현성의 정황도 알아낼 수가 있다."

수하들은 위연의 식견에 크게 탄복한 후 일사불란하게 명에 따라 움직였다. 이어 위연은 휘하 장수들을 돌아보고 다시 명했다.

"뭘 꾸물거리고 있는 게냐? 얼른 나가서 가져온 운제 30대를 철저히 점검하고, 속히 부교를 좀 더 만들어 공성 준비에 박차를 가하라!"

*　　　　　*　　　　　*

위연의 타초경사 작전은 금세 효과가 나타났다. 서주군이 돌연 하늘을 진동하듯 전고를 울리고 호각을 길게 불자 성안에서 문우들과 음풍농월하던 공융은 깜짝 놀라 급히 성루로 올라갔다.

성루에서 적황을 유심히 살피던 공융은 그제야 이것이 허장성세임을 알고 안도의 한숨을 내쉬었다.

"위연 놈이 대체 무슨 꿍꿍이란 말이냐?"

공융은 고개를 갸웃했지만 아무래도 안심이 되지 않아 즉각 붓을 들어 편지를 썼다.

그는 서주군이 극현성 아래에 당도했다는 편지를 사신에게 주고, 서문을 빠져나가 서안 일대의 조조군에게 연락을 취하라고 명했다.

사실 조조군이 그쯤 왔을 것이라 예상한 것이지, 공융도 조조군의 현재 위치를 정확히 모르고 있었다.

물론 공융의 사신은 얼마 가지 못해 극현성 서쪽에 매복해 있던 서주군에게 사로잡혔다.

위연은 조조군이 고작 150리 떨어진 서안 일대에 이른 것을 알고 살짝 걱정이 되긴 했다. 하지만 극현성 수비군의 구체적인 정황을 들었을 때는 크게 기쁨을 감추지 못했다.

극현성은 1만 2천여 군사가 지키고 있다고 떠벌렸는데, 문제는 그중 8천 이상이 최근 모집한 신병으로 전투력이 매우 약하고 전투 경험도 거의 없다는 것이었다.

순간 위연은 수중의 3천 단양병으로 성을 함락시킬 수도 있겠다는 희망이 들었다.

하지만 공성은 위연 스스로 결정할 수 있는 문제가 아니었다. 이미 조조군에게 항복한 극현성을 공격하는 건 맹우와 개전하는 것과 같았기 때문이다. 그 죄명은 위연 개인은 말할 것도 없고, 도응에게까지 미칠 것이 빤했다. 이를 잘 알고 있는 위연은 이를 악물고 명했다.

"일단 사신을 죽여 입을 막고 계속 주공의 명을 기다린다!"

위연은 인내심을 가지고 도응의 명을 기다리는 동시에 병사들에게 계속 성 앞에서 북을 울리고 징을 치도록 했다. 그 사이 해가 점점 서쪽으로 기울고 신시가 막 지났을 때, 청량하던 하늘에 갑자기 먹구름이 짙게 깔리더니 큰비가 내리기 시작했다.

고개를 들어 이를 바라보던 위연의 얼굴이 순간 일그러졌다.

공성에서 가장 두려운 건 바로 비가 내릴 때이다.

빗물은 궁노 등 공성 무기의 효과를 크게 감소시킬 뿐 아니라 땅이 질척거려 행군이 어렵고 작전 수행에도 애로가 많기 때문이다.

반면 수비 측은 높고 견고한 성벽 위에 위치해 있어서 병사 이동이나 수성 무기 활용에 별 영향을 받지 않는다.

상황이 좋지 않았지만 위연은 스스로를 위로하며 몰래 중얼거렸다.

"그래, 내겐 정예인 단양병이 있고 저들은 오합지졸이라 비쯤은 아무 문제가 되지 않아. 관건은 오직 주공의 명령이라고!"

유시가 지났을 때는 6월의 극현성 상공에 천둥번개가 치더니 빗줄기가 더욱 굵어졌다.

서주군과 공융군이 밝혀놓은 무수한 횃불과 화톳불은 순식간에 꺼져 버렸고, 급히 행군하느라 미처 장막을 다 설치하지 못한 서주군은 숲 속으로 이동해 비를 피했다.

위연은 이에 아랑곳하지 않고 병사들에게 계속 성 앞에서 북을 울리며 적군을 괴롭히라고 명했다.

술시가 반쯤 지났을 때 비는 더욱 거세졌다. 날은 이미 칠흑같이 어두워져 한 치 앞도 분간하기 어려웠다. 그때까지도 전령이 극현에 당도하지 않자 위연은 굳은 얼굴로 두 가지 명령을 내렸다.

하나는 3백 군사에게 계속 성 아래에서 소란을 피우라는 것이고, 다른 하나는 야음을 틈타 몰래 군대를 극현성 북쪽으로 이동시키라는 것이었다.

빗속에 운제와 부교까지 들고 행군하기란 말로 표현하기 어려울 만큼 고역이었다. 발이 푹푹 빠지는 진흙을 밟고 극현성을 돌아가는 단양병의 입에서는 절로 거친 숨이 터져 나왔다.

10리를 가는 데 무려 반 시진이 넘게 걸렸다.

전군이 힘겹게 극현성 북쪽으로 모두 이동했을 때, 마침 한 병사가 다리를 절뚝거리는 도응의 전령을 위연 앞에 데리고 왔다.

전령은 숨을 헐떡거리는 와중에도 품에서 도응의 편지를 꺼내 또박또박 말했다.

"서주 기도위 위연은 명을 받드시오. 주공께서는 즉각 군대를 지휘해 극현성을 공격하라 명하셨소. 조조군이 극현에 당도하기 전에 무슨 일이 있어도 성을 취하시오!"

"존명!"

위연은 우렁차게 대답한 후 부장에게 군사를 집결시키라고 명했다. 비바람 속에서 2천여 단양병이 신속하게 대오를 정비하자 위연은 엄숙한 목소리로 크게 외쳤다.

"내가 제군들을 조련한 지 몇 달 되지 않았지만 훈련에 잘 따라줘 제군들은 이제 기율이 강하고 전투력이 막강한 백전웅사로 다시 태어났다! 주공과 동향으로 큰 은혜를 입은 제군들에게 드디어 보답할 기회가 찾아왔다. 지금 주공께서 극현성 공격을 명하셨으니 제군들의 위용을 적에게 유감없이 보여주길 바란다! 자, 모두 돌격하라!"

단양병은 일제히 무기를 높이 들고 함성을 지르며 극현성을 향해 돌격해 들어갔다.

성 밖에서 어렴풋이 들려오는 함성 소리에 극현성 북문을 지키던 수비군이 소리가 들리는 쪽으로 눈을 돌렸다.

하지만 억수같이 쏟아지는 비와 간간이 번쩍이는 번개 외에는 아무것도 보이지 않았다. 곧이어 시끄러운 소리마저 잠잠해지자 수비군은 비를 피해 몸을 숨기고 꾸벅꾸벅 잠이 들었다.

얼마 지나지 않아 다시 울려 퍼지는 함성 소리에 수비군은 단잠에서 깨어났다.

이들은 눈을 크게 뜨고 사방을 살피다가 놀랄 만한 광경을 목격했다.

뇌전이 갈마드는 폭풍우 속에서 머리는 산발에 흉악한 눈빛을 한 호랑 같은 군사들이 웃통을 벗은 채 방패를 머리 위로 들고 뚜벅뚜벅 앞으로 걸어오고 있는 것이 아닌가.

무수한 뇌전이 그들의 발아래 모여 있는 듯 지축이 크게 흔들렸고, 맑고 우렁찬 함성 소리는 하늘 끝까지 메아리쳤다.

약 한 시진쯤 지난 후 8백 함진영을 거느린 고순이 비바람을 뚫고서 극현성 아래에 당도했다. 이때 이들 눈앞에는 눈이 휘둥그레지는 일이 벌어지고 있었다.

극현성 북쪽 일대는 이미 화광이 충천하고 고함 소리가 하늘을 뒤덮고 있는 가운데, 나머지 세 개 성문이 활짝 열린 채 귀신을 본 듯 두려움에 벌벌 떠는 군사들이 잇달아 성을 빠져

나오고 있던 것이다.

　이들은 달아나는 와중에도 큰소리로 외쳤다.

　"빨리 도망쳐라! 저들은 미친놈들이야! 미친놈들이 성안으로 들어왔다—!"

第二章
부형청죄(負荊請罪)

　탁수(濁水)에 이르러 영채를 차리고 휴식을 취하는 조인은
희색이 만면했다. 정욱과 유비의 계책을 채납해 한발 앞서 극
현성의 투항을 받아낸 것이다.

　도웅이 이를 알면 어떤 표정을 지을까 라는 생각에 웃음을
그칠 수가 없었다. 그동안 도웅에게 당했던 일을 생각하면 십
년 묵은 체증이 다 내려가는 기분이었다.

　이번에 순조롭게 극현을 접수하고 성안에 산더미처럼 쌓인
전량과 치중을 손에 넣는다면 도웅은 원소에게 약속한 군량
10만 휘를 내줄 수 없을 것이다.

　이를 빌미로 도웅과 원소 간의 동맹을 갈라놓고 두 집안을

원수 사이로 만들고 말리라.

이번 출정에 이끌고 온 3만 군사 중 절반 이상이 꺾였지만 만약 대사가 성공한다면 3만 군사를 모두 잃는다 해도 전혀 아까울 것이 없었다.

이런 달콤한 상상을 하며 저녁을 먹으려는데, 줄곧 옆에 붙어 있던 유비 형제가 보이지 않았다. 정욱에게 이유를 묻자 정욱이 웃으며 대답했다.

"나루에 당도한 후 아군 선봉대가 부교를 두 개밖에 설치하지 못했습니다. 이에 유비는 강을 건너는 속도가 느려질까 우려해 자신이 직접 부교 설치를 감독한다며 나갔습니다."

"하하, 유비는 과연 도응에 대한 증오심이 상당히 깊구려!"

"한 가지 더 기쁜 소식이 있습니다. 백성들 말로는 그저께 밤부터 규산 동쪽에 큰비가 내렸다고 합니다. 탁수와 매수(昧水)의 물이 불어 아군이 도하하는 데 곤란을 겪겠지만 이 비로 서주군이 극현에 이르는 시간도 상당히 지체될 것입니다."

"오, 그거 듣던 중 반가운 소리요! 이번에는 하늘이 우리를 돕는구려, 하늘이!"

호랑이도 제 말 하면 온다고, 이때 마침 유비가 관우, 장비와 함께 군영으로 돌아왔다.

"부교가 모자랄까 봐 걱정했었는데 우금(牛金) 장군이 이미 설치를 모두 마쳤더군요. 괜히 헛걸음을 했습니다."

조인은 유비에게 수고했다며 인사를 건네 후 물었다.

"그런데 황숙은 도응이 극현을 공격하길 바라십니까 아니면 아군의 기치가 꽂힌 걸 보고 감히 공격할 엄두를 못 내길 바라십니까?"

잠시 침묵하던 유비가 헛기침을 하고 대답했다.

"흠흠, 전투가 벌어지면 백성이 가장 큰 피해를 입습니다. 비는 차마 이를 볼 수 없기에 도응이 극현이 아군 소유임을 인정하고 공격하지 않길 바랄 뿐입니다. 게다가 도응은 원소의 사위이고, 원소는 가까운 사람을 더 두둔하는지라 도응과 충돌을 일으켜 봐야 우리에게 그다지……."

유비가 말끝을 흐렸지만 조인과 정욱은 이미 그 뜻을 알아챘다. 정욱은 고개를 끄덕여 유비의 의견에 찬동을 표한 후 얘기했다.

"황숙의 말이 옳습니다. 아군이 만약 도응과 충돌한다면 원소를 우리 편으로 끌어들이기 매우 어려워집니다."

하지만 조인은 전혀 걱정할 필요가 없다는 표정으로 건들거리며 말했다.

"상관없소. 우리야 제때 극현에 당도하면 그만이오. 공융이 아군에게 항복했으니 극현의 전량과 치중은 모두 우리 수중에 들어올 테고, 게다가 원담이 우리 편에 선다면 원소가 도응을 감싸려 해도 기회가 없을 것이오."

유비는 고개를 끄덕여 그 말에 동의했지만 얼굴에는 수심이 어려 있었다.

"그리 된다면 가장 좋겠지요. 하지만 상대는 간악한 도응입니다. 우리가 성을 접수하기 전까지 절대 마음을 놓아서는 안 됩니다."

"아군은 이미 탁수에 이르러 극현까지는 채 60리도 남지 않았소. 황숙은 왜 그런 불길한 말을 꺼내는 것이오?"

유비가 고개를 가로저으며 정신을 차리고 괜한 말을 했다며 조인에게 사죄하려는 찰나였다.

"급보입니다―!"

이때 나루 방향에서 나는 듯이 전령이 달려와 조인 앞에 무릎을 꿇고 보고했다.

"장군께 아룁니다. 아군 정찰병이 동쪽에서 탁수로 달려오는 패잔병 일군을 발견했습니다. 그중 우두머리로 보이는 문사의 성은 공이요, 이름은 융, 관직은 북해태수라고 합니다. 긴급히 장군을 봬야 한다고 해서 우금 장군이 소인을 보냈습니다."

이 말에 조인은 손에 들고 있던 밥그릇을 떨어뜨리며 멍한 표정을 지었다. 정욱과 유비 역시 놀란 표정을 지으며 한동안 멍청히 서서 아무 말도 하지 못했다.

유비가 정신을 차리고 재빨리 소리쳤다.

"장군, 지체할 시간이 없습니다. 당장 원담에게 연락을 취해 원소 앞에서 도응 놈이 맹우의 성을 공격하는 불의한 짓을 저질렀다고 알리도록 해야 합니다. 원소가 군대를 보내 도응을 문죄하게끔 만드는 데 성공한다면 아직 희망은 있습니다!"

"황숙의 말이 옳습니다. 이대로 극현을 도응에게 넘겨줘서는 절대 안 됩니다."

정욱은 유비의 말에 동의한 후 울화통이 치밀어 욕을 퍼부었다.

"공융, 이 멍청한 놈! 며칠을 못 버티고 극현을 잃다니! 세상에 이토록 쓸모없는 작자가 어디에 있단 말인가!"

유비의 말처럼 아직 모든 게 끝난 건 아니었다.

서주군이 맹우의 깃발을 꽂은 성지를 공격한 건 분명 작은 일이 아니었으므로 잘만 한다면 도응과 원소를 이간할 절호의 기회로 삼을 수가 있었다.

이에 맨발로 도망친 공융에게서 극현을 잃게 된 전후 사정을 들은 후, 정욱은 밤새 임치로 되돌아가 원담을 급히 찾아갔다.

원담은 이 얘기를 듣고 쾌재를 부르며 주저 없이 부친 앞으로 달려가 도응이 우군과 충돌을 일으킨 죄행을 낱낱이 밝히고, 도응을 엄벌에 처해야 한다고 부추겼다.

원소는 단지 아들의 말만 듣고서 불같이 화를 내며 원담의 요청대로 군사를 보내 도응을 문죄하려고 했다.

이때 원소를 따라 출전한 모사 순심이 앞으로 나와 공수하며 말했다.

"주공, 잠시만 진정하십시오. 도 사군이 조조군에게 항복한 성지를 공격한 건 분명 대죄지만 중간에 석연찮은 점이 있습니다. 이를 자세히 알아보는 것이 순서입니다."

"무슨 의문이오?"

원소의 물음에 순심이 차근차근 설명했다.

"주공, 시간을 잘 따져 보십시오. 서주군이 어젯밤 극현성을 공격할 당시에 극현성 안에는 이미 조조군 깃발이 꽂혀 있었다고 했습니다. 그런데 어제 정오 조인 장군은 주공께 극현성 공격을 청하면서 왜 이 일을 전혀 언급하지 않았을까요?"

"아, 그렇구려!"

원소는 순심의 말에 퍼뜩 깨닫고 원담과 함께 온 정욱에게 다그치듯 물었다.

"중덕, 이 문제에 대해 설명해 보시오. 이미 극현을 손에 넣었으면서 왜 내게 보고하지 않은 것이오?"

"그게……."

정욱은 아연실색해 말을 더듬더듬 거리다가 겨우 입을 열어 대답했다.

"아군도 원 공께 공성 명령을 허락받은 후에야 공문거가 투항했다는 사실을 알았습니다. 그래서 미처 아뢸 시간이 없었던 것입니다."

하지만 원소의 추궁은 계속 이어졌다.

"그 소식을 들은 후에라도 충분히 알릴 시간이 있었을 텐데……."

정욱이 우물쭈물하며 아무 대답도 못 하자 순심이 다시 의문을 제기했다.

"제가 이해가 되지 않는 점이 하나 있습니다. 귀군은 공문거에게 사신을 보내 투항을 청해놓고도 우리 주공께 우군과 충돌을 일으키는 자는 참하라는 친필 명령서를 일부러 요구한 이유가 무엇인지 설명해 보시지요."

연이은 질문에 정욱은 식은땀을 흘리며 아무 대꾸도 못하다가 겨우 입을 열었다.

"공문거에 대한 투항 권유는 사실 성사 가능성이 거의 없어 굳이 아뢸 필요가 없다고 생각했습니다. 원 공께 친필 명령서를 요청한 것 역시 투항 권유에 실패해 어쩔 수 없이 무력으로 극현을 공격할 때, 도 사군의 군대와 혹시 충돌이 발생할까 우려해 사전에 방비한 것뿐입니다. 절대 다른 의도는 없었습니다."

"절대 다른 의도가 없었다고?"

원소는 코웃음을 치며 정욱을 매섭게 노려보았다. 정욱이 궁지에 몰리자 곽도가 재빨리 앞으로 나와 원소에게 공수하고 말했다.

"정욱 선생에게 다른 속셈이 있었는지는 천천히 따져 보아도 괜찮습니다. 그러나 서주군이 우군의 기치를 보고도 거리낌 없이 극현성을 공격했다는 건 맹주인 주공의 위엄을 무시한 것과 같습니다. 주공께서 이를 심히 추궁하지 않는다면 천하의 제후들이 이를 본받아 주공의 명을 따르지 않을까 염려됩니다."

이 말에 원소의 얼굴이 점점 심각해져 가자 순심은 청주 일이 엉뚱한 곳으로 확대될까 우려해 급히 상황을 수습하며 건의했다.

"주공, 공칙의 말이 옳습니다. 이를 천하 제후들에게 명확히 설명할 필요가 있습니다. 그러니 도 사군에게 즉각 임치로 달려와 극현 일을 해명하라고 명하십시오. 도 사군이 정말 주공의 위엄을 손상했다면 그때 중벌에 처해도 늦지 않을 것입니다."

이때 원담이 급히 대화에 끼어들었다.

"도응은 부친의 존엄을 거스르는 대죄를 범했으니 군사를 일으켜 문죄함이 마땅합니다. 소자가 직접 군사를 이끌고 도응에게……."

"시끄럽다!"

원소는 단호하게 원담의 말을 끊고 큰소리로 꾸짖었다.

"아군이 전해를 물샐틈없이 포위한 상황에서 군대를 나누면 적에게 기회를 주게 되지 않느냐? 우약의 말대로 도응에게 전령을 보내 속히 임치에 이르라고 명하라. 너는 썩 물러가라!"

원담이 얼굴이 뻘게져 물러나가자 순심이 다시 건의했다.

"주공, 조인 장군에게도 군사를 이끌고 임치로 철수하라고 명하십시오. 혹시 중간에 양군이 만나 충돌을 일으키게 되면 청주 평정에 이로울 것이 없습니다."

원소는 고개를 끄덕이고 순심에게 대신 이 일을 처리하라고 명했다.

*   *   *

원소가 군이 영을 내릴 필요도 없었다. 자신이 무슨 일을 저질렀는지 잘 아는 도응은 극현에 이른 후 성에 들어가지도 않고 곧장 식량 10만 휘와 2만 군사를 챙겨 서쪽으로 길을 재촉했다.

이틀 후 2만 서주군은 원소군 대영과 10리도 떨어지지 않은 임치 근교에 당도했다.

군량이 모자라 골머리를 앓던 원소는 도응이 왔다는 소식을 듣고 크게 기뻐했다. 하지만 겉으로는 짐짓 노한 체하며 큰소리로 명을 내렸다.

"당장 3만 군사를 군영 앞에 배치하라. 멋대로 우군의 성지를 공격하고도 사신 하나 보내 알리지 않은 도응이 이 일을 제대로 설명하지 못한다면 내 절대 사위로 인정하지 않으리다!"

원담은 기쁨을 감추지 못하고 즉각 3만 대군을 조직해 영채를 나갔다. 그리고 대영 앞쪽에 자신의 군대를 배치한 후 서주군과 언제라도 교전을 벌일 태세를 갖추었다.

원소도 노기등등하게 친히 문무 관원을 이끌고 밖으로 나갔고, 조인과 정욱, 유비 역시 재빨리 앞으로 달려가 도응이 과연 어떤 변명을 늘어놓을지 기대하고 있었다.

군사 배치가 끝난 후 얼마 지나지 않아 서주군 선봉대가 멀리서 모습을 드러냈다.

선두에는 분명 도응의 장군기가 펄럭이는데 도응이 보이지 않자 원소는 목을 앞으로 길게 뺐다. 곧이어 나타난 도응의 모습에 원소는 노기가 크게 누그러진 반면, 조인 등은 그만 눈이 휘둥그레지고 말았다.

수려한 용모의 도응이 상의를 모두 벗고 등에 가시나무를 지고서 앞으로 걸어오고 있는 것이 아닌가?

그 모습이 꼭 옛날 염파(廉頗)가 인상여(藺相如)에게 자신의 잘못을 사죄했던 부형청죄(負荊請罪)와 닮아 있었다. 이와 함께 그의 목에는 붉은 천으로 싼 정체불명의 물건이 걸려 있었다.

원소 앞까지 걸어간 도응은 그 자리에서 무릎을 꿇고 눈물을 뿌리며 말했다.

"사위 도응, 악부 대인께 인사 올립니다. 제가 공문거 사신의 말을 오해해 공문거가 조 공의 기치를 내걸고 저를 성안으로 유인해 죽이려는 줄 알고 순간의 분을 참지 못해 성을 공격했습니다. 맹주이신 악부의 존엄을 훼손한 죄 만 번 죽어 마땅합니다! 저를 중죄로 다스려 주십시오!"

그러더니 도응은 원소 앞에 연신 머리를 조아리며 목 놓아 방성대곡했다. 도응의 측은한 모습과 군량 10만 휘에 원소의 마음은 이미 눈 녹듯 풀린 지 오래였지만 주변에 보는 눈이 많아 짐짓 노한 목소리로 말했다.

"일어나라. 한 주의 주인이란 자가 사람들 앞에서 눈물을 보이면 면이 서겠느냐? 일어나서 어찌 된 일인지 소상히 말해 보아라!"

이에 도응은 눈물을 그치고 원소에게 자초지종을 늘어놓았다.

"공융이 사신을 보내 조인의 편지를 전했는데 전 악부의 서신이 없는 것을 보고 의심이 들었습니다. 이에 공융의 사신에게 몇 마디 물어보았는데 뜻밖에 그가 벌벌 떨면서 이실직고하는 것이 아니겠습니까. 조인의 서신은 공융이 위조한 것으로 실은 절 성안으로 유인해 죽이려 한다는 얘길 듣고 노한 마음에 군사를 보내 극현성을 공격하라고 명했던 것입니다. 그런데 극현성을 손에 넣고 악부의 편지를 받고서야 이것이 오해였음을 알게 되었습니다."

이어 도응은 자신의 말이 거짓이 아님을 증명하기 위해 공융의 사신 설람을 끌고 와 미리 시킨 대로 자백하게 했다. 그러고는 목에 걸고 있던 나무 상자를 열어 보였는데, 그 안에서 원소가 오래전부터 군침을 흘렸던 전국옥새가 모습을 드러냈다.

도응은 옥새를 두 손으로 들고 원소에게 바쳤다.

원소는 도응의 변명에 허점이 많음을 알고 있었지만 어쨌든 자신은 손해 본 것이 없고, 또 전국옥새가 눈앞에 보이자 이 일을 여기서 마무리 짓기로 마음먹었다.

그는 설람을 손으로 가리키며 조인과 정욱, 공융에게 말했다.

"진상은 이미 밝혀졌소. 이는 모두 그대들 사신의 잘못이오. 그가 허튼소리를 늘어놓지 않았다면 일이 이 지경에 이르지는 않았을 것이오."

조인과 정욱 등은 얼굴이 납빛으로 변하며 이를 바득바득 갈았지만 누구 하나 감히 원소 앞에서 이 일을 따지지는 못했다.

어수선한 분위기가 어느 정도 정리되자 원소는 조인, 정욱과 도응을 불러놓고 얘기했다.

"결론적으로 이번 일은 두 집안 모두의 잘못이오. 조조군 측은 몰래 공융에게 투항을 권유했으면서도 나에게 일언반구도 없이 도응에게 사신을 보내 도응의 오해를 산 것 아니오. 그리고 도응도 내 서신과 사신이 없어 이를 오해했다고 하나 충동적으로 일을 처리하는 버릇은 반드시 고쳐야 할 것이다. 너는 벌로 황금 20근과 백은 50근을 조인 장군에게 배상하고 극현의 일을 사과하도록 해라."

이로써 이번 일은 도응이 조인에게 사과하는 선에서 평화롭게 마무리되었다.

조인은 잡아먹을 듯 도응을 노려보았지만 지금 상황에서는 할 수 있는 것이 아무것도 없어 그저 코웃음을 치며 도응의 배상과 사과를 받아들여야만 했다.

서주군이 임치 동쪽 근교에 주둔한 후 식량 10만 휘를 원소군 진영에 넘기자 입이 귀에 걸린 원소는 대영에서 연회를 베풀고 먼 길을 온 사위와 딸을 환대했다.

오늘 처음으로 얼굴을 마주한 원소와 도응은 의기가 투합해 웃음꽃이 끊이지 않으며 서로 주거니 받거니 술잔을 기울였다. 어느 정도 술잔이 돌고 연회가 끝나갈 무렵 도응이 원소에게 물었다.

"악부께서는 임치성을 어찌 공격할 계획이십니까?"

"영채를 차린 지 얼마 되지 않아 아직 결정을 못했네. 임치성은 전해의 본거지라 성벽이 높고 참호가 깊은 데다 양초도 넉넉하다고 들었네. 그래서 이번 공격이 생각 외로 길어질까 걱정이야."

그러자 도응이 조심스럽게 말을 꺼냈다.

"혹시 전해에게 투항을 권유할 생각은 해보지 않으셨습니까? 싸우지 않고 항복을 받아낸다면 군사 하나 허비하지 않고 요지를 취할 수 있을 텐데요."

"왜 그 생각을 해보지 않았겠나? 한데 항복을 권유하러 보낸 사신의 목이 전해 놈 대영 원문에 걸렸다네."

"아, 그랬군요. 그럼 이 사위가 한 번 나서보면 어떻겠습니까? 제가 전해와 교분이 좀 있어서 확신할 순 없지만 가능성은 있습니다."

원소야 당연히 싸우지 않고 임치성을 얻는 것보다 더 좋은 일이 어디에 있겠는가. 이에 고개를 크게 끄덕인 후 진지한 목소리로 말했다.

"그럼 이 일을 자네에게 맡기도록 하겠네. 내일 임치성 아래로 가 전해에게 무기를 버리고 성문을 열어 투항하기만 하면 성안 모든 군민의 목숨을 살려주는 것은 물론 그에게 중임을 맡기겠다고 이르게."

도응은 공수하고 명을 받은 후 다시 조심스러운 목소리로 말했다.

"악부 대인, 제가 전부터 전해에게 투항을 권유할 방법 두 가지를 생각해 두었습니다. 하나는 악부에게 투항해 악부 휘하로 들어가는 것이고 다른 하나는 저에게 귀순해 가족과 함께 서주로 가는 것입니다."

"하하, 내 사위가 정말 주도면밀하구나. 좋다, 전해에게 이

두 가지 조건을 내걸도록 해라."

그런데 이때 원소의 웃음 띤 얼굴이 갑자기 노기로 변하면서 큰소리로 말했다.

"잠깐! 하마터면 한 가지를 잊을 뻔했구나. 전해가 만약 항복한다면 다른 사람은 다 살려주더라도 오직 하나, 반장(叛將) 조운만은 내 절대 용서치 않으리라! 이놈 때문에 다 잡은 전해를 놓치고 군사를 여럿 꺾인 일을 생각하면 아직도 피가 거꾸로 솟는다. 이를 반드시 전해에게 알려 꼭 산 채로 내 앞에 데려오라고 일러라!"

이 말에 도응은 순간 미간이 찌푸려졌지만 바로 낯빛을 고치고 대답했다.

"걱정 마십시오. 제가 이 일을 전해에게 꼭 알려 반장 조운을 사로잡아 악부 앞에 대령하겠습니다."

"좋다. 내 내일 친히 사위의 항복 권유를 지켜보며 좋은 소식을 기다리겠다!"

"이 사위, 온 힘을 다해 악부의 기대를 저버리지 않겠습니다."

도응은 결연한 표정으로 공수하며 대답했지만 마음속으로는 걱정이 앞섰다.

'골치 아파졌군. 이 늙은이가 조운을 이리도 증오할 줄이야… 전해가 지금까지 버틸 수 있었던 건 모두 조운 덕인데, 조운을 넘기라고 한다면 과연 투항에 응할까? 게다가 설사 전

해가 조운을 넘긴다 해도 이 늙은이가 기어코 조운을 죽이려
든다면 어쩐단 말인가? 어떻게든 방법을 강구해야 돼……'

원소의 비위를 맞추며 밤새 술잔을 주고받은 도웅은 이경
이 돼서야 연회를 마치고 임치성 동문 밖의 자신의 대영으로
돌아갔다.

돌아오는 길에 도웅은 조운 문제를 해결할 방법이 쉬이 떠
오르지 않아 머릿속만 더 복잡해졌다.

이때 나란히 말을 달리던 진웅이 도웅에게 조심스럽게 얘기
했다.

"주공, 원담 공자가 주공에게 불만이 아주 많은 것이 마음
에 걸립니다. 그는 조조군과도 긴밀히 결탁하고 있어서 주공
의 임치성 투항 권유도 분명 조조군 귀에 들어갈 것입니다.
조조군이 중간에서 농간을 부려 주공을 해하려 들지도 모르
니 반드시 이에 대비하셔야 합니다."

조운 문제에 정신이 팔려 있던 도웅이 무성의하게 그러마고
대답하자 진웅이 다시 한 번 도웅을 일깨웠다.

"연회에서 원소 공이 조자룡의 목을 가져오라고 하지 않았
습니까? 만약 조조가 이를 몰래 조운에게 알리고 투항을 종
용한다면 벼랑 끝에 몰린 조운이 주공을 해할 수도 있습니
다."

하지만 도웅은 아무렇지도 않다는 듯 웃음을 지으며 대답

했다.

"그건 걱정하지 마시오. 조조군에게 아무리 날고 기는 재주가 있다 해도 절대 조자룡을 설득할 수는 없소. 조자룡이 어떤 사람인지… 아, 그렇지!"

도옹은 뭔가 좋은 생각이 떠올랐는지 갑자기 말고삐를 잡아당기고 깊은 생각에 잠겼다. 잠시 후 그는 반짝이는 눈으로 진응을 바라보고 물었다.

"귀 큰 도적놈의 필체를 아직 기억하고 있소? 베껴 쓰는 것이 가능하겠소?"

"당연하지요. 잊으셨습니까, 주공? 응이 주부를 맡은 후 처음 한 일이 바로 유비의 필적을 모방해 미축을 속인 일이잖습니까? 한데 이를 어찌 잊을 수 있겠습니까?"

"잘됐구려. 빨리 영채로 돌아가 조운에게 보낼 편지 한 통을 써줘야겠소."

"내용은 무엇입니까?"

"그거야 당연히……."

*   *   *

이튿날 아침, 원소는 각 영채에 명을 내려 임치성 아래에 진세를 펼치고 사대문을 꽁꽁 포위하도록 했다.

이어 도옹이 허저 및 호위병을 이끌고 친히 임치성 북문 아래로 달려가 전해에게 대화를 청했다. 그런데 이때 도응은 뜻밖에 조운에게도 함께 나와 달라고 외쳤다.

후방에서 이를 지켜보던 원소는 영문을 몰라 고개를 갸웃했고, 유비는 왠지 불길한 예감에 휩싸였다.

사실 어젯밤 연회가 끝난 후 원담이 조조군 진영으로 달려가 연회에서 나눴던 대화 내용을 빠짐없이 전했다.

조인 등은 이 얘기를 듣고 도응이 또 무슨 꿍꿍이를 꾸밀지 몰라 걱정이 앞서긴 했지만 대응 방법이 없어서 일단 상황을 지켜보기로 결정한 터였다.

잠시 침묵의 시간이 흐른 뒤 마침내 굳게 닫혀 있던 임치성 북문이 천천히 열렸다. 이어 온몸에 갑옷을 두른 전해가 일군의 호위를 받으며 걸어서 성을 나왔다. 그리고 조운 역시 흰 갑옷에 은빛 창을 들고 나와 전해 곁에 우뚝 자리했다.

3년 만에 만난 전해는 확실히 많이 늙어 보였다. 반백의 머리는 이미 새하얗게 변했고, 얼굴에는 주름이 가득했다. 반면 조운의 모습은 3년 전과 마찬가지로 준수한 외모에, 전신에서는 영웅의 기개가 뿜어져 나왔다.

그런데 무슨 이유 때문인지 조운의 얼굴은 수심으로 가득했고, 도응을 바라보는 눈빛에는 복잡한 심정이 그대로 드러났다.

도응은 허저 등이 만류할 겨를도 없이 성큼성큼 참호 앞까지 걸어갔다.

깜짝 놀란 허저가 방패를 들고 급히 뒤를 따라가 도응 앞에 서서 혹시 모를 적군의 화살 공격에 대비했다.

도응은 공손히 전해와 조운에게 예를 갖춘 후 말했다.

"전 숙부, 자룡 장군, 오랜만에 뵙습니다. 3년 반 전쯤 서주에서 헤어진 뒤 이 응은 두 분을 한시도 잊은 적이 없습니다. 그런데 이런 자리에서 다시 만날 줄은 생각조차 못 했습니다."

전해와 조운이 어찌 응수해야 좋을지 몰라 침묵을 지키고 있자 도응이 갑자기 정색을 하고 큰소리로 외쳤다.

"두 분이 궁노수를 매복시켜 놓았다면 얼른 손을 쓰십시오. 저야 이런 일에 이미 익숙해져서 아무렇지도 않습니다. 혹여 누군가의 사주로 저에게 화살을 날린다 해도 숙부의 대은을 입은 제가 어찌 원망하는 마음을 품겠습니까?"

도응의 이 말에 조운은 자기도 모르게 온몸을 부르르 떨었다. 하지만 전해는 영문을 몰라 도응에게 물었다.

"현질이 대체 무슨 말을 하는지 모르겠구려."

"숙부, 굳이 절 속이려 하지 마십시오. 전 이런 일에 이미 익숙하다고 말씀드렸잖습니까? 3년 전 조맹덕이 서주성을 포위 공격할 때, 전 편지를 전하기 위해 이름까지 바꾸고 조조군 진영에 잠입했습니다. 그런데 누군가 서주성에서 전서(箭書)를 날려 조맹덕에게 제 신분을 폭로하는 바람에 하마터면 목숨을 잃을 뻔했습니다. 후에 또 제가 유현덕과 술을 마시다가 저도 모르게 여포를 비난한 일이 있었습니다. 그런데 며칠 되지 않아 이 말이 여포의 귀에 들어갔더군요. 당시 연주의 기근 문제로 골머리를 앓던 여포에게 이는 서주를 침탈할 좋은 핑계거리가 되었고, 아군 대장 손강이 전투에서 목숨을 잃었습니다. 얼마 전에는 제 휘하인 장사 양굉이 형주의 유표를 대신해 장제에게 투항을 권유한 일이 있었습니다. 이때도 누군가 서주 관원이 장제를 꾀어 죽이려 한다고 몰래 장제에게 이간질을 했습니다. 만약 유표의 장자인 유기 공자가 양굉과 함께 의연히 장제 군영을 찾아가지 않았다면 저는 필시 원통하게 한 팔을 잃었을 것입니다."

장광설을 늘어놓은 도응은 전해에게 다시 허리 숙여 인사하고 간절한 투로 얘기했다.

"숙부, 말씀드린 바대로 제가 쥐새끼 같은 무리에게 모해를 당한 건 한두 번이 아닙니다. 그래서 이번에 임치성으로 숙부를 만나러 올 때도 이미 마음의 준비를 하고 있었습니다. 숙부가 누군가의 이간에 넘어가 강궁을 날린다면 의연히 죽음을 맞이하겠다고 말입니다."

도응의 거침없는 언변에 후방에서 이를 지켜보던 원소의 낯빛이 순식간에 굳어버렸다. 그는 재빨리 큰아들 쪽으로 고개를 돌려 눈짓을 보냈다.

원담도 그 의미를 알아채고 곁에 있던 조인에게 낮은 목소리로 물었다.

"자효 장군, 혹시 그대들이 손을 썼습니까?"

"걱정 마시오. 이번에는 절대 그런 일이 없었소이다."

조인의 말에 원담이 안도의 한숨을 내쉴 때, 임치성 북문에서 냉랭한 전해의 목소리가 들려왔다.

"세간에 현질이 간사하고 의심이 많다더니, 과연 그 소문이 거짓이 아니었구려. 하지만 이번에는 잘못 짚었소. 나에게 그런 일을 사주한 사람은 없었소."

전해의 말이 끝나기가 무섭게 전해의 장자 전상(田商)이 앞으로 달려와 전해의 귀에 대고 나지막이 속삭였다.

곧이어 전해의 얼굴색이 변하면서 믿지 못하겠다는 듯 소리를 질렀다.

"뭐라고? 어젯밤 정말 누군가 성안으로 전서를 쏘았다고?"

전해의 목소리는 그리 크지 않았지만 임치성 주변이 워낙 조용했던 관계로 그 말은 사람들 귀에 똑똑히 들렸다.

도응은 미동도 하지 않은 채 입가에 자신감 넘치는 미소를 드러냈다. 마치 자신이 귀신같이 알아맞힌 데 대해 꽤 만족해한다는 표정처럼 보였다.

원소는 채찍으로 원담을 가리키며 노호했다.

"이것도 네놈 짓이더냐!"

원담은 얼굴이 하얗게 질려 두 손을 절레절레 흔들며 억울하다는 표정을 지었다. 이어 그는 조인과 정욱을 노한 눈으로 노려보았다.

조인과 정욱 역시 서로의 얼굴만 빤히 쳐다보다가 문득 무언가 깨달은 듯 동시에 유비 쪽으로 고개를 돌렸다. 유비가 절대 자신의 짓이 아니라고 해명했지만 조인과 정욱은 의심의 빛을 거두지 않았다.

한편 아들의 말을 들은 전해는 노기를 띠며 소리쳤다.

"왜 전서를 내게 건네지 않았느냐? 또 전서는 누가 숨기고 있는 것이냐?"

이때 현장에 있던 사람들의 눈을 휘둥그레지게 만드는 일이 벌어졌다.

몇 번이나 목숨을 걸고 전해를 구한 조운이 갑자기 전해 앞에 무릎을 꿇고 큰소리로 말했다.

"사군, 전서는 말장이 거두었습니다. 만 번 죽어 마땅한 이 운에게 중벌을 내려주십시오!"

전해는 깜짝 놀라며 믿을 수 없다는 표정을 지었다.

"뭐라고? 자룡, 지금 농담하는 거요? 그럴 리가 없소. 절대 그럴 리가 없다고!"

"이는 명명백백한 사실입니다. 말장이 죽을죄를 지었습니다."

한참 동안 말없이 하늘을 응시하던 전해가 미심쩍은 듯 물었다.

"자룡, 대체 왜 그런 것이오? 그리고 그 편지는 지금 어디 있으며, 거기에는 뭐라고 씌어 있었소?"

"그 편지는 말장이 이미 불태워 버렸습니다. 사실 그 편지는 사군이 아니라 말장에게 온 것이었습니다. 운의 옛 친구가 보냈다는 서신에는 원본초가 오늘 서주의 도 사군을 임치성 아래로 보내 투항을 권유할 것인데, 투항 조건으로 임치성 안의 군민을 모두 살려주는 한이 있어도 이 운만큼은 절대 사면하지 않을 것이라고 씌어 있었습니다."

전해가 이 말을 듣고 아연실색할 때, 참호를 사이에 두고 마주한 도웅이 큰소리로 외쳤다.

"자룡 장군, 이 웅의 예측이 틀리지 않다면 편지를 보낸 사람은 분명 장군에게 절 쏘아 죽이라거나 갑자기 기습을 가해 단창에 찔러 죽이라고 하지 않았습니까?"

조운이 놀란 눈으로 물었다.

"도 사군은 그걸 어찌 아셨소?"

"아주 간단합니다. 이 임치성 주위에는 저를 뼛속 깊이 증오하는 두 무리가 있기 때문이지요. 그들은 제가 항복을 권유하러 임치성 아래로 가는 기회를 노려 장군에게 대신 복수를 부탁하고 서주를 병탄할 야심을 품었을 테니까요."

조운은 마치 그 편지를 꿰뚫어보는 듯한 도웅의 말에 할 말을 잃고 말았다.

전해도 처음에는 어리둥절한 표정을 지었지만 이내 깨달은 바가 있어 분노의 시선을 조조군과 유비군 깃발이 꽂혀 있는 쪽으로 옮겼다.

원소 역시 노기 가득한 눈으로 조인과 유비를 노려봤다.

조인과 정욱의 시선은 당연히 유비를 향했고, 일이 어찌 돌아가는 것인지 몰라 당황해하던 유비도 조인과 정욱을 힐끔 쳐다보며 상대방을 의심하기 시작했다.

이때 도응이 조운에게 다시 큰소리로 말했다.

"그런데 이상한 생각이 들지는 않았습니까? 제가 오늘 임치성에 투항을 권유하고, 또 임치성이 투항한다면 성안의 군민을 모두 살려줘도 장군만은 용서하지 말라는 원 공의 말을 선포하러 왔으면서 왜 장군을 밖으로 불렀는지 말입니다."

"운도 사실 그것이 이상했소. 그 이유를 설명해 줄 수 있겠소?"

"그럼 솔직히 말씀드리리다. 사실 3년여 전 서주성에서 이응은 장군을 보자마자 장군의 사람됨을 알아봤습니다. 장군은 무예가 출중할 뿐 아니라 품성이 청백하고 충정과 덕행을 겸비한 군인의 모범이라 할 수 있습니다. 응 휘하에 10만 장사 중 장군과 견줄 만한 자는 오직 고순 한 사람뿐입니다. 하지만 고순의 무예는 장군에게 비할 바가 못 됩니다. 이것이 제 악부인 원 공께서 장군을 증오하는 이유이기도 하고요. 장군, 응이 비록 재주 없으나 현자를 아끼고 인재를 사랑하는 사람입니다. 그런데 장군에게 무기를 버리라고 속여 악부 앞에서 죽음을 맞게 하는 비열한 짓을 차마 할 수가 없었습니다. 그래서 전 숙부와 함께 장군을 청해 모든 사실을 솔직히 말씀드리는 것입니다."

도응은 열변을 토하고 조운을 응시하며 말을 이었다.

"만약 전 숙부가 응의 말에 따라 투항한다면 오직 장군만 목이 땅에 떨어질 터이니 장군은 생사를 스스로 결정하십시오! 하지만 전 숙부에게 투항을 권유하기 전에 장군께 드릴 말씀이 있습니다. 응이 이번에 세 가지 길을 준비했으니 장군은 그중 하나를 선택하십시오. 첫째는 투항에 반대하고 전 숙부와 함께 임치성을 사수하며 생사를 같이하는 것입니다. 둘째는 전 숙부를 버리고 단기로 포위를 뚫는 것입니다. 단기필마라 해도 장군의 무용이라면 포위를 뚫는 것쯤은 어렵지 않을 것입니다. 그리고 세 번째는……."

여기까지 말한 도응은 잠시 숨을 고르고 다시 큰소리로 외쳤다.

"세 번째 선택은 바로 전 숙부를 따라 투항해 원 공 앞에서 무릎을 꿇고 죄를 청하는 데 장군의 목숨을 걸어보는 것입니다! 저는 악부께 장군을 용서해 달라고 전력을 다해 권하겠습니다. 제발 장군의 재주를 높이 사 장군을 막하에 두고 공을 세워 죄를 씻게 해달라고 간곡히 권할 것입니다! 악부께서 장군을 증오한 이유는 바로 장군의 재주를 악부가 아닌 다른 사람을 위해 썼기 때문입니다. 그만큼 악부는 인재를 사랑하여 장군에게 살길을 열어줄 수도 있습니다."

이어 도웅이 마지막 말을 덧붙였다.

"하지만 저도 확신할 수는 없습니다. 세 번째 선택은 장군의 목숨과 수급으로 도박을 거는 것과 같습니다. 만약 제가 악부 설득에 실패한다면 장군의 목은 원문에 걸릴 수도 있다는 점 미리 유념해 주십시오."

조운은 그저 묵묵히 고개만 끄덕일 뿐 아무 대답도, 아무 선택도 하지 않았다.

그의 시선은 여름 공기가 무색해질 만큼 무겁게 가라앉아 하늘만 응시할 뿐이었다.

조운이 침묵하자 도웅은 다시 고개를 돌려 전해에게 읍하고 말했다.

"숙부, 제가 온 뜻을 잘 아실 테니 길게 말하지 않겠습니다. 숙부에게 두 가지 제안을 드립니다. 하나는 숙부가 원 공께 투항한 후 원 공 막하에서 사력을 다하는 것이고, 또 하나는 저를 따라 서주로 가는 것입니다. 서주로 온다면 맹세코 숙부 및 숙부의 온 가족을 예로써 대하겠습니다."

전해 역시 굳은 표정으로 아무 말도 없다가 한참만에야 냉랭한 목소리로 입을 열었다.

"조카의 투항 권유를 내가 꼭 받아들여야 하는가?"

"숙부, 지금은 달리 선택의 여지가 없습니다. 계후(공손찬)가 숙부를 중용한 은혜를 베푼 건 사실이지만 숙부도 2년이나 충심으로 청주를 사수하여 계후의 대은에 충분히 보답했습니다. 지금 계후는 유주 땅에서 마지막으로 몸부림을 치는 중이라 멸망이 머지않았습니다. 이처럼 원군을 전혀 기대할 수 없는 상황에서 숙부가 끝까지 임치성을 사수하려 한다면 그 결과는 성이 무너지고 몸이 죽는 것 외에는 없습니다. 숙부는 사리에 밝은 분이라고 믿습니다. 설사 죽음으로 성을 지키겠다고 다짐했더라도 숙부의 가족, 나아가 임치성 안의 백성들을 생각해 보십시오!"

사방에 쥐 죽은 듯 적막이 흐르는 가운데 청주 장사들의 시선은 모두 전해를 향하고 있었다. 전해의 쇠로한 얼굴에는 짙은 그늘이 드리웠다.

잠시 후 전해가 쉰 목소리로 천천히 입을 뗐다.

"그럼… 내 무기를 버리고 무리를 이끌고서 조카를 따라 서주로 가겠네. 하지만 한 가지 조건이 있네. 자룡을 꼭 살려주게나. 두 차례나 내 목숨을 구해준 은인이 허망하게 죽음을 맞이하는 건 차마 볼 수가 없네."

"그 일이라면 조카가 반드시 원 공께 부탁드려 보겠습니다."

"그럴 필요 없다! 내 이미 승낙했다!"

이때 갑자기 뒤에서 원소의 목소리가 들려왔다. 도응 등이 깜짝 놀라 뒤를 돌아봤을 때, 원소는 어느샌가 군사를 거느리고 앞으로 달려오고 있었다.

그는 웃음을 띠며 말했다.

"사위의 말이 내 뜻과 꼭 부합하네. 내가 자룡을 증오한 건 그가 다른 사람을 위해 일했기 때문이야. 자룡이 내게 귀순하길 원한다면 당연히 중용해야지. 암, 그렇고말고!"

이 말에 전해 역시 흔쾌히 고개를 끄덕인 후 성안의 모든 장사들에게 무기를 버리고 투항하라고 명했다.

이어 그는 조운과 함께 원소 앞으로 나아가 두 무릎을 꿇고 큰소리로 외쳤다.

"죄장 전해, 원 공께 인사 올립니다. 임치성 안의 모든 군민과 함께 원 공께 투항하겠습니다!"

"하하하! 좋아, 좋아!"

원소는 호탕하게 웃음을 터뜨리고는 다시 미소를 짓고 조운을 바라보며 물었다.

"자룡은 어떠한가? 내게 투항할 마음이 있는가?"

"이 운은⋯⋯."

조운은 처음에는 망설였지만 이내 원소에게 절하며 외쳤다.

"원 공께 기꺼이 투항하겠습니다!"

"자룡이 내 막하로 다시 돌아왔으니 일원 호장(虎將)을 얻은 것과 다름없구나. 하하!"

원소는 다시 한 번 크게 웃음을 터뜨린 후 말에서 내려 직접 전해와 조운을 부축해 일으켜 세웠다. 둘은 연이어 감사하다고 인사했다.

이어 조운은 슬쩍 고개를 돌려 도웅을 바라보았다.

그 눈빛에는 감사의 뜻 외에 안타까움과 낙담의 기운이 가득 서려 있었다.

조운은 다시 멀리 있는 유비의 깃발을 응시했다. 이를 바라보는 조운의 눈에는 섭섭한 빛이 가득했다…….

第三章
격장지계(激將之計)

　전해가 도응의 권유에 따라 성문을 열고 투항함으로써 반
년 가까이 끌어온 청주 대전은 대단원의 막을 내렸다. 이로써
청주의 2군 6국은 모두 원소 수중으로 들어갔다.

　일부 변방에는 아직 제압하지 못한 청주군 잔여 부대가 남
아 있었지만 대세가 이미 기운 터라 그들에게는 투항 아니면
섬멸 두 가지 길밖에 남지 않았다.

　이 전쟁의 가능 큰 수혜자는 누구 뭐래도 원소였다.

　그는 청주를 점령했을 뿐 아니라 명장 조운까지 얻는 전과
를 올렸다. 조운은 원소에게 크게 중용돼 기도위에 임명되었
다.

기분이 한껏 고조된 원소는 전 가족을 이끌고 서주로 가겠다는 전해의 청을 들어주었다.

도응 역시 이득을 보았다.

전해의 항병 중 공손찬의 수하 천여 명은 원소의 보복이 두려워 자신들도 도응을 따라 서주로 남하하겠다고 요청했는데, 원소가 흔쾌히 이에 응함으로써 유주의 노련한 기병을 얻게 된 것이다.

이 전쟁의 승리자 중 유일하게 조조군만이 아무 소득도 거두지 못했다.

이들은 한 치의 땅을 차지하거나 도응처럼 대량의 전량과 군사를 얻기는커녕 도리어 군대를 절반이나 꺾이는 손해를 보았다.

가슴에 불만이 가득 쌓인 조인과 정욱은 원소가 임치성을 접수한 다음 날 원소에게 작별 인사를 고하고 연주로 돌아갔다.

한편 유비는 원담의 간곡한 요청에도 불구하고 뜻밖에 조조군을 따라 연주 남하 길에 동참했다.

원담은 유비를 포섭해 세력을 확대하려던 계획이 무산되자 차선책으로 조운을 자신의 통솔하에 두겠다고 청했다. 하지만 원소는 그 자리에서 이를 결정하지 않았다.

도응은 이 소식을 전해 듣고 유비가 원담의 앞잡이가 되지 않았다는 데 안도의 한숨을 내쉬면서도 한편으로는 의아한 생각이 들어 중얼거렸다.

"귀 큰 도적놈의 머리가 어찌 된 걸까? 조조가 자신을 불신하고 병권도 주지 않은 상황에서 원담 밑에 들어가면 틀림없이 중용돼 재기할 기회를 노릴 수 있는데 왜 이를 포기한 거지?"

유엽 역시 고개를 갸웃거리며 말했다.

"저도 좀 이해가 되지 않습니다. 청주가 이제 막 평정돼 아직 귀순하지 않은 땅이 많아 원소는 분명 심복 대장을 청주에 남겨둘 테고, 그 대상은 원담이 될 게 거의 확정적입니다. 이런 상황에서 원담 휘하로 들어가면 날개를 크게 펼칠 수 있는 데다 서주를 침공할 기회까지 엿볼 수 있는데, 유비가 왜 굴러들어 온 기회를 마다했을까요? 유비의 성격상 절대 그럴리가 없었을 텐데 말이죠."

이때 가후가 끼어들며 말했다.

"한 가지 가능성이 있습니다. 혹시 청주에 남는 것과 연주로 돌아가는 것을 저울질해 보고 연주로 돌아가는 것이 더 유리하다고 판단하지 않았을까요?"

도응이 의아한 듯 물었다.

"연주로 돌아가는 게 더 유리하다고요? 조조는 현재 아군과 기주군에 의해 삼면이 포위돼 있고, 남쪽에서는 장제가 호시탐탐 노리고 있는데 조조 밑에서 과연 무슨 기회가 있을까요?"

"그건 저도 확실치 않습니다. 다만 유비가 이런 천재일우의
기회를 마다한 이유는 조조의 다음 행동과 분명 관계가 있으
리라는 생각입니다. 연주에서 근 시일 내에 필시 큰 움직임이
있을 터이니 주공께서는 감시를 강화하는 것이 옳을 듯합니
다."

도웅은 가후의 분석에 깊이 동감하고 즉각 조조군의 움직
임을 주시하는 동시에 서주 서북쪽 전선의 방비를 강화하라
고 명했다.

이어진 며칠 동안 도웅은 매일 원소의 비위를 맞추었지만
원소는 기어이 장자인 원담을 청주자사에 임명하고, 경내의
도적과 아직 항복하지 않은 현성(縣城)을 섬멸하라고 명했다.
이를 통해 장자의 능력을 시험하고 실력을 단련할 기회를 주
기 위함이었다.

도웅은 원소의 결정이 마뜩치 않았지만 남의 집안일에 멋
대로 간섭하기도 어려운지라 하는 수 없이 미간을 찌푸리며
원소의 명에 따랐다. 그리고 원담에게 청주 경내를 평정할 군
량 5만 휘와 수많은 물자를 내주었다.

닷새 후, 제국군의 임구성을 마지막으로 성문을 열고 투항
하자 원소와 도웅도 시일을 앞당겨 본거지로 돌아가기로 결정
했다.

서주군은 전원이 청주에서 철병하고, 원소 측은 원담이 3만 군사를 거느리고 청주에 주둔하며 경내를 다스리기로 했다.

＊　　　　＊　　　　＊

　이틀 후인 6월 스무엿새 날 양군이 동시에 철군하려고 할 때, 깜짝 놀랄 만한 소식이 청주로 전해졌다.

　헌제가 조서를 내려 자신이 장안에 있을 때 장제에게 괴롭힘을 당했다는 구실로 조조와 유표에게 장제 일당을 토벌해 국법을 바로 세우라고 명하자, 조조가 그날로 친히 8만 대군을 이끌고 장제가 주둔한 남양의 완성으로 쳐들어갔다는 것이다.

　원소는 이 소식을 받자마자 책상을 내려치며 분노를 터뜨렸다.

　"조조 놈이 간이 부었구나! 감히 천자를 겁박해 내게 귀순한 장제를 공격하다니! 이는 날 안중에도 두지 않는다는 말과 같다!"

　순심은 그제야 뭔가 깨달은 듯 큰소리로 외쳤다.

　"조인이 일찌감치 청주를 떠난 이유가 바로 이 때문이었군요! 조조는 완성 출병을 사전에 주도면밀하게 계획한 것이 확실합니다. 그리고 어쩌면 아군과 완전히 등을 지려는 계산인지도 모릅니다."

"뭐라고? 조조가 감히 나와 등을 지려 한다고? 그놈에게 그럴 담력이 있단 말이오?"

"조인은 전해가 투항한 다음날 철군을 알려왔습니다. 허도와 청주는 천 리나 떨어져 있어서 소식이 바로 전달될 수 없는 상황이므로 조조가 사전에 이 결심을 굳히고 청주 점령 여부와 상관없이 조인을 불러들였다는 말이 됩니다. 따라서 이미 아군과 반목하기로 결심했다는 반증인 것이죠."

원소가 불같이 노해 노호성을 터뜨리자 원담의 심복인 곽도가 앞으로 나와 말했다.

"주공, 저에게 한 가지 계책이 있습니다. 이 계책이면 군사 하나, 전량 한 톨 허비하지 않고 주공의 분을 씻을 수 있습니다. 바로 도응에게 연주를 기습하라고 명하는 것입니다. 그리하면 뒤를 돌아보기 어려워진 조조가 분명 스스로를 포박해 주공께 죄를 청할 것입니다."

이미 청주 별가로 임명된 신비도 곽도를 거들었다.

"공칙의 말이 옳습니다. 장제는 바로 도응이 주공께 소개한 사람입니다. 지금 조조가 대의를 저버리고 제멋대로 장제 공격에 나섰으니 도응에게 이를 구하라고 명하는 건 이치에 딱 부합합니다."

순심 역시 진중한 목소리로 원소에게 권했다.

"게다가 도응의 세력이 날로 강대해지면 장차 아군에게 위협이 될 수도 있습니다. 지금이야말로 양군이 서로를 증오하고 공격하게 만들어 중간에서 어부지리를 취할 절호의 기회입니다."

순심의 말을 듣고 원소의 눈이 반짝이자 신비가 이 틈을 놓치지 않고 간했다.

"조조와 도응이 서로 싸워 세력을 미약하게 만든 다음 아군이 공손찬을 토벌하고 돌아오는 대로 일거에 연주를 점령하고 천자를 업성으로 모셔와 천하를 호령하십시오. 이때가 되면 주공께서 천자를 끼고 제후를 호령함은 물론 천자에게 선위(禪位)를 요구하기도 여반장이 될 것입니다."

원소는 크게 마음이 동해 고개를 끄덕이다가 곁에 있는 원담에게 물었다.

"너는 어째서 아무 말도 없는 게냐?"

이마를 찡그리며 한참 고민에 빠져 있던 원담이 입을 열어 대답했다.

"사실 전 한 가지 문제를 고심하고 있었습니다. 조조와 매부가 싸우면 과연 누가 이길지 말입니다."

"네가 보기에는 누가 이길 것 같으냐?"

"지금으로서는 불명확합니다. 하지만 매부에게 시간을 좀 더 준다면 조조에게는 결코 희망이 없습니다. 매부는 세상에 나온 이후로 수많은 전투에서 한 번도 패하지 않았습니다. 게다가 4년도 되지 않는 시간 안에 서주 5군을 나날이 번창시키고, 단숨에 회남을 손에 넣어 영토를 확대했을 뿐 아니라 오합

지줄이나 다름없던 서주군을 무적의 백전 웅사로 길러냈습니다. 조조가 어찌 이런 매부의 적수가 되겠습니까?"

원소는 큰아들의 말에 한참 동안 고심하다가 순심에게 명을 내렸다.

"우약이 서주 군영에 좀 다녀와야겠소. 사위에게 긴히 논의할 군정 대사가 있으니 서둘러 이리로 오라고 이르시오."

순심은 명을 받은 즉시 도응의 대영으로 달려갔다.

"조조가 제정신이랍니까? 악부께 귀순한 장제를 감히 공격하다니요? 이참에 분수도 모르고 날뛰는 조조 놈에게 본때를 보여주십시오!"

급보를 듣고 달려온 도응이 펄쩍펄쩍 뛰며 흥분하자 원소가 오히려 차분하게 고개를 끄덕이며 대꾸했다.

"물론이다. 우약의 말로는 조조가 아예 나와 반목하고 동맹을 끊으려 한다는구나."

이어 원소가 순심의 분석을 간략하게 전하자 도응은 그제야 마음속에 쌓였던 의문이 술술 풀렸다.

도응은 속으로 중얼거렸다.

'보아 하니 조조가 마침내 역사적인 파부침주(破斧沈舟)를 단행할 모양이로군. 원소의 주력군이 북쪽 전선에 몰려 있어서 잠시 손을 쓸 수 없는 틈을 타 장제와 나를 각개격파하려는 생각이야. 유비가 원담 휘하에 몸을 맡길 기회를 차버린

이유도 이제 설명이 돼. 내가 장차 조조와 전면전을 벌이게
될 기회가 더 낫다는 계산이겠지? 일이 순조로우면 날 죽이고
서주를 병탄하고, 차선책으로 서주와 연주에 전란이 일어난
기회를 노려 뜻을 펼칠 생각인 게지……'

이때 원소가 도웅의 사색을 끊으며 미소를 짓고 말했다.

"조조가 이미 나와 반목하기로 마음먹었다면 나 역시 약세
를 보여서는 안 되지. 하여 내 연주로 출병하기로 결정을 내렸
네. 다만……."

"무슨 말씀인지 알겠습니다."

도웅은 원소의 말뜻을 알아듣고 재빨리 예를 갖춘 후 대답
했다.

"악부, 염려 마십시오. 현재 유주 전쟁이 결정적인 시기에
접어들어 남쪽을 돌아볼 여유가 없다는 사실을 잘 알고 있습
니다. 완성의 장제는 제 소개로 악부께 귀순한 터, 제가 이 일
을 모두 책임지겠습니다. 영채로 돌아가는 대로 즉시 연주 공
격을 명하여 사면초가에 놓인 장제를 지원함과 동시에 맹주
인 악부의 위엄을 천하에 널리 알리겠습니다."

"오, 과연 내 효성스러운 사위로구나! 그렇다면 사위가 좀
수고해 주게나. 내 공손찬을 제거하는 즉시 군대를 남쪽으로
파견해 사위와 함께 조적 놈을 멸하고 천자를 업성으로 영접
해 한실을 붙들겠노라!"

도웅은 공수하고 결연하게 대답했지만 속으로는 자신과 조

조의 양패구상을 노려 어부지리를 취하려는 속셈에 코웃음을 쳤다.

도웅의 모사들 역시 조조가 원소의 노여움을 살지 뻔히 알면서도 장제 공격에 나선 이유를 모를 리 없었다. 유엽이 가장 먼저 입을 열었다.

"조조가 장제라는 눈엣가시를 뽑으려고 결정했을 때는 이미 원소와 반목할 준비를 모두 마쳤다는 얘기입니다. 그렇지 않다면 조인이 부리나케 청주에서 철수하지 않았겠지요."

도웅이 쓴웃음을 지으며 대꾸했다.

"어쨌든 원소가 이리 나올지는 생각도 못했소이다. 조조와의 반목이야 반목이고, 나를 전면에 내세우고 자신은 뒤에서 구경이나 하며 어부지리를 노리려 할 줄이야……."

그러자 가후가 눈을 가늘게 뜨고 대답했다.

"이는 필연적인 일입니다. 단지 시간의 문제일 뿐이었지요. 주공께서 세상에 나온 이래로 백전불태의 전적을 쌓고 서주를 부강하게 만들었으니 원소가 주공에 대한 경계심을 가지지 않길 바라는 건 욕심입니다. 다만 저도 원소가 이렇게 빨리 주공에게 경계를 드러낼지는 몰랐습니다."

유엽이 고개를 절레절레 흔들며 입을 뗐다.

"이 일 또한 조조의 안배가 아닐까 걱정입니다. 조조가 뒤도 돌아보지 않고 장제를 공격할 때 가장 두려운 건 당연히 아군과 기주군의 협공입니다. 특히 기주군이 관도(官渡)를 따라 남하해 직접 허도로 쳐들어간다면 만사를 그르치게 되죠. 그래서 잠시 원소를 무마하기 위해 기주군 내부에 손을 써 원소에게 이 계책을 취하도록 종용한 것이 분명합니다."

도응은 어쩔 수 없다는 표정을 지으며 유엽과 가후에게 물었다.

"나 역시 잠시 악부를 안심시키기 위해 당장 연주로 쳐들어가겠다고 공언하고 왔소. 두 분이 보기에 아군은 이제 어찌하는 게 가장 좋겠소?"

잠시 고민에 빠졌던 가후가 웃음을 띠며 대답했다.

"그리 어려운 일은 아닙니다. 주공께서는 당장 서주로 편지를 보내 진도에게 1만 군사를 이끌고 북상해 호류과 창읍을 공격하라고 명하십시오. 다만 굳이 성을 취할 필요는 없다고 하십시오. 조조가 남양에서 퇴병해 장제의 위기가 해소된다면 일은 저절로 풀립니다."

도응이 놀란 눈으로 물었다.

"그리 간단하단 말이오? 아군이 창읍을 거짓 공격하기만 하면 장제의 위기를 푸는 효과를 거둘 수 있소? 교활한 조조가 쉽게 여기에 넘어가겠소?"

가후가 자신 있게 대답했다.

"창읍을 거짓 공격하는 건 원소에게 우리의 성의를 보여주기 위함입니다. 그리고 조조는 절대 장제를 멸할 수 없으니 안심하십시오. 군사력이나 용병 능력으로 따지자면 장제는 절대 조조의 적수가 아닙니다. 하지만 장제의 뒤에는 유표가 있습니다. 형주 내부는 지금 장선이 난을 일으켜 남쪽 3군이 어지러운 상황이라 북쪽 장벽이 조조에게 무너지는 걸 용납할 리 없습니다. 이에 전심전력으로 장제를 구원할 것이므로 조조가 장제를 완전히 멸하기는 매우 어렵습니다. 기껏해야 장제를 완성에서 쫓아내고 완충지대를 탈취한 다음 알아서 철군을 결정할 것이 분명합니다."

도응은 조조가 그리 만만한 상대가 아니라는 생각에 쉽사리 가후의 의견에 동의하기 어려웠다.

하지만 아무리 머리를 쥐어짜도 가후가 제시한 방법 외에 대응책이 떠오르지 않자 고개를 끄덕이며 진응에게 분부했다.

"문화 선생의 말대로 당장 진도에게 편지를 써서 보내시오. 굳이 성을 취하려고 전력을 다하지 말고, 또 사태가 악화되는 걸 막기 위해 함부로 살상을 저지르지 말라고도 당부하시오."

진응이 즉각 진도에게 보낼 편지를 쓰는 사이, 가후가 도응 곁으로 다가와 귓속말로 속삭였다.

"또 한 가지는 원담을 이용하는 방법입니다. 청주에서 철군할 때……."

가후의 말에 도응의 얼굴에는 회심의 미소가 어렸다.

6월 스무엿새 날, 도응 부처는 원소와 눈물로 작별 인사를 나누고 각기 자신의 근거지로 회군할 준비를 마쳤다.

어른인 원소가 먼저 대군을 이끌고 철수할 때 도응과 원담은 길에서 원소를 배웅했다.

원소가 떠난 것을 확인한 도응이 원담에게 공수하고 작별을 고하자 원담이 겉웃음을 치며 비꼬았다.

"예야, 매부, 조심히 가시게. 난 군무로 바빠 멀리 나가지 못하네. 참, 돌아가는 길에 몸조심해야 할 거야. 태산군 쪽은 조조군이 통제하는 데다 도적이 횡행해서 무슨 변고가 생길지 모르거든."

원예는 상냥하게 오라비의 배려에 감사를 표했지만 도응은 히죽히죽 웃으며 대꾸했다.

"걱정 마십시오. 이 아우도 전장을 누빈 지 아주 오래됐습니다. 태산군 태수 여건(呂虔)은 아우가 여남에 있을 때 아우의 깃발만 보고도 도망친 자라 전혀 문제가 되지 않습니다."

발길을 돌리려던 도응은 뭔가 생각난 듯 다시 원담을 바라보고 말했다.

"아 참, 저보다는 형님이 더 조심해야겠습니다. 형님이 청주 토벌에서 연전연패를 하고, 지금은 조조와 관계가 악화된지라 약자 앞에서는 강하고 강자 앞에서는 꼬리를 마는 여건 놈이 분명 청주를 괴롭히려 들 테니까요."

원담은 얼굴이 흙빛으로 변해 소리쳤다.

"내가 평원에서 패한 건 다 부친의 명에 따른 거짓 패배였다!"

"저야 당연히 알고 있지만 여건은 이 사실을 모릅니다. 태산군 치소인 봉고성(奉高城)은 임치와 멀리 떨어져 있지 않아 언제든지 여건의 공격을 받을 수 있습니다. 하지만 너무 염려하지 마십시오. 정말 이런 일이 발생했을 때 형님은 성문을 걸어 잠그고 성을 사수하기만 하면 제가 당장 출병해 형님을 구해 드리겠습니다."

원담은 화가 머리끝까지 나 노호성을 터뜨렸다.

"네 도움은 필요 없다! 여건 필부 놈이 한 발짝이라도 경계를 넘는다면 절대 살아 돌아가지 못할 것이다!"

"형님이 수성이 가능하다니 아우도 마음이 놓입니다. 조조의 주력군이 서진한 상황이라 여건이 전군을 동원한다 해도 병력이 매우 적어서 형님이 설사 전투에서 패하더라도 기주로 도망칠 기회는 충분하겠군요."

도응은 음흉한 미소를 지으며 대답한 후 원담이 격노해 할 틈도 없이 곧바로 말을 이었다.

"맞다! 아우가 무수(武水)를 따라 개양으로 가는 길에 태산의 남쪽 문호 비국(費國)을 공격하겠습니다. 군사 2천 명을 임기(臨沂)에 주둔시키고 기회를 엿봐 팽정과 비국으로 쳐들어가 여건 놈이 감히 형님을 괴롭히지 못하도록 하겠습니다. 각 장수들은 내 말을 들었는가?"

도웅이 고개를 돌려 소리치자 허저와 서황 등은 웃음을 띤 채 큰소리로 대답했고, 위연은 아예 거드름을 피우고 가슴을 치며 외쳤다.

"역시 주공다우십니다. 임기에 2천 군사를 주둔시킨다니 대공자는 청주에서 발 뻗고 계셔도 되겠군요. 적어도 이제 막 평정한 청주를 여건에게 빼앗길 리는 없을 테니까요."

"어떤 놈이 감히 이 대공자를 모독하느냐! 무엄하기 짝이 없구나!"

분을 참지 못한 원담이 칼을 빼들고 노호하자 깜짝 놀란 주변의 청주 장령과 서주 장령도 일제히 검을 뽑아 들었다.

놀란 원예가 도웅의 소매를 잡아당기며 일을 크게 벌이지 말라고 애걸하자 도웅이 처를 안심시키며 말했다.

"부인, 청주가 이제 막 평정돼 악부의 대오가 이곳에 아직 정착하지 못했소. 여건은 지용을 겸비한 자라 이 틈을 노려 청주를 습격한다면 안전을 장담하기가 어려운 상황이라오. 원상 형님은 연주에서 맹장 여포를 물리쳤고, 하내에서도 조조 주력군과 대등하게 싸웠지만 원담 형님은 이에 미치지 못하는 형편이오. 하여 악부께서 조조와 반목한 지금, 내 사전에 방비를 철저히 해두려는 것이오. 만일 여건이 진짜로 출병해 청주를 공격한다면 어찌 되겠소?"

이 말에 원담이 길길이 날뛰며 외쳤다.

"네 도움은 전혀 필요 없다! 청주 일이 마무리되는 대로 내 친히 군사를 이끌고 태산으로 쳐들어가 여건 놈의 수급을 취하고 말리다!"

도응과 서주 장령들은 속으로 원담의 무모함을 크게 비웃었다.

이어 도응은 몸을 바르르 떨고 있는 원담에게 마지막 말을 던지고 원예와 함께 몸을 돌려 길을 재촉했다.

"태산으로 출격해 여건의 수급을 베겠다는 말이 원상 형님의 입에서 나왔다면 저도 당연히 믿겠습니다. 암, 믿고말고요. 하지만 형님이라면… 그럼 저와 내기를 하십시오. 만약 형님이 여건의 수급을 베고 봉고성을 함락한다면 저는 형님에게 머리를 조아리고 깊이 사죄하겠습니다! 그럼 아우는 이만 돌아가 보겠습니다. 형님의 승전 소식을 기다리지요."

도응은 거들먹거리며 얘기한 후 원예를 마차로 안내하고 표표히 말에 올라 전군을 이끌고 자리를 떴다.

이어 아직까지 분이 가시지 않은 원담의 목소리가 현장에 크게 울려 퍼졌다.

"좋다! 석 달 안에 내 반드시 봉고성 위에 기주 깃발을 꽂고 말리다!"

"대공자, 이는 도응이 일부러 공자를 자극하려는 것입니다. 절대 계략에 넘어가서는 안 됩니다!"

신비가 다급히 원담에게 달려가 권했지만 원담은 들은 체도 않고 소리쳤다.

"입 다무시오! 도응 어린놈이 나를 이토록 모욕했는데 위엄을 보여주지 않는다면 내가 얼마나 대단한지 모를 것 아니오! 게다가 원상 놈만 싸고도는 부친에게도 내 진면목을 알릴 좋은 기회가 아니겠소!"

서주로 회군하는 도중, 시종 말없이 도응의 도발을 지켜보던 가후가 도응 곁으로 다가가 미소를 지으며 말했다.

"좀 억지스럽긴 했지만 잘하셨습니다. 원담이란 자는 용기만 있고 지모는 없는 데다 공을 이루고 싶은 마음이 간절해 이 기회를 꼭 성공시키려고 할 겁니다. 하여 그를 좀 돕는 것도 괜찮은 방법입니다. 서주로 돌아가는 길에 임기를 지날 때 정말로 비국에 일군을 보내 여건이 남쪽으로 구원병을 보내도록 압박하십시오. 그리하면 원담에게 공을 세울 기회를 줄 수 있고, 나아가 태산으로 출병하도록 구슬린다면 조조와 원소 간에 전화를 유도할 수도 있습니다."

"문화 선생의 말이 내 뜻과 꼭 부합하오. 군사는 신속함이 제일이니 당장 실행에 옮깁시다."

도응은 크게 기뻐하며 고개를 끄덕이고는 당장 서황을 불렀다.

서황에게 3천 군사를 이끌고 먼저 임기로 달려가 비국을 공격하라고 명했다. 또한 개양에 주둔 중인 손관에게도 전령을 보내 일군을 이끌고 임기로 출동해 서황을 도우라고 일렀다.

그리하여 도응이 서주에 채 당도하기도 전에 두 부대가 이미 도응의 명을 받고 연주로 출격했다.

진도는 1만 군사를 이끌고 호류으로 쳐들어갔고, 서황은 3천 군사를 거느리고 비국을 공격했다. 이에 연주 동남부 두 지역에서 긴급히 구원을 요청하는 전령이 허도로 나는 듯이 달려갔다.

조조를 대신해 허도를 지키던 순욱은 이 소식을 듣고 처음에는 깜짝 놀랐지만 이내 냉정을 되찾고 곰곰이 생각해 본 후 웃음을 지으며 좌우에 분부했다.

"도응 놈이 과연 교활하기 이를 데 없구나. 허장성세도 그럴듯하게 꾸미고. 조순과 여건에게 서주군은 전혀 개의치 말고 평소처럼 성을 굳게 지키라고 일러라. 주공께서 장제를 평정하고 돌아오시면 도응은 저절로 물러날 것이다."

도응과 조조의 부대는 이심전심으로 전면 개전의 구호만 크게 외칠 뿐 실제로는 행동에 매우 조심했다. 서로 강하게 부딪쳤다간 원소에게 좋은 일만 시켜준다는 사실을 잘 알았기 때문이다.

이로 인해 물을 먹은 건 원소뿐만 아니라 도응과 조조의 갈등 속에서 이익을 챙기려던 유비도 있었다.

원담의 잔류 요청도 뿌리치고 조조군을 따라 연주로 철수한 유비는 조인에게 창읍으로 가 전쟁에 대비하겠다고 청했다. 하지만 정욱은 유비가 멋대로 행동하다가 조조의 대계를 그르칠까 염려해 조인에게 이를 거절하라고 슬며시 권했다.

유비는 몇 번이나 간청했으나 조인이 이를 받아들이지 않자 하는 수 없이 남양 전장의 조조에게 직접 편지를 써서 창읍으로 가는 것을 허락해 달라고 요청했다.

*　　　　　*　　　　　*

유비의 편지가 남양에 전달됐을 때, 완성 전투는 매우 중요한 시기에 접어들고 있었다.

장제군은 야전에서 조조군과 치열한 접전을 벌였지만 결국 패하고 완성으로 물러나 성을 굳게 사수했다.

이에 조조는 유비에게서 얻은 초기 형태의 벽력거를 제조해 공성에 나섰다. 위력적인 벽력거 앞에 완성 성벽이 와르르 무너지자 장제군의 군심은 크게 동요하기 시작했다.

천재일우의 기회를 맞아 조조가 완성에 사신을 보내 투항을 권유하려는데 느닷없는 소식이 조조 앞에 날아들었다.

유표가 형주 대장 문빙에게 2만 군사를 주고 장제를 구원하라고 명해, 문빙의 군대가 이미 조조의 측면인 극양(棘陽)에 나타났다는 것이다.

원군이 당도했다는 소식이 육수를 통해 완성 안으로 전해지자 장제군은 사기가 크게 진작됐다. 이로써 투항을 권유하려던 조조의 꿈은 물거품으로 돌아가고 말았다.

"유표 필부 놈이 나와 대체 무슨 원한을 졌단 말이냐? 장제는 서량의 일개 역적 놈에 불과한데 사력을 다해 그를 돕는 이유가 뭐란 말이냐? 도대체 왜?"

대로하여 고함을 지른 조조는 곁에 있던 순유에게 큰소리로 명했다.

"유비에게 당장 관우와 장비를 데리고 완성으로 와 싸움을 도우라고 이르시오! 그가 창읍으로 갔다가 불미스러운 일이 벌어진다면 까닥하다간 도응과 전면전을 일으킬 수도 있소!"

유비가 중간에서 이득을 취하려던 단꿈이 무참히 깨져 수심 가득한 얼굴로 관우, 장비와 함께 남양에 당도했을 때, 조조군과 장제군 사이의 완성 전투는 이미 일단락된 상태였다.

구원병이 당도하자 사기가 크게 오른 장제는 구원(舊怨)을 갚으러 다시 성을 나갔다가 여지없이 참패하고 말았다.

그는 가까스로 포위를 뚫고 문빙의 도움을 받아 극양으로 철수해 진용을 재정비했다. 조조가 곧장 극양까지 추살해 들어가 벽력거를 이용해 맹공을 퍼붓자 장제와 문빙은 아예 극양성을 버리고 육양(育陽)으로 물러나 조조군을 물길이 밀집된 지대로 유인했다.

조조는 끝까지 적군을 추격해 끝장을 보고 싶었지만 곽가, 순유, 모개등 모사들이 결사반대하고 나섰다.

극양 이남은 수로가 얽히고설켜 있는 데다 때가 마침 한여름이라 형주 일대에 폭우가 자주 내려 큰 강, 작은 강 할 것 없이 모두 수위가 급격히 높아져 육전에 능한 조조군이 작전을 펼치기 매우 불리하다는 이유에서였다.

이밖에도 유표는 문빙을 보낸 것으로도 모자랐는지 생질 장윤(張允)에게 일지 수군을 이끌고 육수를 따라 북상하라고 명했다. 여기에 추가로 신야(新野), 조양(朝陽), 한수(漢水) 일대에 증원군을 파견해 물샐틈없는 방어진을 형성했다.

이번에 조조군은 유표와의 전면 개전에 대해서는 아무 준비도 없었던 관계로 계속 진격하다간 낭패를 보기 십상이었다. 무엇보다 배후에 원소와 도응이라는 강적이 떡하니 버티고 있는 상황에서 더 이상의 공격은 도박이나 다름없었다.

조조 역시 계속 공격하는 건 무리라고 판단해 모사들의 말에 따라 적당한 시기에 물러나기로 결정했다.

그는 조홍에게 완성에 주둔하며 허도의 길목을 잘 지키라고 명했다. 또 청주에서 막 달려온 유비 형제에게는 최전방인 극양에 주둔하며 유표, 장제군과 대치하도록 했다.

유비는 조조의 음험한 의도를 빤히 눈치챘지만 더부살이 중인 주제에 대놓고 반대하기 어려워 하는 수 없이 이 중임을 짊어졌다.

유비가 이 임무를 맡는 게 당연하다고 여겨 아무도 이의를 제기하지 않을 때, 승상부의 주부 사마랑(司馬朗)이 조조와 단둘이 있는 기회를 노려 진언했다.

"승상, 유비는 한실 종친이자 유표와는 같은 종씨입니다. 그를 극양에 남겨두었다가 변고가 발생한다면 생각하고 싶지 않는 결과가 빚어질까 걱정입니다."

조조가 큰소리로 웃으며 대답했다.

"하하, 그건 백달(伯達)의 기우에 불과하오. 천자가 유비를 황숙으로 존숭했다 하나 실제로 유비는 자리 짜고 짚신 파는 무리에 지나지 않소. 존귀한 신분의 유표는 그를 거들떠도 안 볼 것이오. 또 설사 유비가 들러붙으려 해도 유표는 절대 그를 받아들일 리 없소. 어쨌든 관우와 장비 양대 맹장이 극양을 지킨다면 완성의 훌륭한 병풍이 되지 않겠소?"

백달은 사마랑의 자다. 사마랑은 고개를 끄덕이고 다시 말했다.

"승상의 말씀이 백번 옳습니다. 하지만 신중을 기하기 위해 유비의 병력을 통제하고 감시를 강화하는 게 어떨까요? 문약 선생과 중덕 선생이 전에 했던 말이 자꾸 마음에 걸립니다. 유비는 영웅이라 일찍 도모하지 않는다면 필시 후환이 될 것이라 하지 않았습니까?"

사마랑이 순욱과 정욱을 언급하며 경계하자 조조도 마음이 약간 흔들렸다.

잠시 고민에 잠겼던 그는 결국 조홍에게 사람을 보내 유비

군대를 철저히 감시하고, 특히 유비가 유표나 장제와 몰래 연락을 취하는지 잘 살피도록 했다. 이밖에 조조는 친필 명령서를 조홍에게 주고 만약 불의의 사태가 발생할 경우 보고할 필요 없이 즉각 유비를 제거해도 좋다고 명했다.

이 명이 떨어지자 시종 곁에서 침묵하고 있던 사마랑의 입꼬리가 살짝 올라갔다.

그날 밤 삼경이 다 된 시각, 조조를 대신해 산더미처럼 쌓인 군무를 처리한 사마랑이 조조가 잠든 것을 확인하고 자신의 처소로 돌아갔다.

처소에서 그를 반긴 이는 다름 아닌 그의 아우 아의였다.

아의는 양굉 일행과 천자를 모시고 도웅에게 가던 도중에 유비군의 습격을 받아 그만 대오에서 이탈하고 말았다. 적군의 추격을 가까스로 따돌린 그는 천자 일행의 종적을 찾지 못해 하는 수 없이 발길을 북쪽으로 돌렸다.

그는 큰형 사마랑을 찾아가 가족이 조조군에게 몰살된 경위를 설명하고 형의 집에 기거하며 복수할 날만을 꿈꾸고 있었다.

사마랑이 돌아오자 아의가 황급히 그를 맞으며 낮은 목소리로 물었다.

"형님, 일은 잘됐습니까?"

사마랑 역시 방문을 열어 주변을 살피고 목소리를 낮춰 대답했다.

"물론이다."

아의의 입가에 흐뭇한 미소가 걸리자 사마랑이 다시 물었다.

"그런데 이 정도면 되겠느냐? 유비는 간사하기 이를 데 없어서 조홍이 몰래 자신을 경계한다는 걸 알면 쉽게 반기를 들지 않을까 걱정이다."

"걱정 마십시오. 유비는 야심이 만만한지라 절대 조조 밑에서 오래 있을 자가 아닙니다. 조홍이 자신을 감시한다는 걸 알게 되면 꾹 참고 있다가 결정적인 순간에 반드시 조조를 배신하고 원수로 돌변할 테니까요."

아의는 잠시 숨을 고르고 말을 이었다.

"게다가 도 사군은 총명하고 지모가 뛰어나 일단 유비가 극양에 주둔한 사실을 알게 되면 조조와 유비 두 간적 놈을 이간할 이 절호의 기회를 절대 놓칠 리 없습니다. 유비의 손을 빌려 조조의 후방을 제약해 필시 둘을 원수 사이로 갈라놓을 것입니다!"

사마랑은 크게 고개를 끄덕인 후 아의의 귀에 대고 속삭였다.

"둘째야, 조조가 오늘 곽가의 건의에 따라 사신 두 명을 각각 기주와 서주에 보내기로 결정을 내렸다. 도 사군과 원소에게 장제 토벌은 천자의 명을 거역할 수 없었다는 핑계를 대칼에 피를 묻히지 않고 이 위기를 타개하려는 중이다. 그러면서 도 사군과 원소가 그에게 얼마나 적의를 드러내는지 보고 서주와 연합해 기주에 대항할지 아니면 기주와 손잡고 서주를 멸할지 결정하려는 모양이다. 그래서 이번 기회에 내가 서주에 사신으로 가 도 사군과 연락을 취하고자 하는데, 아우 생각은 어떠한가?"

"그건 절대 안 됩니다!"

아의는 고개를 절레절레 흔들고 사마랑에게 설명했다.

"형님은 승상부의 주부입니다. 별다른 이유 없이 서주에 사신으로 가겠다고 청하면 간사한 조조가 틀림없이 의심을 품을 것입니다. 그러면 형님은 서주로 가지 못할 뿐 아니라 조조의 기밀문서를 관장하는 중요한 직책마저 잃을 수 있습니다. 따라서 사신 건은 절대 꺼내지 마십시오. 제 스승인 중명 선생은 일찍이 남들이 차마 할 수 없는 일을 해내야만 비로소 진정한 영웅이자 호걸이라고 말씀하셨습니다. 도 사군과 연락을 취하는 작은 일로 인해 복수라는 대사를 그르쳐서는 안 됩니다. 이는 나중에라도 언제든지 기회가 있습니다."

사마랑은 천천히 고개를 끄덕이며 아우의 뜻에 동감을 표했다. 낙양에서 천자를 구출하고 유표와의 동맹을 체결하는 데 성공한 양굉의 명성은 천하에 자자한 상태였다.

이어 아의가 다시 귀엣말로 속삭였다.

"또 한 가지는, 이후 도 사군과 관련된 얘기가 나오면 가능한 한 도 사군에게 적의를 드러내고 도 사군을 난처하게 만들 계책을 올리십시오. 그리하면 결정적인 순간에 조조가 안심하고 형님을 도 사군에게 보내 연락을 취할 수도 있습니다."

사마랑은 아의의 어깨를 두드리며 웃음을 짓고 대답했다.

"잘 알았다. 내 실수 없도록 하마."

第四章
조조, 사면초가에 빠지다

　조조의 사자가 각기 기주와 서주로 달려가고 있을 때, 도응의 군대는 원소의 명령하에 조조에 대한 보복 행동에 들어갔다.

　군대를 두 길로 나눠 일로는 호류으로, 일로는 비국으로 쳐들어가면서 연주 경내에는 전운이 감돌기 시작했다.

　호류 공격을 책임진 서주 대장 진도는 병력의 우세를 앞세워 호류성에 강공을 퍼부음으로써 창읍 수장 조순이 호류의 군사를 창읍으로 무르도록 압박했다. 하지만 진도는 무리하게 조조군의 뒤를 쫓지 않고 양도를 보호하며 서서히 창읍으로 진격해 들어갔다.

도중에 길을 막아선 왕충(王忠)까지 격퇴되자 조순은 창읍 성문을 걸어 잠그고 후방에 급보를 알렸다.

한편 서황이 비국으로 쳐들어가자 비국성을 지키는 천여 군사는 싸우지도 않고 서황에게 항복했다.

여건은 서주군이 설마 궁벽한 태산 남부를 침범할지 전혀 예상 못 했던 탓에 크게 당황했다. 다급해진 그는 서둘러 남무양(南武陽)에 증원군을 파견해 반격을 준비하고, 무수 이남 토지가 전부 서주군에게 넘어가지 않도록 대비했다.

또한 태산군 곳곳에 산재한 도적 무리들이 이 틈을 타 들고 일어나 서주군과 내응이 되지 않을까 우려해 이를 막는 데 전력을 기울였다.

하지만 서주군의 공격은 더 이상 이어지지 않았다.

막강한 세력의 원소를 앞에 두고 조조와 전면전을 벌여봤자 원소에게만 이득이 된다는 사실을 도응이 모를 리 있겠는가.

이에 조조의 사자인 봉군도위(奉軍都尉) 왕칙(王則)이 창읍에 당도했을 때 전투는 이미 소강상태에 접어들었고, 진도는 수하를 시켜 왕칙을 호위해 팽성의 도응에게 안전하게 안내하라고 명했다.

조조는 원소와 도응에게 보내는 편지에서 이번 장제 공격에 대한 변명을 구구절절 늘어놓았다.

자신이 원소에게 귀순한 장제를 공격한 건 결코 원소를 안중에 두지 않았다거나 도응을 무시해서가 아니라 헌제가 장제에게 따끔한 맛을 보여주라고 조서를 내린 탓에 어쩔 수 없이 출병하게 됐다고 설명했다.

그리고 장제를 한 차례 혼내준 후 공격을 그쳤으니 원소에게는 자신의 난처한 입장을 이해해 기존의 맹약을 계속 이어가자고 청했고, 도응에게는 전황이 확대되지 않도록 군사를 물러달라고 부탁했다.

도응은 조조의 편지를 다 읽은 뒤 호탕하게 가슴을 치며 얘기했다.

"왕 도위는 돌아가 조조 공에게 전하시오. 내 조 공의 입장을 충분히 이해하니 안심하라고 말이오. 우리의 맹주이자 내 악부인 원소 공이 조 공과의 화해에 동의하고 이전의 맹약을 이어가기로 결정한다면 나 역시 마땅히 악부의 뜻에 따라야지요. 그리고 당장 내 군대에게 진공을 멈추라고 명해 화해의 성의를 보여주리다."

걱정했던 임무가 순조롭게 해결되자 왕칙은 안도의 한숨을 내쉬고 도응에게 연신 허리를 굽혀 감사하다고 답례한 후 다시 말을 꺼냈다.

"또 한 가지, 조 승상께서 소신을 통해 전하라는 말씀이 있었습니다. 이번에 유비가 창읍으로 가 사군의 대군을 막겠다고 간청했지만 승상은 단호히 이를 거절하고 유비를 남양군

의 극양에 배치했습니다. 승상께서 베푸신 호의를 알아주면
고맙겠습니다."

"유비가 지금 극양에 주둔하고 있다고요?"

도응은 잠시 멍한 표정을 짓고 있다가 이내 다시 따뜻한 미
소를 보이며 말했다.

"조 승상의 호의를 제가 어찌 모르겠습니까? 돌아가는 대
로 조 승상에게 감사하다고 전해주십시오. 참, 지금은 제가 처
리해야 할 공무가 있으니 잠시 객사로 돌아가 쉬고 계십시오.
저녁 때 도위를 위해 성대하게 연회를 베풀고, 그 자리에서 회
신도 드리리다."

왕칙은 크게 기뻐하며 서둘러 공수하고 호위병을 따라나섰
다. 왕칙의 발걸음이 사라지자마자 도응은 큰소리로 외쳤다.

"남양 지도를 대령해라. 당장!"

호위병이 지도를 찾아오기도 전에 유엽이 앞으로 나와 거침
없이 읊어댔다.

"극양은 내지 중앙에 위치하며 육수, 육양과 인접해 있습
죠. 북쪽으로 허도와 550리, 완성과는 50리 떨어져 있고, 남
쪽으로 양양과 480리, 양양의 북쪽 문호인 신야와는 150리 떨
어져 있습니다. 인구와 전량 상황은 잘 모르겠고, 지세는 평
탄하여 험요지가 없는 탓에 군사적으로 완성보다는 중요하지
않습니다. 조조가 유비를 극양에 배치한 목적은 완성의 완충
지대가 돼 주길 바라는 것 외에 유표의 손을 빌려 자기 밑에

둘 수 없는 공신을 제거하려는 것으로 보입니다."

이어 가후가 침중한 목소리로 입을 열었다.

"아무래도 조조가 이번에는 수를 잘못 둔 듯합니다. 유비가 천자를 조조에게 바친 공이 있어 그를 제거할 가장 좋은 방법이 남의 손을 빌리는 것이라고 하나 유표에게는 절대 그럴만한 능력이 없습니다. 게다가 지금 형주의 정세가 혼란하고 복잡해 다툼이 끊이지 않는 관계로 유비가 남양으로 간다면 고기가 물을 만난 것과 같습니다. 조조가 유비를 통제하기는 이제 더욱 어려워졌습니다."

이때 양굉이 코웃음을 치며 끼어들었다.

"유비 놈이 물 만난 고기가 되든 말든 우리와 무슨 상관입니까? 남양은 서주와 천 리나 떨어져 있다고요. 하지만 조조의 근거지인 허도와는 지척거리라 유비가 남양에서 소란을 크게 피울수록 우리 서주로서는 반가워해야 할 일 아닙니까?"

고개를 끄덕여 양굉의 말에 찬동을 표한 유엽은 갑자기 무슨 생각이 떠올랐는지 다급한 목소리로 말했다.

"주공, 이는 조조를 견제할 절호의 기회라고 사료됩니다! 유비는 야심이 만만해 절대 남의 밑에 오래 있을 자가 아닙니다. 조조가 시종 그를 억압하고 뜻을 펼칠 기회를 주지 않아 유비는 맘속으로 분명 조조를 증오하고 있을 것입니다. 그렇다면 우리와 우호 관계인 유표를 꼬드겨 유비에게 항복을 권해보는 건 어떻겠습니까? 유표는 이미 장제를 회유해 재미를 본 일이 있습니다. 지금 형주가 남북으로 크게 어지러워 인재가 절실한 상황인지라 이 제안을 들으면 유표도 틀림없이 마음이 동할 것입니다. 만약 유표가 유비 회유에 성공하기만 하면 장제보다 허도에 열 배나 더 큰 위협이 되지 않겠습니까?"

가후도 정신이 번쩍 들며 유엽의 견해에 찬성했다.

"자양의 이 계책은 실행에 옮길 만합니다. 유표는 유비와 같은 종씨인 데다 지금 인재가 시급한 시점입니다. 유비도 조조에게 억눌려 지낸 지 오래라 주공께서 나서서 유표를 부추긴다면 성공 가능성이 매우 높습니다."

양펑도 자진해서 나서며 말했다.

"주공, 제가 다시 형주로 가 유표를 만나 보겠습니다. 유비를 회유하는 데 성공해 조조에게 거꾸로 칼을 겨눈다면 조조가 과연 어떤 표정을 지을지 무척 궁금합니다."

진등 역시 이들을 거들며 진언했다.

"원소가 이미 아군과 조조 사이에 싸움을 붙이려는 의중을 드러낸 상황입니다. 따라서 이 계책이 성공한다면 조조의 지난번 남양 정벌을 무위로 돌릴 수 있고, 또 원소가 무서운 조조는 가식적이지만 아군에게 계속 호의를 보일 수밖에 없어 우리로서는 선택의 여지가 더욱 넓어질 수 있습니다."

모사들이 돌아가며 이 기회에 조조와 유비를 이간하자고 한마디씩 던졌지만 도응은 꿈쩍도 하지 않고 침묵만 지키고 있었다.

서주에 빤히 이득이 되는 계책에도 도응은 한참 동안 말이 없다가 마침내 무겁게 입을 열었다.

"진응은 조조에게 보낼 답신 한 통을 써주시오."

"조조에게 답신을 쓴다고요?"

진응과 가후 등은 지금까지 한참 떠든 말을 도응이 제대로 듣기나 한 것인지 몰라 어리둥절한 표정을 지었다.

도응이 여전히 아무 반응도 없자 진응이 하는 수 없이 붓에 먹을 묻히고 물었다.

"내용은 어떻게 전할까요?"

도응은 이를 앙다물고 또박또박 얘기했다.

"한마디도 더하지도 빼지도 말고 내 말을 그대로 적으시오. 조 공은 당시 서주성에서 날 죽이지 않은 걸 뼛속 깊이 후회한다고 들었는데, 지금 다시 극양에서 전철을 밟으려 하면서 장차 후회하지 않을 자신이 있습니까?"

"네?"

예상치도 못한 도응의 발언에 대당 안에는 연달아 괴성이 울려 퍼졌고, 진응 역시 깜짝 놀라 들고 있던 붓을 비단에 떨어뜨리고 말았다.

다들 어안이 벙벙한 표정을 하고 있을 때, 도응이 단호하게 말했다.

"한의 영토는 아주 좁소. 나와 조조 외에 제삼의 효웅이나 간웅은 절대 용납해선 아니 되오!"

실제 역사에서 여러 제후를 전전하던 유비는 마지막으로 유표에게 몸을 의탁하며 마침내 뜻을 펼치게 된다. 이를 잘 아는 도응으로서는 유비가 유표와 얽히는 것을 절대 두고 볼 수 없었던 것이다.

하지만 도응의 바람과 달리, 공교롭게도 이때 양양성 안에서도 똑같은 논의가 진행되고 있었다.

"유비에게 투항을 권유하자고?"

유표는 크게 놀라며 이 건의를 올린 제갈현에게 되물었다.

"농담이 지나치지 않은가? 유비는 조조의 심복지인이네. 조조에게 후장군, 의성정후(宜城亭侯)에 봉해질 만큼 신임이 두터운데 어떻게 그를 회유해 내 사람으로 만든단 말인가?"

제갈현이 정중히 공수하고 대답했다.

"주공, 이는 절대 허언이 아닙니다. 유현덕이 비록 높은 벼슬에 제수됐다고 하나 이는 단지 여남에서 어가를 호위한 공로에 대한 보답에 불과합니다. 사실 조조는 유비를 조금도 신임하지 않으며, 그의 행동을 제약해 뜻을 펼칠 기회를 전혀 주지 않고 있습니다. 유현덕 같은 당세 영웅이 어찌 이를 달갑게 여기겠습니까? 주공께서 유비와 같은 종씨란 점을 내세워 예로써 인재를 아끼는 모습을 보인다면 유비는 필시 조조를 버리고 주공께 달려와 든든한 조력자가 될 것입니다."

이 말에 유표의 표정이 흔들리자 제갈현이 틈을 놓치지 않고 재빨리 말을 이었다.

"이는 무조건 시도해 봐야 합니다. 유현덕은 개세(蓋世)의
영웅이자 무예와 지혜를 겸비했고, 관우와 장비는 만부부당
(萬夫不當)의 무용을 가진 장수입니다. 주공께서 이 삼원 맹장
들을 수하로 둔다면 북쪽 조조의 위협이 무에 두려우며, 남쪽
장선의 반란을 멸하지 못할까 무슨 걱정이겠습니까?"

"그대의 말이 일리가 있네. 성공 여부에 관계없이 시도해 볼
가치가 있겠어."

유표는 마침내 결심을 굳히고 고개를 끄덕였다. 이어 제갈
현에게 다시 물었다.

"그럼 어떻게 유현덕에게 투항을 권유해야 하는가?"

"유현덕은 완성과 가까운 극양에 주둔하고 있습니다. 주공
께서 직접 사신을 보내 투항을 권유한다면 조조군의 감시망
을 피하기 어려워 도리어 유현덕에게 해가 될 수 있습니다. 하
여 제가 주공께 이 일을 맡길 사람 한 명을 추천하겠습니다.
이자는 관직에 나가지 않은 포의(布衣)의 신분이지만 가슴에
육도삼략(六韜三略)을 감추었고 지모가 아주 뛰어납니다. 그에
게 밀서를 가지고 극양으로 가게 하십시오. 거짓으로 유비에
게 투신하는 척하며 주공의 밀서를 전한다면 조조군의 이목
을 쉽게 속일 수 있을 뿐 아니라 이자의 언변을 통해 유비에
게 투항을 권유할 수 있습니다."

유표가 호기심 가득한 얼굴로 다급히 물었다.

"오, 대체 그자의 성과 이름이 무엇이오?"

"성은 단(單)이요, 이름은 복(福)입니다. 그는 영천(潁川) 사람으로 제가 수경(水鏡) 선생과 함께 기거할 때 인연을 맺게 된 친우입니다."

유비의 세력이 확대될까 우려한 도응은 조조에게 이를 경고하는 편지를 써서 왕칙에게 주었다. 왕칙은 즉각 이 편지를 가지고 허도로 향해 달려갔다.

그런데 왕칙이 허도로 가는 사이에 원담이 돌연 1만 군사를 이끌고 태산으로 쳐들어갔다. 여건의 주력군 태반이 서주군의 공격을 막기 위해 남하한지라 원담은 손쉽게 영현을 점령하고 곧장 봉고성 아래까지 이르렀다.

여건은 태산처럼 가난하고 척박한 땅을 왜 원소와 도응 양군이 협공하는지 몰라 울상이 되어 즉각 이 사실을 허도로 알렸다.

원담의 이번 거사가 원소의 의중에 따른 것이지 전혀 알 길이 없었던 관계로 조조는 일단 만일의 사태에 대비하기 위해 기주와 경계선을 마주한 백마, 연진, 관도에 대거 수비병을 파견했다. 이어 줄곧 자신과 관계가 좋았던 원담에게 사신을 보내 이번 출병의 의도를 조심스럽게 물어보았다.

어쨌든 북쪽 전선에 위기가 찾아오면서 남양 일대의 유비에 대한 방비와 억제는 자연스럽게 약화될 수밖에 없었다.

한편 허도로 돌아온 왕칙이 조조에게 첫 번째 편지를 바치자, 조조는 이를 모두 읽고 대당이 떠나가라 박수를 치며 웃음을 터뜨렸다.

"하하하, 역시 못 말릴 간적이로세. 원소가 어부지리를 취할까 봐 나와 싸우고 싶어 하지 않으면서도 모두 원소의 뜻에 따르겠다고 하다니. 과연 교활하기 이를 데 없어. 원소야, 너는 장차 이 사위를 둔 걸 크게 후회할 날이 올 것이다!"

이어 왕칙이 도응의 두 번째 편지를 바치자 이를 일견하던 조조의 얼굴에 돌연 웃음기가 싹 가시고 납빛처럼 굳은 표정이 드러났다.

곁에 있던 순욱, 곽가 등이 놀라 그 이유를 묻자 조조는 아무 대답도 없이 그 편지를 모사들에게 건네주었다. 모사들 또한 도응의 편지를 읽고 얼굴색이 크게 변해 감히 무슨 말을 꺼내야 좋을지 몰라 함구하고 있었다.

한참 후 모개가 주저하며 먼저 입을 열었다.

"주공, 이는 혹시 도응의 반간계가 아닐까요? 주공의 손을 빌려 숙적 유비를 제거하고, 주공에게 현자를 해쳤다는 오명을 씌우려고 말이죠."

이 말에 순욱, 곽가가 즉각 반박하고 나섰다.

"그럴 가능성은 거의 없소. 이렇게 허술하고 직접적인 방법으로 주공과 유현덕을 이간하려는 건 절대 도응의 작풍이 아니오."

줄곧 조조에게 유비를 없애라고 종용했던 정욱이 침묵을
깨고 조조에게 물었다.

"혹시 최근에 유비에 관한 소식이 들어왔습니까?"

"그게……."

조조는 공무로 바빴던 탓에 언뜻 기억이 나지 않았다. 그러
자 곁에 있던 주부 사마랑이 조조에게 아뢰었다.

"승상, 벌써 잊으셨습니까? 열흘 전 자렴(子廉) 장군이 서신
을 보내 유비가 현사(賢士) 하나를 맞아들였는데 승상께 어찌
처리하면 좋을지 묻자, 승상께서 대수롭지 않은 일이라며 답
신을 보내시지 않았습니다."

자렴은 조홍의 자다. 그제야 조조가 이마를 치며 말했다.

"아, 이제야 생각났구려. 그런 일이 있었지. 유비가 현사를
얻어 중용했다고 자렴이 알려왔소. 그와 군기 대사를 논의하
고 병마 조련에 도움을 받는다고 하더구려. 하지만 공담(空談)
이나 일삼는 유생 놈일 것 같아 거들떠보지도 않았소."

정욱이 조금은 긴장된 목소리로 간했다.

"승상, 형양 9군에는 현사가 아주 많고, 그중에는 천하의 기
재(奇才)도 적지 않습니다. 만약 진정한 인재가 유비를 보좌한
다면 훗날 심복 대환이 될까 우려됩니다."

조조는 정욱에게 걱정도 팔자라는 듯 웃음을 지어 보이고
는 다시 사마랑에게 물었다.

"참! 백달, 유비가 초빙한 현사의 이름이 뭐라고 했소?"

열흘 전 얼핏 본 편지라 내용이 자세히 기억나지 않았던 사마랑은 조조의 허락을 받아 문서를 뒤져 본 후 대답했다.

"찾았습니다. 성은 단, 이름은 복으로 영천 사람인데 다른 기록은 전혀 없습니다."

이 이름을 듣는 순간 정욱은 깜짝 놀라 얼굴빛이 변하며 소리쳤다.

"단복이라고? 영천의 그 단복이란 말인가?"

조조도 호기심이 동해 다급히 물었다.

"중덕은 이 단복이란 자를 알고 있소? 그의 재주는 어떠하오?"

잠시 멍하니 있던 정욱이 자세를 바로하고 조조에게 공수하더니 쓴웃음을 지으며 대답했다.

"승상, 이 단복 선생의 실제 이름은 서서(徐庶)이고, 자는 원직(元直)입니다. 그의 재주는 욱보다 열 배나 나으며, 절대 문약과 봉효 아래에 있지 않습니다."

정욱의 입에서 허언이 나올 리 없음을 잘 아는 조조는 아연실색해 아무 말도 하지 못했다.

잠시 후 조조는 자리에서 벌떡 일어나더니 주저 없이 명을 내렸다.

"당장 유비에게 편지를 보내라. 도응이 연주를 침범해 내 서주 친정에 나서려 하니 속히 허도로 돌아와 종군하라고 하

라. 그리고 극양 방어는 조홍의 부장 차주에게 맡기라고 일러라!"

"주공의 이 계책이 심히 절묘합니다. 유현덕은 도옹을 증오하고 서주 5군에 군침을 흘린 지 오래라 도옹을 토벌한다고 하면 필시 명에 따라 귀환할 것입니다."

순욱은 손뼉을 치며 조조의 계책에 찬동한 후 건의를 올렸다.

"그래도 신중을 기하기 위해 조홍의 부장에게 유비가 만약 북쪽으로의 귀환을 거절한다면 그 자리에서 죽이라는 밀명을 내리십시오."

정욱도 한마디를 덧붙였다.

"제일 좋기는 유비를 완성으로 유인해 완성 안에서 이 명령을 공포하게 하십시오. 만약 유비가 명을 거절했을 경우 완성에서 그를 죽여야 유비군의 반란을 억제할 수 있습니다."

조조는 매우 만족한 표정을 짓고 즉시 모사들의 건의에 따라 명을 내렸다. 이에 사마랑이 붓을 들어 편지를 쓰고 있을 때, 조조는 다시 도옹이 보낸 서신을 반복해서 읽더니 미간을 찌푸리고 깊은 고민에 잠겼다.

서신 안에 몇 자 되지 않는 글자를 뚫어져라 쳐다보던 조조는 머릿속으로 순간 이런 생각이 스쳐 지나갔다.

'나와 도옹이 손을 잡고 천하의 군웅과 맞선다면 천하를 얻는 것은 여반장처럼 쉽지 않을까?'

조조의 계획은 아주 주도면밀해 원래의 유비였다면 절대 그 물망에서 빠져나가기 어려웠을 것이다. 하지만 조조와 순욱, 정욱 등은 유비의 새 조력자 단복을 너무 과소평가하는 우를 범하고 말았다. 이로 인해 조조는 참혹한 피의 대가를 치르게 된다.

*   *   *

조조의 밀령을 받은 조홍은 유비를 완성으로 불러 조조의 명을 선포했다.

유비는 당연히 조조가 사악한 목적으로 자신을 남양에 배치한 지 얼마 되지 않은 상황에서 왜 갑자기 허도로 소환하는지 의아한 생각이 들었다. 하지만 적진에서 함부로 소란을 피울 수 없었던 탓에 거짓으로 서주 정벌에 동참하게 되어 기쁘다는 뜻을 내비쳐 일단 조홍을 안심시켰다.

그러고는 허도로 돌아갈 여정을 준비하고 차주에게 극양 방어 임무를 인계한다는 구실로 살기가 등등한 완성에서 빠져나오는 데 성공했다.

극양으로 돌아온 유비가 조조의 명령을 관우, 장비와 단복 등에게 알리자 단복은 그 자리에서 크게 웃음을 터뜨렸다.

"원소가 떡하니 버티고 있는 상황에서 조조가 서주군과 전면 개전할 리 만무합니다. 이는 서주 정벌을 핑계로 황숙을 허도로 불러들이려는 계략일 뿐입니다. 황숙을 속여 허도에 붙잡아두고 영원히 황숙에게 뜻을 펼칠 기회를 주지 않으려는 것이죠."

그렇지 않아도 조조에게 불만이 가득 쌓였던 유비는 단복의 설명을 듣자마자 벽력같이 화를 내며 배은망덕한 조조와 절연하기로 결심했다.

화가 머리끝까지 난 유비는 아예 이 기회에 원소, 도응과 연합해 조조를 끝장내겠다며 길길이 날뛰었다. 그러자 단복도 이 틈을 타 유표의 투항 권유 편지를 유비에게 내밀며 조조를 버리고 유표에게 항복하라고 극력 권했다.

차주가 일군을 거느리고 극양 방어 임무를 교대하러 성안으로 들어오자, 관우가 홀연히 말을 몰아 달려 나가 청룡언월도로 단칼에 차주의 목을 베어버렸다. 이어 유비는 군사들을 모아놓고 비분강개한 목소리로 외쳤다.

"기군망상한 조조는 한 승상의 이름을 빌렸지만 실제로는 도적이나 다름없다! 하늘에 사무치는 죄행은 역적 동탁보다 심하구나! 나 유비는 황숙의 몸으로 마땅히 종친인 유 자사와 손을 잡고 조조를 토벌해 한실을 바로잡으리라!"

유비가 반란을 일으켰다는 소식에 조홍은 크게 노해 친히 대군을 이끌고 극양으로 출동했다. 이때 단복은 유비에게 계책을 올려 남쪽으로 거짓으로 패해 달아나는 척하며 조홍을 유인하라고 말했다.

신이 난 조홍이 한창 유비군을 추격하고 있을 때, 완성 서 남부의 양성(穰城)에 주둔하고 있던 장제군이 돌연 완성을 기 습했다.

주력군이 대거 남하한 데다 일전에 조조군에게 투항한 서 량 군사들이 이 틈을 타 안에서 반란을 일으키자 완성은 순 식간에 장제군에게 함락되고 말았다.

조홍은 완성이 적군에게 떨어졌다는 소식을 듣고 대경실색 해 총망히 군사를 돌려 완성을 구하러 갔다. 이때 줄곧 쫓기 던 유비군이 새 어나를 돌려 반격을 가하고, 장제군까지 앞을 막아서며 협공에 나서자 조홍은 군사를 크게 꺾이고 하는 수 없이 허도로 돌아가 조조에게 울면서 죄를 청했다.

가까스로 손에 넣은 완성 요지를 허무하게 잃고 말자 조조 는 도응의 충고를 깊이 새기지 않은 것이 크게 후회가 되었다. 하지만 이제 와 후회한들 무슨 소용이 있으랴.

게다가 조조에게는 더 큰 액운이 기다리고 있었다. 마침 이 때 조조가 원소와 원담에게 보낸 사신이 각각 회신을 가지고 허도로 돌아왔다.

원담이 보낸 답신에는 자신이 태산군을 공격한 건 조조가 맹약을 어기고 장제를 침공한 죄행에 대해 부친을 대신해 따 끔하게 벌을 내린 것이니 당장 원소에게 죄를 청하라고 씌어 있었다. 게다가 기존의 화친을 깨뜨리지 않으려면 알아서 태산군을 자신에게 넘기라고 요구했다.

원소의 답신은 더욱 모질었다.

조조가 늘어놓은 변명에 대해 매우 심하게 욕을 퍼붓고, 당장 남양 땅에서 물러나와 장제에게 예를 갖춰 사과하라고 요구했다. 이밖에도 업성을 도읍으로 삼을 수 있게 천자를 빨리 자신에게 넘기라고 요구했다.

그렇지 않으면 도응과 남북으로 협공하겠다는 계획을 절대 포기하지 않겠다는 협박과 함께 말이다.

두 답신을 모두 확인한 조조는 그만 어안이 벙벙해졌다.

서남쪽은 유표, 장제, 유비요, 북쪽으로는 원소, 원담 부자에, 동남쪽은 도응이라니! 순식간에 사방이 적으로 둘러싸이게 되자 조조는 앞길이 막막하기만 했다.

전에 5로로 도응을 궁지로 몰아넣으려던 계획이 어떻게 도리어 6로로 공격을 당하는 형국이 됐단 말인가?

조조가 가슴이 답답해 아무 말도 꺼내지 못하고 있을 때, 순욱이 정곡을 찌르며 말했다.

"주공, 너무 염려 마십시오. 원소의 기세가 아무리 등등하다고 하나 그 의도는 시종 아군과 도응의 사투를 유도해 양군의 세력을 약화시켜 어부지리를 취하려는 것입니다. 도응은 원소보다 열 배는 더 교활합니다. 원소의 의중에 따라 아군에게 공격을 퍼부어 일단 우리가 멸망하면 다음 목표는 자신이 된다는 사실을 절대 모를 리 없습니다. 따라서 동남쪽의 위험은 걱정할 필요가 없습니다. 오히려 도응에게 손을 내밀어 나머지 강적들을 함께 물리치자고 제안하십시오."

하지만 조조는 입을 꾹 다문 채 그 자리에서 순욱의 계책을 채납하지 않았다. 그럴 만도 한 것이 현재 조조는 독 안에 든 쥐처럼 궁지에 몰려 조금이라도 삐끗했다간 영원히 돌이킬 수 없는 나락으로 떨어질 수 있었기 때문이다.

게다가 도응의 계략에 여러 차례 된통 당했던 조조로서는 절체절명의 순간에 함부로 도응을 믿기가 어려웠다. 이런 이유로 재삼 주저하던 조조는 잠시 결정을 미루고 전기가 마련될 때까지 기다려 보기로 했다.

조조보다 사정이 낫다고는 하지만 도응 역시 궁지에 몰리긴 마찬가지였다.

이 기간에 원소로부터 태산군으로 쳐들어간 원담과 접응해 속히 총공격에 나서라는 명을 받았기 때문이다.

게다가 원소는 도응의 소극적인 태도에 불만이 많았던 관계로 어조가 상당히 고압적이었다. 곧이어 유비가 단복의 도움으로 조조의 통제에서 벗어나는 데 성공했다는 소식마저 들려오자 도응의 표정은 더욱 암울해지고 마음이 초조해지기 시작했다.

군정 회의 자리에서 도응은 모사들을 모아놓고 진중하게 얘기를 꺼냈다.

"이대로 가다간 안 되겠소. 조조가 우리의 심한 견제를 받고 있어서 감히 서주를 침범하지 못한다고 하지만 우리 역시 같은 처지요. 주력군이 여전히 서주 북쪽 전선에 매어 있어서 조조를 공격하지도, 그렇다고 군대를 차출해 남쪽의 강동이나 서쪽의 형주로 출격할 수도 없는 형편이오. 따라서 이런 교착 상태를 타개해 국면을 우리에게 유리하게 이끌 필요가 있소."

진등이 고개를 끄덕이며 맞장구를 쳤다.

"주공의 말씀이 심히 옳습니다. 비록 병마와 전량을 그다지 많이 허비하지 않는다고 하나 아군과 조조의 상호 견제가 길어지면 길어질수록 이익을 보는 쪽은 원소입니다. 세력이 가장 막강한 원소가 공손찬을 제거하는 날에는 조조뿐만 아니라 우리까지 위험에 처할 수 있습니다."

유엽 또한 걱정이 가득한 목소리로 간했다.

"어쩌면 우리가 더 위험할지도 모릅니다. 원소는 여러 차례 주공께 친히 대군을 이끌고 연주로 쳐들어가라고 재촉했습니다. 그때마다 주공께서 이런저런 이유를 둘러대고 실행에 옮기지 않아 노기가 쌓일 대로 쌓인 원소는 그의 주력군이 남하했을 때 조조를 앞세워 서주를 침공할 수도 있습니다. 원소에게 대항할 힘이 없는 조조는 스스로를 보호함은 물론 새로운 전기를 마련하기 위해서라도 기꺼이 원소의 꼭두각시가 될 가능성이 높습니다."

이어 도응이 담담하게 얘기했다.

"이익을 보는 게 어찌 원소뿐이겠소? 장선의 반란으로 형주 남부가 시끄러워진 유표에게도 좋은 기회가 될 테고, 여기에 유비도 있소. 그가 형주에서 힘을 기른다면 장차 조조보다 더 큰 우환거리가 될 것이오."

그러더니 도응은 옆에 놓인 화살통에서 화살 하나를 꺼내 만지작거리며 깊은 생각에 잠겼다. 한참 후 도응이 홀연 손에 든 화살을 두 동강이 내고 단호하게 말했다.

"지금이야말로 조조와 이야기를 나눠볼 가장 좋은 시기요. 설사 조조와 정전에 합의해 원소의 노여움을 사도 상관없소. 지금처럼 그에게 변명을 늘어놓으며 시간을 끌다간 머지않아 큰 화가 닥칠 테니 차라리 먼저 매를 맞는 게 낫겠다는 생각 이오. 이후의 일은 상황 변화에 따라 차차 생각해 보기로 합 시다."

이 말에 모사들이 깜짝 놀라며 물었다.

"그럼 조조와 만나 화친을 논의하겠다는 말씀입니까?"

도응은 고개를 끄덕여 수긍하고 잠시 생각하다가 말했다.

"그와 패국군 초현의 과수 강가에서 호위병 3백 명만 동행 한 채 만날까 하오. 그곳은 조조의 고향이자 우리와 조조 영 토의 접경지대라 밀담을 나누기 아주 적합한 장소요."

유엽이 걱정스러운 투로 말했다.

"조조가 과연 이에 응할까요? 우리의 성의를 의심하면 어쩝니까?"

"그건 염려 마시오. 눈치 빠르고 영리한 조조이니 내 의중을 분명 헤아리리라 믿소."

이어 도웅은 곁에 있는 진웅에게 분부했다.

"당장 편지 두 통을 써주시오. 한 통은 조조에게 나와 초현과수에서 비밀리에 만나자는 것이고, 또 한 통은 내 직접 불러 주리다."

진웅이 재빨리 준비를 마치고 붓을 들자 도웅은 음침하면서도 느릿느릿하게 말했다.

"유비의 모사 단복은 가짜 이름이고, 실제 이름은 서서, 자는 원직으로 영천의 명사요. 사람됨이 지극히 효성스러워 고향에 있는 노모를 허도로 모셔와 아들을 부르는 편지를 쓰게 하면 서서는 필시 조 공에게 귀순할 것이오. 만약 그의 모친이 이에 응하지 않는다면 필체를 흉내 내 가서(家書)를 서서에게 전달하시오. 그러면 단번에 유비의 날개를 자를 수 있소이다."

어차피 정욱이 후에 이 계책을 조조에게 올리겠지만 도웅으로서는 가능한 한 유비에게 날개를 펼칠 기회를 주지 않기 위해 미리 손을 쓰기로 마음먹었다.

초현은 한때 서주군에게 점령된 적이 있는 땅이다. 하지만 당시 실력이 약소했던 서주군은 얼마 가지 않아 자발적으로 초현을 포기했다.

이후 진국군을 차지한 조조군이 인접한 조조의 고향을 접수해 다스렸고, 서주군은 상읍, 소관 일대로 물러나 험요지를 굳게 지켰다. 그 이후로 서주군은 한 번도 초현을 넘보지 않았다.

초현은 일찍이 황건의 난 때 심각한 피해를 입은 지역 중 하나였다.

전란이 끊이지 않아 인구가 급감하고 민생 경제는 파탄 지경에 이르렀다. 이에 전량 한 톨 건질 것이 없자 초현이 서주군과 대치하는 지역임에도 불구하고 조조군은 아예 이곳에 신경도 쓰지 않은 채 지방 호족들이 알아서 다스리도록 내버려 두었다.

난세 속에서 권력자의 주의를 끌지 못하는 것이 꼭 나쁜 일만은 아니다.

조조와 도응 모두에게 관심을 받지 못한 연유 때문에 전화로 심각하게 파괴된 초현은 외려 이 기간 동안 휴양생식(休養生息)의 기회를 얻을 수 있었다. 인구가 차츰 늘어나고 황폐화된 토지가 다시 개간되자 사람들로 점점 북적이기 시작했다.

게다가 초현은 조조 일가가 모여 사는 곳이라 터무니없이 무거운 세금을 징수할 만큼 간이 큰 지방관은 없었다.

이에 초현은 어느샌가 서주와 예주 및 중원과 서주의 민간무역을 연결하는 최상의 통로로 변모했다.

매일 장사꾼들이 왕래하고 며칠에 한 번씩 대형 상단들이 지나면서 초현의 경제가 다시 회복돼 마치 태평세월의 평온한 나날을 맞이한 듯했다.

이곳에 먼지를 날리며 질주하던 한 무리의 부대는 앞에 늘어선 군사들을 보고 말발굽을 멈추었다.

말에 올라 기다리던 한 장수가 앞으로 나와 공수하며 큰소리로 말했다.

"소장 조안민(曹安民), 도 사군에게 인사 올립니다. 우리 주공께서는 이미 하신묘(河神廟) 산상 아래에서 술과 안주를 준비해두고 도 사군이 왕림하길 기다리고 계십니다. 길은 제가 안내하겠습니다."

조안민은 조조의 조카로 원래 역사에서는 장제의 미망인을 조조에게 보냈다가 장수의 노여움을 사 자신의 곁에 있는 가후의 계략으로 습격을 받아 죽고 만다.

도웅은 가후와 조안민을 번갈아 바라보며 야릇한 미소를 지었다. 이어 조안민에게 감사하다고 답례한 도웅은 일행을 이끌고 조안민을 따라 곧장 하신묘로 달려갔다.

도웅이 산 아래에 있는 하신묘에 당도했을 땐, 편복을 입은 조조가 이미 너른 공터 가운데에 단정하게 앉아 있었다.

곁에는 곽가가 함께 자리에 앉아 있었고, 하후연은 호위병을 이끌고 조조 뒤에 시립해 있었다.

도웅의 대오가 다가오자 조조는 하후연에게 무사들을 데리고 백 보 밖으로 물러나라고 명했다. 조안민이 거느린 무사들 역시 빠른 걸음으로 하후연 뒤로 달려가 자리를 잡았다.

이를 본 도웅도 성의를 표하기 위해 허저에게 무리를 이끌고 백 보 바깥에 서 있으라고 명했다. 도웅은 가후만 대동한 채 조조와 곽가 앞으로 걸어가다가 조조를 향해 먼저 공수하고 말했다.

"조 공이 먼저 이곳에 도착할 줄은 몰랐습니다. 오래 기다리게 해서 죄송합니다."

"별말씀을요. 사군이 너무 보고 싶어 좀 일찍 나왔을 뿐이외다."

조조는 미소로 도웅에게 답례한 후 도웅과 가후에게 자리를 안내하고 마주앉았다. 도웅은 자리에 앉자마자 거드름을 피우며 말했다.

"양군이 초현에서 전화를 일으키지 않은 관계로 금세 번화하고 태평한 곳으로 변모했더군요. 우리가 우애롭게 지낸다면 백성에게까지 그 복이 전해지리라 생각됩니다."

"사군의 말이 옳소이다. 사군 덕에 초현에 장사꾼들이 확실히 많아져 꼭 태평성대를 보는 것 같더이다."

"말이 나온 김에 말씀드리면, 귀군과 아군의 변경 지대가 모두 초현처럼 번화하고 부유하며 백성들이 평화롭고 안락하길 바라지 않습니까?"

"그것이 바로 내가 바라는 바요. 최근의 일이나 초현의 상황을 보고 내 깨달은 바가 하나 있소. 바로 사군과는 친구가 되는 것이 적이 되는 것보다 백배는 더 낫다는 것이오."

그러자 도웅이 손뼉을 치고 미소를 지으며 대답했다.

"맞는 말씀입니다! 솔직히 저도 줄곧 조 공과 친구가 되길 원했습니다. 하지만 안타깝게도 조 공이 그리 생각하지 않아 양군 사이에 피를 많이 흘리고, 수만을 헤아리는 무고한 백성이 해를 당했습니다."

조조는 도웅의 말을 인정한다는 듯 묵묵히 고개를 끄덕였다. 그러고는 간절한 어조로 입을 열었다.

"사군, 이제 우리 그만 전쟁을 끝내고 진정한 친구가 됩시다. 양군이 이렇게 적대적으로 나가다간 공연히 다른 사람만 이롭게 할 뿐입니다. 하지만 양군이 힘과 마음을 합쳐 손을 잡는다면 설사 원소라 해도 서주와 연주를 함부로 넘볼 수 없을 것이외다."

"그것이 바로 제가 여기 온 이유입니다."

도웅 역시 고개를 끄덕여 대답한 후 물었다.

"그런데 어떤 식으로 힘을 합칠 생각이신지요?"

"그럼 내 에둘러 말하지 않으리다. 사군의 부친이 세상을 떠난 후 사군은 겸허하게 자리를 양보한 형장 도상 공자를 웃어른으로 공경한다고 들었소이다. 나 역시 도상 공자의 인품과 재덕(才德)에 크게 감복한지라, 그를 허도로 청해 삼공(三公)의 반열인 어사대부(御史大夫)에 제수할까 합니다."

"제 형장을 입조해 어가를 모시게 한다고요?"

이 말에 도웅은 짐짓 놀란 척하며 물었다.

"이것이 논의가 불가능한 일은 아니지만, 그렇다면 조 공은……."

조조가 그 의도를 모를 리 있겠는가. 도웅이 일부러 말을 길게 끄는 것을 보고 조조는 손을 들어 뒤쪽에 신호를 보냈다. 그러자 하후연의 대오 안에서 젊은 남자 하나가 바로 튀

어나와 조조 앞으로 달려가 공수하며 예를 갖췄다.

"부친, 소자 대령했습니다."

"앙아, 도 사군과 문화 선생에게 인사 올려라."

조조는 분부를 내린 다음 도응과 가후에게 소개했다.

"사군, 문화 선생, 이 아이는 제 장자인 조앙(曹昂)이라고 합니다."

조앙이 도응과 가후에게 예를 행하자 도응과 가후도 답례하며 조조의 의중을 헤아려 보았다. 아니나 다를까 양측이 예를 마친 후 조조의 입에서는 도응이 예상했던 얘기가 나왔다.

"사군, 내 나이 올해 마흔 하고도 셋이지만 성년이 지난 아들은 조앙 하나뿐이오. 이 아이는 내 장자이자 적자이기도 하오. 사군만 괜찮다면 이번에 앙이를 서주로 딸려 보내려 하오. 사군에게 군사를 통솔하고 정사를 다스리는 법을 익혀 장차 내 기업을 계승하는 데 도움이 되었으면 하는 바람이오. 그러니 절대 거절하지 않았으면 합니다."

'서로 인질을 교환하면서 먼저 자신의 아들을 보내겠다고?'

도응과 가후는 속으로 이렇게 말하고 서로의 얼굴을 바라보며 입가에 만족한 미소를 지었다.

조조의 인질 교환 제의에는 확실히 심사숙고한 티가 역력히 드러났다. 화친에 대해 십이분 성의를 보임은 물론 도응의 맥소(脈所)를 콕 짚었기 때문이다.

이치대로라면 도응은 도상의 생사에 아랑곳할 필요가 없었다. 심지어 조조가 단칼에 형장을 죽여주길 바라야 정상이었다.

왜냐하면 전통 관념으로 봤을 때, 도상은 도응보다 더 도겸의 기업을 계승해 서주의 진정한 주인이 될 자격이 있었기 때문이다.

그러나 조조가 이번에 도상을 인질로 보내라고 요구한 건 도응의 급소를 찌른 것이나 다름없었다. 그 이유는 현재 도응의 자리가 도상이 사람들 앞에서 간절히 양보한 결과물이었기 때문이다. 따라서 도응이 자신의 명성을 땅에 떨어뜨리고 천하 사람들에게 손가락질 받지 않으려면 절대 도상의 생사를 나 몰라라 해서는 안 될 상황이었다.

도응의 성품을 잘 아는 조조는 이런 이유로 자신의 장자이자 적자를 과감하게 인질로 보낼 수 있었다.

맹약을 종잇조각처럼 여기는 조조와 도응이 이번만큼은 역설적이게도 맹약의 절대적인 제약을 받는 상황이 돼버렸다.

도응이 어찌 이를 모를 리 있으랴. 어쨌든 도응은 이번에 조조가 진심으로 자신과 손잡길 원한다는 뜻을 알아채고 크게 기쁨을 표했다. 이어 도응은 예의 가식적인 미소를 지으며 말했다.

"조 공이 재주도 학식도 보잘것없는 응을 높이 평가하시니 마땅히 대공자와 서로 가르침을 받으며 함께 학문을 정진해 나가야죠. 참, 제 기억이 틀리지 않다면 제가 대공자보다 한

살 위인 것으로 압니다. 조 공과 대공자만 허락한다면 응은 공자와 형제의 의를 맺고 싶습니다."

"사군의 재주와 학식이 보잘것없었다면 학문에 통달한 자가 천하에 어디 있겠소이까. 하하하!"

조조는 호탕하게 웃음을 터뜨린 후 조앙을 돌아보고 말했다.

"자수(子修)야, 얼른 형님인 도 사군에게 예를 올리지 않고 무엇 하느냐? 오늘 이후로 너는 도 사군을 형님으로 모셔야 한다. 알아들었느냐?"

자수는 조앙의 자다.

효성이 깊은 조앙은 부친의 명에 따라 도응에게 길게 읍하고 형님이라고 불렀다. 도응 또한 조앙을 아우라고 부르며 마치 친형제처럼 화기애애한 분위기를 연출했다.

이어 도응이 서주로 돌아가는 대로 도상을 허도로 입조시키겠다고 약조함으로써 마침내 양군 사이의 화친이 정식으로 성립됐다.

조앙이 뒤로 물러가자 도응은 본론으로 돌아와 조조에게 단도직입적으로 물었다.

"조 공, 귀군과 아군 양군이 전쟁을 그치고 화약을 맺은 후의 계획은 세워두었습니까? 또한 이후 원소 쪽과는 어찌 대처할 생각입니까?"

조조가 태연한 얼굴로 대답했다.

"당연히 유비 간적 놈을 없애는 게 최우선 과제이죠. 남양은 허도와 거리가 아주 가까워 유비를 제거하지 않으면 마음이 놓이지 않소이다. 그때가 되면 사군도 이 심복 대환을 제거하는 데 힘을 보태주길 바랍니다."

"물론이지요. 조 공의 능력이라면 귀 큰 도적놈을 제거하기 어렵지 않을 것입니다. 참, 장제 쪽은 투항을 권유해 봐도 괜찮습니다. 유비가 유표에게 귀순한 후 장제에 대한 중요도가 크게 떨어져 형주에서 그를 소홀히 할 가능성이 높습니다. 이 기회에 그를 조 공의 우군으로 만들어 놓으십시오."

"고맙소이다. 사군의 말이 내 뜻과 꼭 부합하는구려."

조조는 고개를 끄덕여 대답한 후 물었다.

"사군과 유경승이 이미 맹약을 체결한 것으로 알고 있는데, 만약 그가 사군에게 구원을 요청하면 어쩔 셈이오?"

"그건 아무 문제도 되지 않습니다. 유표와는 상호 불가침 맹약을 맺었을 뿐이라서 조 공의 대군을 막는 데 도움을 줄 의무는 없습니다. 게다가 저와 귀 큰 도적놈 간의 원한은 천하가 다 아는 사실입니다. 유표가 구원을 청해 온다면 설사 그와 원수가 되는 한이 있더라도 단호히 거절할 생각입니다."

이 말을 듣고 조조는 크게 기뻐 도응에게 공수하고 감사를 표했다. 잠시 침묵이 흐른 뒤 도응이 진지한 얼굴로 조조에게 물었다.

"조 공, 보천지하(普天之下)의 제후들이야 상대하기 어렵지 않지만 유독 원소만은 넘기가 쉽지 않습니다. 지금 원소가 조 공의 장제 침략에 대해 단단히 화가 나 있고, 또 웅에게도 친히 주력군을 이끌고 연주를 공격하라고 핍박하는지라 이에 대처할 복안이 있는지 궁금합니다."

조조는 속으로 네놈이 장제만 끌어들이지 않았어도 이런 결과가 빚어지지는 않았을 것이라고 중얼거린 뒤 미소를 짓고 말했다.

"원소의 주력군이 현재 북쪽 전선에서 공손찬과 대치 중이라 당분간은 우리 양군에게 치명적인 위협이 되지 않을 것이오. 따라서 방어 태세를 철저히 갖추고 태산에 증원군을 파견해 원담을 청주로 쫓아낼까 하는데, 사군의 생각은 어떠하오?"

그러자 도응이 쓴웃음을 짓고 대답했다.

"조 공이 그리하시면 제 입장만 난처해집니다. 조 공이 무력으로 원소에게 대항할 때 원소의 사위인 제가 원담을 도와 출병하지 않으면 불효요, 출병하면 공과의 맹약을 어기게 됩니다. 결국 저만 진퇴양난의 곤란에 빠지지 않을까 걱정입니다."

이때 한동안 침묵을 지키던 곽가가 기침을 하며 마침내 입을 열었다.

"사군의 말씀도 틀리지 않습니다. 콜록, 그럼 우리 주공께서 어찌 행동해야 사군을 난처하게 만들지 않을까요?"

그러자 맞은편에 앉은 가후도 입을 떼고 태연자약하게 설명했다.

"우리 주공의 생각은 귀군과 아군 및 기주군 공동의 적을 만들자는 것입니다. 삼가 연맹의 공동의 적이 출현한다면 원소의 승인과 관계없이 아군은 정당한 명분으로 귀군과 정전 협정을 맺고 연계를 강화하여 귀군이 이 적을 무찌르는 데 실질적인 힘을 보탤 수 있습니다. 이리 되면 조 공도 원소에게 변명할 여지가 생깁니다."

뒤이어 도응이 한마디 더 덧붙였다.

"원소의 추궁을 거절할 구실이 생길 뿐만이 아닙니다. 제가 나서서 원소에게 조 공이 이 적을 섬멸할 수 있도록 도와달라고 권하면 귀군에 대한 원소군의 압력도 크게 줄어들 것입니다."

이 말에 조조와 곽가의 눈이 동시에 반짝거렸다. 그리고 여덟 개의 눈이 갈마들며 서로를 쳐다보더니 마치 약속이라도 한 듯 한목소리가 터져 나왔다.

"그럼 유비를 적으로 삼읍시다!"

이들은 서로 의기가 투합한 데 대해 기쁨을 감추지 못하고 모두 큰소리로 웃음을 터뜨렸다.

도응과 조조는 사실 닮은 점이 아주 많았다. 똑같이 간사하고 음험하면서도 성격이 시원시원하고 사소한 일에 얽매이지 않으며 번잡하고 형식적인 예절을 혐오했다.

그래서 두 집안이 이전의 앙금을 깨끗이 잊고 진정으로 협력하기로 했을 때, 삽혈 의식이나 동물을 잡아 제사를 지내지 않은 것은 물론 흔한 맹약의 문서조차 쓰지 않았다. 이들은 서로 손바닥을 마주치고 구두로써 맹서를 대신했을 뿐이었다.

다만 서로 간에 절대 버릴 수 없는 인질을 잡고 있었으므로 선전포고도 없이 상대방을 공격할 가능성을 원천봉쇄했고, 만일 꼭 손을 써야 할 경우에는 먼저 인질을 교환하기로 약속했다. 이와 함께 조조군과 도응군은 상호 신뢰와 동심협력을 맹약의 근간으로 삼았다.

이 약정을 체결한 후 도응과 조조는 회담 당일 작별 인사를 고했다.

조조는 곽가와 하후연을 대동해 허도로 돌아갔고, 도응은 가후와 함께 조앙을 데리고 서주로 돌아갔다.

＊   ＊   ＊

서주로 돌아온 도응은 가장 먼저 자신의 형 도상을 찾아갔다.

도응은 눈물을 흘리며 형님을 조조에게 인질로 보내기로 이미 약속했다고 사실대로 보고한 뒤, 무릎을 꿇고 머리를 조아리며 사죄했다. 하지만 도상은 성정이 너그러운 사람이었다. 조조가 이미 장자인 조앙을 서주에 인질로 보냈다는 얘기를 듣고 웃으면서 말했다.

"조앙과 우리 형제는 동년배다. 그는 죽음도 두려워하지 않고 서주에 인질로 왔는데, 내가 그에게 질 수 있겠는가? 내 당장 허도로 가 아우를 난처하게 만들지 않겠네. 게다가 난 일찍부터 천자를 배알하고 우리 도씨의 신하 된 예를 올리고 싶어 했네."

도상이 물정을 깨닫고 협조한 데 이어, 철천지원수나 다름없었던 조조와 도응 양군 사이에서 경천동지할 소식들이 잇달아 터져 나왔다.

먼저 서주군은 연주에서 자발적으로 철군하고 점령한 토지를 아무 조건 없이 돌려주었다. 이어 쌍방은 변경에 주둔한 군사를 대폭 삭감하고, 항상 대군이 주둔하던 경계 소패와 호류 두 곳에 시장을 열어 두 주의 백성과 상인들이 자유롭게 통행하며 장사하도록 허락했다.

또한 길을 지나는 상인의 인두세와 거마세를 폐지하고, 물품세도 이 시대 최저 수준인 삼십세일(三十稅一)로 일괄 통일했다. 그러자 서주와 연주 백성 및 상인들이 일제히 환호작약했고, 소패와 호류은 금세 번화하고 부유한 도시로 변모했다.

한편 조조는 부친을 죽인 원수 도겸의 아들 도상을 어사대부에 임명하고, 헌제의 명의로 도상에게 입조하라는 조서를 내렸다. 도씨 가문 최초로 삼공 중신이 된 도상은 어명에 따라 처자식을 이끌고 허도로 급히 달려갔다. 동시에 조조의 장자인 조앙 역시 서주에서 팽성상으로 임명돼 진등을 도와 팽성의 정무를 처리했다.

더욱 놀랄 소식은 도상이 허도에 이르러 어사대부에 제수됐을 때 가장 먼저 아우인 서주목 도응을 대신해 6가지 대죄를 들어 역적 유비를 탄핵했다는 것이다.

그는 헌제에게 표를 올려 천하 제후들에게 유비를 토벌하라는 조서를 내림은 물론 유비를 거두어준 유표에게도 역적을 당장 허도로 압송하라고 명하고, 명을 따르지 않을 시 유비와 같은 죄로 다스리라고 요청했다.

헌제는 회남으로 가던 도중 유비 손에 이끌려 허도로 와 조조의 꼭두각시나 마찬가지로 지내고 있었다.

이때 마침 오래전부터 흠모하던 충신 도응이 표를 올리고, 조조도 유비의 갖가지 죄명을 들먹이며 역적 토벌의 조서를 내려달라고 청하자 헌제는 허도로 온 이후 처음으로 자신의 의지에 따라 천하 제후들에게 군대를 일으켜 유비를 토벌하라는 명을 내렸다.

헌제의 어지가 내려오자 도응은 원소 앞에서 태도가 자못 꼿꼿해졌다.

원소가 사신을 보내 사사로이 연주에서 퇴병한 일을 문책했을 때, 도응은 헌제의 조서를 꺼내 보이며 이는 결코 악부의 뜻을 거스르고 패역(悖逆)의 마음을 먹은 것이 아니라 조조가 역도 유비를 토벌하는 데 도움을 준 것뿐이라고 잘라 말했다.

이밖에도 도응은 여러 차례 원소에게 서신을 보내 유비의 악행을 낱낱이 알리고, 조조가 쉽게 유비를 토벌할 수 있도록 원담의 군대를 연주에서 물려달라고 극력 권했다. 물론 공손찬의 믿음직한 우익인 유비가 제거되면 원소의 이익에도 부합한다는 달콤한 말과 함께 말이다.

하지만 원소가 이런 잔꾀에 쉽게 넘어갈 리 없었다.

그는 조조와 도응이 서로 인질을 교환했다는 소식을 듣고 화가 머리끝까지 치밀어 올라 도응의 편지를 북북 찢어버렸다. 그래도 분이 풀리지 않았는지 원소는 책상을 내려치며 벽력같은 목소리로 포효했다.

"배은망덕한 어린놈이 감히 누구를 속이려 든단 말이냐! 오냐오냐 봐줬더니 아주 하늘 높은 줄 모르고 날뛰는구나!"

원소가 길길이 날뛰며 흥분하자 원담의 모사인 곽도가 이 기회를 놓치지 않고 곧바로 불에 기름을 부었다.

"주공, 도응 놈이 어떤 위인인지 이제 아셨습니까? 도응이 지금까지 주공 앞에서 아첨을 떨고 비위를 맞춘 건 주공의 위명을 빌려 세도를 부리기 위함에 불과할 뿐, 내심으로는 주공을 조금도 존경하지 않았습니다. 이제 자립할 능력이 생기자 주공을 안중에 두지 않는 것입니다. 배은망덕한 이 간적을 엄중히 벌하지 않는다면 천하의 제후들이 도응처럼 주공을 안중에 두지 않을까 두렵습니다."

곽도의 말에 원소는 다시 한 번 피가 거꾸로 솟아 노호성을 터뜨렸다.

"후안무치하고 간교한 도적놈을 내 맹세코 죽이고 말리다! 출병하라, 당장 서주로 출병하라! 산 채로 이놈을 잡아 능지처참에 처하고 말리라!"

이 순간 원상의 무리인 심배, 봉기 등은 찍소리도 내지 못하고 전부 고개를 깊이 숙인 채, 원소가 혹여 지난 일을 들춰내 문죄하지 않을까 전전긍긍했다.

다행히 이때 조조와 도응의 반목을 유도하라고 종용했던 순심이 앞으로 나와 말했다.

"주공, 잠시 노여움을 푸십시오. 도응의 이번 행동은 조조와의 싸움으로 인해 야기될 전력의 소모를 막기 위한 자구책에 불과합니다. 내심으로는 주공께 불경한다고 하나 이는 인지상정이니 놀란 만한 일이 못 됩니다. 뇌정(雷霆)의 분노를 가라앉히시고 충동적으로 일을 처리하지 마십시오. 군사를 일으키는 건 국력을 소모하는 일이라 신중을 기하서야 합니다."

이에 곽도가 짐짓 놀라는 체하며 물었다.

"우약, 그게 무슨 말입니까? 도응 놈이 주공께 불경해 그 죄를 물으려 하는 것인데 어찌해 충동적인 일이며, 무슨 국력을 소모하는 일이란 말이오?"

순심은 잠시 곽도를 노려본 후 냉소를 지으며 되물었다.

"공칙이 기어이 주공께 출병을 권한다면 나도 반대하진 않겠소. 다만 한 가지만 묻겠소. 우리 주력군 태반이 유주로 북상한 상황에서 서주로 출병할 군사는 어디서 차출하고, 또 양초는 어디서 구한단 말입니까?"

곽도는 순간 말문이 막혔지만 재빨리 기지를 발휘해 반박했다.

"우리 주력군이 북상한 건 사실이지만 남쪽 전선에도 병마가 충분하오. 따라서 이 군사로 일부 서주 성지를 점령해 서주 공략의 전초 기지로 삼았다가, 아군 주력군이 공손찬을 섬멸하고 돌아오는 대로 전면 공격에 나선다면 서주를 취하기는 여반장처럼 쉽게 않겠소?"

순심은 여전히 냉랭한 어조로 대꾸했다.

"조조와 도응이 더욱 긴밀하게 협력하여 주공께 대항하길 바란다면 그리하시오. 불공대천의 원수였던 조조와 도응이 구원(舊怨)을 잊고 손을 잡은 건 상호 간의 다툼으로 전력 손실이 생겨 아군이 어부지리를 취할까 두려웠기 때문이오. 그래서 서로 인질을 교환하고 동심협력했단 말이오. 만약 주공께 계속 도응을 공격하라고 권한다면 선택의 여지가 없어진 저들은 더욱 단결해 힘을 모으고 단단히 결탁해 우리에게 맞서려 할 것이오!"

전풍도 앞으로 나와 순심의 말을 거들었다.

"주공, 우약의 말이 일리가 있습니다. 주공의 위협이 두려워 피치 못해 맺은 이들의 동맹은 다그치면 서로 협심하고, 풀어주면 서로 다투게 되어 있습니다. 따라서 죄를 물으려 출병한다면 원치 않은 결과를 얻게 됩니다. 그러니 잠시 도응의 핑계를 받아들였다가 공손찬을 평정한 후 출병을 논의해도 늦지 않을 것입니다."

저수도 따라서 권했다.

"전풍과 순심의 말이 모두 옳습니다. 저들은 겉으로는 친해 보이지만 속으로는 딴마음을 품은 간사한 무리입니다. 그러니 저들이 쉽게 손을 잡지 못하도록 잠시 출병을 늦추는 게 옳다고 사료됩니다. 도응과 조조의 연맹을 이간할 방법을 찾아 저들이 서로를 적대시하고 동맹을 와해시킨 연후 각개격파하는 전술을 취하십시오."

모사들의 잇따른 간언에 원소의 귀가 다시 팔랑거렸다.

공손찬은 몰락 후에도 여전히 끈덕지게 버티고 있고, 최근 흑산적(黑山賊) 장연(張燕)마저 다시 말썽을 일으키려는 조짐을 보여 주요 역량을 온전히 남쪽 전선에 투입할 수 없는 상황인지라 원소는 쉽사리 결정을 내리지 못하고 주저했다.

하지만 지금이야말로 원소와 도응의 사이를 갈라놓을 절호의 기회라고 여긴 무리들이 원소를 가만히 두지 않았다.

잠시 후 신평이 앞으로 나와 공수하고 조곤조곤 말했다.

"저수의 말처럼 도응과 조조가 체결한 동맹은 모래 위에 쌓은 성과 같아서 작은 바람에도 쉽게 무너지게 돼 있습니다. 그래서 말인데, 대공자에게 태산에서 철수하고 낭야를 공격하라고 명하심이 어떨까 합니다. 그러면 무거운 짐을 벗어버린 조조는 다시 주공의 위엄을 건들까 두려워 감히 도응의 구원 요청에 응하지 않을 것입니다. 이리 된다면 둘 사이의 이른 바 맹약은 물거품으로 돌아가 버립니다."

이 틈을 타 곽도도 원소를 부추겼다.

"오, 신평의 이 계책이 실로 절묘합니다. 대공자가 낭야를 공격하면 도응은 필시 조조에게 구원을 요청하겠지만 자신의 이익만 생각하는 조조가 절대 출병할 리 없으니, 둘 사이의 동맹은 저절로 무너질 것입니다."

이 말에 전풍이 발끈하며 소리를 질렀다.

"곽도, 신평, 지금 제정신이오? 도응의 주력 부대가 모두 북쪽 전선에 몰려 있는데 조조가 원군을 보내는 것이 무슨 상관이란 말이오! 예비 부대로 서주를 공격했다간 굴욕을 자초할 뿐, 승산이 전혀 없소이다!"

순간 원소의 표정이 일그러지며 코웃음을 치고 말했다.

"굴욕을 자초한다고? 서주의 병마가 우리 기주 웅사와 비견이 된다고 생각하시오?"

곽도가 재빨리 원소의 말에 부화했다.

"주공의 말씀이 심히 옳습니다. 서주군은 원체 나약하여 군사들은 죽음을 두려워하고 장수들은 무능하기 짝이 없습니다. 당시 발간(發干) 전투에서 아군은 고작 2천 군사로 서주군 만여 명을 대파했습니다. 후에 조조는 수만 군사를 이끌고서 연달아 20여 개 서주 성지를 공파하고 서주군 십수만을 물리 쳤으며 사수는 적의 시체로 흐르지 않는 지경에 이르렀습니다. 우리 기주군은 전투력이 막강하고 정예롭기가 조조군보다 열 배나 강하니 서주를 공벌하는 것쯤은 손바닥 뒤집는 것보다 훨씬 쉽지 않겠습니까?"

이 말에 전풍은 가슴을 치며 곽도를 크게 꾸짖었다.

"그게 대체 언제 적 얘긴데 지금 거론하는 것이오! 현재 서주군을 전과 비교하는 건 가당치도 않소! 함진영과 군자군은 출전한 전투에서 한 차례도 패한 적이 없을 만큼 막강하고, 장패의 군대나 단양병 역시 우리 기주군과 비교해도 손색이 없소이다!"

하지만 곽도는 전혀 동요하지 않고 웃음을 지으며 대꾸했다.

"원호는 어찌 적을 칭찬하고 아군의 사기를 꺾는 말만 하십니까? 함진영은 인원이 고작 7백여 명에 병사들도 여러 차례 교체돼 위용이 예전만 못합니다. 군자군 역시 겉만 번드르르할 뿐 실속은 없습니다. 아직까지 패한 적이 없는 건 그들이 북방의 기병을 만나지 않고 오로지 보병만 상대했기 때문입니다. 또 장패의 낭야군 중 다수는 청주나 태산 출신이라 서주에 대한 충심이라곤 눈곱만치도 없을뿐더러 단양병은 그저 머릿수만 채우려고 일렬로 늘어서 있는 나무토막에 불과합니다. 이런 오합지졸을 왜 두려워하는지 저는 도무지 모르겠습니다그려."

"맞습니다. 서주군이 원호가 말한 것처럼 강대하다면 어째서 도응은 수단을 가리지 않고 주공께 잘 보이려 아첨을 떨었을까요? 그건 오로지 조조가 함부로 서주를 침공하지 못하도록 주공의 비호를 바랐기 때문 아닐까요?"

신평까지 나서서 비꼬는 투로 질문을 던지자 전풍은 그만 말문이 막히고 말았다.

사실 전풍으로서도 서주군의 현황을 직접 본 것이 아니고 모두 사람들의 입을 통해 들은 터라 함부로 반박하기가 어려웠다. 이는 원상과 그 무리들 역시 마찬가지였다.

전풍이 입을 꼭 다물고 있는 것을 본 신평은 득의양양하게 웃음을 짓더니, 일부러 고개를 저으며 길게 탄식을 내뱉었다.

"아, 너무 안타깝습니다. 주공께서 도응을 친자식처럼 여기고 영애까지 시집보냈는데, 도응은 작은 이익에 눈이 멀어 주공을 안중에도 두지 않고 심지어 주공의 위엄마저 능멸했습니다. 그깟 종잇조각에 불과한 어지가 무엇이라고 감히 주공을……."

"이제 그만 그 입 다무시오!"

신평과 곽도의 부추김에 원소의 분노는 다시 불타올랐다. 그는 신평의 말을 끊고 노기등등하게 외쳤다.

"내 이 배은망덕한 놈에게 본때를 보여주고 말리다! 현사에게 당장 태산에서 철군한 후 군사 1만 5천 명을 이끌고서 낭야를 공격하라고 명하라!"

"명 받들겠습니다!"

신평과 곽도는 서로의 얼굴을 바라보며 함박웃음을 짓고 대답했다.

잠시 후 원소는 또 한 가지 명을 내렸다.

"그리고 기주의 철기 5천을 현사에게 증파하도록 하라. 낭야 일대는 땅이 넓고 인구가 적은 데다 하류와 성지가 적어 기병이 작전을 펼치기 알맞은 곳이다. 도응 놈에게 진정한 무적 철기가 무엇인지 똑똑히 가르쳐 주어라! 그놈이 믿고 있는 군자군이 내 철기 앞에서 어떻게 무너지는지 꼭 보여주고 말리다!"

이때 순심이 원소 앞에 무릎을 꿇고 근심이 가득한 어조로 간했다.

"주공, 이번 출병은 시기적으로 적합하지 않습니다. 도응과 조조의 동맹이 아직 견실하지 않아 칼에 피를 묻히지 않고도 저들의 연맹을 와해시킬 수 있는데, 왜 굳이 군사를 동원하려 하십니까?"

"내 뜻은 이미 결정됐다. 더는 아무 말 하지 말라!"

원소는 분기탱천한 얼굴로 손을 휘저어 순심을 물리치고 이를 바득바득 갈았다.

"개는 혼내지 않으면 제가 잘난 줄 알고 기어오르는 법이다!"

*　　　　*　　　　*

원소의 명을 받은 원담은 즉각 봉고성에서 청주로 철수해 낭야 공격 준비에 박차를 가했다. 그런데 이때 청주 별가 신비가 신바람이 난 원담에게 찬물을 끼얹는 발언을 했다.

"공자, 도응의 죄는 만 번 죽어 마땅하나 지금 출병하는 건 득보다 실이 큽니다. 서주 주력군은 오랜 기간 북쪽 전선에 주둔하며 힘을 키워왔습니다. 주력군이 북상한 아군이 적은 병력으로 대군을 상대하다간 패배할 가능성이 높습니다. 그러니 주공께 잠시 화를 가라앉히고 주력군이 공손찬을 멸하고 돌아온 뒤 서주를 공격하자고 간해 주십시오."

원담은 언짢은 표정으로 대꾸했다.

"좌치(佐治)는 어찌 그리 생각이 짧소? 배은망덕한 도응을 중한 벌로 다스리지 않는다면 천하의 제후들도 도응을 본받아 부친을 안중에 두지 않게 되오."

좌치는 신비의 자다. 하지만 신비는 지지 않고 말했다.

"공자가 봉고성을 포위 공격한 지 이미 두 달이 넘었지만 아직 성을 함락하지 못했습니다. 낭야는 도응 부자가 수년간 관리해 온 땅이라 승산이 더욱 적단 말입니다."

원담은 약점을 찔렸지만 얼굴색 하나 변하지 않고 변명했다.

"내가 봉고를 오랫동안 함락하지 못한 건 도응 놈이 태산 남부 공격에서 발을 빼는 바람에 여건의 주력군이 북상했기 때문 아니오? 게다가 난 병력도 부족하고 후속 원군도 없었던 말이오. 그래도 내무, 영현, 박현, 모현 4개 성지를 취하고, 하후돈까지 구원병으로 오는 성과를 거두었소."

이어 원담은 음흉한 미소를 지으며 말했다.

"물론 지금은 상황이 다르오. 서주군의 전투력이 조조군에 미치지 못하는 데다 낭야는 우리 철기의 장점을 발휘하기 최적의 장소요. 그때가 되면 도응이 전군을 동원해 낭야를 구원한다 해도 절대 살아서 돌아가지 못할 것이오!"

원담은 공을 세울 욕심에 서주군의 전력이 어떠한지 전혀 관심을 갖지 않고 홀로 득의양양해했다. 신비 또한 아무리 권해도 말이 먹히지 않자 하는 수 없이 고집불통인 원담을 바라보며 낭야 남정 준비를 서둘렀다.

그날 밤, 자신감으로 충만한 원담의 기를 더욱 살려주는 일들이 일어났다.

원소가 대장 순우경(淳于瓊)에게 최정예인 오환(烏丸) 기병 5천을 이끌고 청주로 출격하고, 또 곽도까지 함께 보내 원담의 낭야 공격을 돕도록 했다.

이밖에 원소는 곽도를 통해 원담에게 이런 당부의 말을 전했다.

"주제도 모르고 날뛰는 도응 놈에게 단단히 본때를 보여주어라. 다만 위험에 빠지지 않도록 적진 깊숙이 들어가지는 마라. 만약 도응 놈이 사신을 보내 강화를 요청하면 당장 이를 받아들이고 이 아비에게 알려라. 사죄의 경중을 따져 처벌하겠다."

하지만 애석하게도 도응을 뼛속 깊이 증오하고 공을 세워 자신의 가치를 증명하는 데 급급했던 원담은 원소의 당부를 흘려 듣고 말았다.

第六章
원담의 낭야 출격

부친을 따라 여러 차례 참전했던 원담은 물론 처음부터 적을 경시하지는 않았다.

무모하게 군사를 이끌고 곧장 낭야로 쳐들어가지 않고, 먼저 척후병을 다수 보내 서주군의 동정을 정탐했다. 그러나 원담은 도응이 낭야에 취한 조치를 듣고 나오는 웃음을 참지 못했다.

도응이 회남 항장 교유에게 겨우 3천 군사를 주고 낭야상 소건을 보좌해 낭야 제2의 요지 거현을 지키라고 명했다는 것이다.

낭야군 치소 개양성에 대해서는 어떤 조치도 취하지 않은 채 손관에게 그대로 방어하게 했다. 숫자를 알 수 없는 서주군 주력 부대가 낭야 남단의 즉구 일대에 주둔하고 있었지만 아무런 움직임도 보이지 않았다.

지모가 풍부한 신비는 용병술이 뛰어난 도응의 군사 배치에 고개를 갸우뚱하며 의심을 지우지 못했다.

하지만 원담은 도응의 전술에 콧방귀를 뀌며 비웃어댔다.

"도응은 과연 헛된 명성만 자자한 자요. 막강한 우리 기병을 상대하는데 기동력이 느린 보병만 북상시키다니? 내 저들을 몽땅 도륙하여 아군의 위세를 서주 전역에 알려야겠소."

"도응은 낭야군의 모든 성지를 포기하고 오직 거현과 개양만 지키며 아군을 깊숙이 유인하려는 것으로 보입니다. 그리하여 양초 수급이 원활치 않은 아군이 군대를 물려 돌아가거나 혹은 아군을 즉구까지 유인해 이일대로(以逸待勞)의 기회를 노리려는 것이겠죠."

곽도는 먼저 도응의 작전을 이렇게 결론내린 뒤 음흉한 웃음을 짓고 말을 이었다.

"하지만 도응의 이 전술은 아군에게 하늘이 내린 기회와 같습니다. 거현과 개양을 손에 넣기만 하면 아군은 낭야에 온전히 발을 붙이고서 번화하고 부유한 서주 땅 동해와 팽성을 공격하기 용이해집니다."

원담은 손뼉을 치고 기뻐하며 여광, 여상 및 조운 등에게 청주를 지키라고 명한 후, 2만 대군을 이끌고 즉각 낭야군으로 쳐들어갔다. 낭야 최북단의 제현(諸縣)과 동무(東武) 양 군은 후방의 지원을 받지 못한 탓에 기주군에게 대항할 힘이 없어 모두 성문을 열고 항복했다. 두 성에 기주 깃발을 꽂으며 득의양양해하던 원담은 또 한 가지 뜻밖의 소득까지 얻었다.

도웅이 지금까지 두 성에 쌓인 전량을 서주성으로 나르지 않아 거저 군량을 취하고 병참 보급 부담을 크게 경감시켰다는 점이다.

게다가 제현 현령 우막이 낭야군 서부의 기남(沂南), 동안(東安) 등에도 제현과 마찬가지로 서주성에서 걷어가지 않은 전량이 쌓여 있다고 말하자 탐심이 크게 동한 원담은 군대를 나눠 이 성지들을 공격해 식량을 조달하고자 했다.

그러자 곽도와 신비가 만류하며 간했다.

"이 성지들은 외진 곳에 자리해 전량이 많지 않을뿐더러 교통마저 불편합니다. 그러니 군대를 나눠 식량을 빼앗기보다 차라리 먼저 낭야의 요지인 거현을 취하는 게 낫습니다. 이곳들은 서주 대본영과 연락이 끊어지면 저절로 우리 손에 들어오게 돼 있습니다. 굳이 군사를 나눠 전력을 약화시켜서는 절대 안 됩니다."

원담 역시 싸움의 이치를 아는지라 모사들의 말에 기꺼이 고개를 끄덕여 찬동했다.

이어 그는 즉각 고람을 선봉으로 삼아 기병을 이끌고 앞장서도록 하고, 자신도 대군을 이끌고 뒤따라 거현으로 출격했다.

사흘 후, 원담의 대군이 거현성 아래에 이르자 거현 수장 소건과 교유는 즉시 성문을 걸어 잠그고 철통같은 방어 태세에 들어갔다.

적들이 자신의 군대와 감히 맞서 싸우지 못하는 것을 본 원담은 만족한 웃음을 짓고, 영채를 채 차리기도 전에 곽도, 신비, 순우경, 잠벽 등과 함께 거현성으로 달려가 성을 함락할 방법을 모색했다.

그러나 성 아래에 이른 원담은 눈이 동그래지며 입에서 절로 비명이 새어 나왔다.

원담이 이토록 놀란 이유는 바로 거현성의 방어 시설이 거의 완벽에 가까웠기 때문이다.

성벽은 여러 차례 보수공사를 거쳤는지 단단하기 그지없었고, 성루에는 벽력거가 여러 대 포진해 있는 데다 거현성 동쪽의 술수 물을 끌어온 해자는 너비가 3장에, 깊이도 깊고 물살도 매우 빨라 건너기나 메우기가 불가능해 보였다.

또한 해자와 성 사이에는 나무로 만든 작은 양마성(羊馬城)이 세워져 있었다. 양마성 앞에는 날카로운 녹각 차단물이 빽빽이 설치되어 있었고, 뒤편은 궁노로 해자 맞은편의 적을 공격할 수 있도록 수비군이 자유자재로 드나들 수 있었다.

이런 완벽한 방어 태세에 공격은커녕 성 아래에서 보는 것

만으로도 등골이 오싹해질 지경이었다.

"거현성의 방어가 어찌 이리도 빈틈없고 견고하단 말이냐? 전해의 임치성과는 비교도 되지 않는구나!"

원담이 놀라 또다시 탄식을 내뱉자 곁에 있던 곽도도 답답한 표정으로 동의를 표했다.

"아, 이래서 도응이 아군을 거현성까지 유인한 것이었군요. 이 성을 함락하려면 몇 달로도 부족할까 걱정입니다!"

"시간이 문제가 아니라 성을 공격하다가 아군의 피해가 막심해질까 더 염려됩니다."

신비 역시 음울한 얼굴로 한탄하고 잠시 고민에 잠기더니 원담에게 건의했다.

"공자, 적에게 투항을 권유해 보면 어떨까요? 거현성의 수장 소건은 닭 잡을 힘조차 없는 일개 서생인 데다 부장 교유는 공자의 숙부 원술 휘하에서 활약하다가 어쩔 수 없이 도응에게 항복했습니다. 따라서 사람을 보내 높은 벼슬과 봉록으로 회유한다면 성공 가능성이 전혀 없는 것은 아닙니다."

철벽같은 방어 시설에 풀이 죽은 원담은 고개를 끄덕인 후 즉각 편지를 써서 사람을 성안으로 들여보냈다.

하지만 애석하게도 도응에게 큰 은혜를 입은 소건과 교유는 편지를 북북 찢으며 투항 제의를 거절하고 사신을 내쫓아 버렸다.

사신이 영채로 돌아와 소건, 교유의 무례한 회답을 알리자 원담은 발연대로하여 당장 공격 준비에 박차를 가하라고 명했다.

곽도와 신비는 거현성이 난공불락의 요새임을 잘 알았지만 공격 외에 다른 방법이 없었기에 성을 공격할 지혜를 짜내는 동시에 한편으로는 군사들의 사기와 전투력이 저하되지 않기만을 기도했다.

이틀 후, 곽도와 신비의 예상은 한 치도 빗나가지 않았다.

원담의 부대가 대량의 공성 무기를 동원해 공격을 가하자마자 즉각 거현성 수비군의 통렬한 반격을 받고 말았다.

기름을 잔뜩 먹인 불화살과 횃불이 원담군의 대형 공성 무기를 불태웠고, 양마성 뒤의 궁노병은 강궁으로 해자를 메우려는 대오에게 화살 세례를 퍼부었으며, 성루 위에서는 고지를 점령한 수비군이 시석(矢石)을 비 오듯 날려댔다.

겁을 집어먹은 원담군은 비명을 지르며 사방으로 흩어져 달아났고, 어렵게 제조한 운제와 부교 등도 모두 불길에 휩싸여 버렸다.

곽도와 신비는 평범한 전술로는 성을 공략하기 어렵다고 여겨 성 밖에 성벽보다 높은 누대를 설치하고 고지를 점유한 우세로 적에게 화살 공격을 가하자고 건의했다.

하지만 수성의 귀재인 교유는 원담군의 공사 현장을 보고 저들의 의도를 바로 알아챘다. 이에 성안에 임시로 더 높은 탑을 세운 후 더 높은 곳에서 내려다보며 화살 공격을 퍼부었다.

결국 누대에 올라간 원담군은 물론 또 다른 누대를 세우려는 공병들까지 쏟아지는 화살에 부지기수로 목숨을 잃고 말았다.

누대 공격이 실패로 돌아가자 곽도와 신비는 다시 굴을 파 성안으로 잠입하고자 했다. 하지만 이를 눈치챈 교유는 적군이 파고 들어오는 굴 방향을 확인해 반대쪽에서 굴을 파 하나로 연결시킨 뒤 물을 주입했다.

이에 땅굴을 파고 들어오던 원담군 수백 명은 그만 산 채로 수장되고 말았다.

여러 공격이 별무신통으로 돌아가자 원담은 하는 수 없이 전에 도응이 건네준 초기 벽력거 도안에 따라 벽력거를 만들기로 결심했다.

실전에 써먹은 적이 없어 아직 효과가 확인되지 않았지만 성 아래에 밀집된 양마성만 무너뜨려도 성공이라고 생각했다.

그러나 이 벽력거는 사정거리가 채 2백 보도 되지 않는 데다 조작마저 서툴러 석탄을 한 발도 발사하기 전에 성에서 쏟아지는 석탄에 산산조각이 나고 말았다.

서로 공방을 주고받으며 스무 날을 넘게 싸우는 동안, 원담군은 군량이 빠른 속도로 줄고 사기마저 점차 저하됐지만 거현성은 좀체 무너질 기미가 보이지 않았다. 그러자 가슴이 답답해진 원담은 크게 노해 거현성 공격을 포기하고 아예 개양으로 남하하기로 결심했다.

"대공자, 절대 불가합니다!"

원담의 결정을 듣는 순간, 신비는 말할 것도 없고 곽도까지 안절부절못하며 강력하게 만류했다.

"공자, 개양성은 도응의 주력군이 도사리고 있는 즉구와 50리도 채 떨어지지 않아 상호 기각지세를 이루고 있습니다. 아군이 적진 깊숙이 들어갔다간 앞뒤로 협공을 받게 되는 데다 거현의 수비군이 우리 양도와 퇴로마저 차단한다면 상상하고 싶지 않은 결과가 빚어질 수 있습니다."

원담이 분노해 소리를 질렀다.

"개양성으로 쳐들어가지 않으면 달리 방도가 있소? 거현성의 방어가 너무 견고해 여러 차례 공격에도 무너지지 않아 지금 양초가 얼마 남지 않았단 말이오! 아무런 공도 없이 청주로 철군한다면 부친의 얼굴을 어찌 다시 볼 수 있겠소?"

곽도와 신비가 꿀 먹은 벙어리처럼 아무 말도 못 하자 원담도 자신의 계획이 너무 무리하다는 사실을 깨닫고 고민 끝에 얘기했다.

"그럼 이렇게 합시다. 그대들은 이곳에 남아 거현성의 적군을 감시하시오. 나는 기동력이 뛰어난 기병을 이끌고 남하해 도응군과 결판을 내도록 하겠소."

그러자 신비가 고개를 젓고 말했다.

"그건 너무 위험합니다. 공자, 일단 전황을 주공께 알리고 주공의 결정에 따르는 게 어떻겠습니까?"

이 말에 원담은 펄쩍 뛰며 고래고래 소리를 질렀다.

"헛소리 마시오! 내가 거현성에서 고전하고 있는 사실을 부친께 알리면 원상 놈이 쾌재를 부르며 날 모함할 게 뻔한데……"

원담이 한창 노기를 드러내며 날뛰고 있는데, 홀연 남쪽에서 찢어질 듯한 목소리가 들려왔다.

"급보입니다—!"

원담 등이 놀라 고개를 들어 보니 전령 하나가 숨을 헐떡이며 중군 대영으로 뛰어 들어왔다.

"지금 도응의 군자군이 거현으로 몰려오고 있습니다!"

이 보고에 곽도, 신비를 포함한 장중의 관원들은 모두 깜짝 놀라 사색이 됐지만 원담은 오히려 차가운 미소를 드러내며 말했다.

"옳지, 드디어 올 것이 왔구나. 당장 기병을 집결시켜라. 이번에 도응 놈에게 진정한 무적 철군이 무엇인지 똑똑히 보여주고 말리다!"

원담은 신속히 장중을 나와 병마를 점검하고 출격 준비에 들어갔다.

대장 순우경에게는 주력군을 거느리고 대영을 지키며 거현성 수비군의 동정을 감시하라고 명하고, 곽도에게 남아서 그를 돕도록 했다. 이어 그는 기병전에 능한 고람과 신비를 대동해 친히 7천 기주 철기를 이끌고 당당하게 영채를 나섰다.

이때 곽도가 마음이 놓이지 않았는지 출전하는 원담의 말고삐를 잡으며 신신당부했다.

"대공자, 군자군과는 절대 일기토를 벌이지 마십시오. 안량, 문추의 말에 따르면, 군자군은 일기토에 일가견이 있어서 그들도 지난번에 하마터면 목숨을 잃을 뻔했다고 했습니다. 그러니 절대 충동적으로 행동해서는 아니 됩니다!"

하지만 원담은 곽도의 충고를 들은 체도 않고 자신만만하게 대답했다.

"알았으니 그만 떠들고 거현성의 적군을 잘 감시하다가 전장을 정리할 준비나 하시오. 내 군자군을 궤멸한 후 아무래도 전장을 정리하고 포로를 수습할 틈이 없을 듯하니, 이 임무는 그대 휘하의 병사들이 맡아줘야겠소."

곽도는 적을 얕잡아보는 원담의 태도에 불안감이 더욱 가중돼 거듭 당부의 말을 전했지만 원담은 귀찮다는 표정으로 그의 팔을 뿌리치고 나는 듯이 영채 밖으로 말을 달려 나갔다.

원담이 거느린 이 철기 부대는 기주군 내에서도 손에 꼽는 정예 주력군이었다. 이들 대부분은 원소가 오환에서 모집한

호인(胡人) 기병으로 성정이 사납고 기마술이 뛰어난 데다 장비까지 우수하여 일당백의 용맹을 자랑했다. 나머지 기병들 역시 공손찬 쪽에서 항복한 백마의종이라 풍부한 전투 경험을 가지고 있어서 천하에 적수를 찾기가 쉽지 않았다.

원담이 자신만만해한 이유는 바로 이토록 막강한 기병 대오를 수중에 거느렸기 때문이다.

숫자가 비슷한 중원 기병과 맞붙어도 깡그리 쓸어버릴 자신이 있는데, 고작 천여 명에 불과한 군자군이 무에 두려웠겠는가.

밀집 방진을 이루고 남쪽으로 내달리던 원담의 기병은 얼마 가지 않아 너른 벌판에서 마침내 군자군과 조우했다.

몸에 금빛 갑옷을 걸치고 양 팔목에 칼을 매단 원담은 득의양양한 표정을 지으며 기병 방진 최전방으로 말을 달렸다.

좌우에는 고람과 신비가 서 있었고, 뒤로는 7천 철기의 의갑(衣甲)이 선명하고 창과 기가 숲처럼 솟아 있어 위세가 하늘을 찌를 듯했다. 오전의 작열하는 태양이 원담의 금빛 갑옷과 기주 철기의 투구에 비치자 눈이 아플 정도로 밝은 빛을 발했다.

이에 반해 1천 5백 명으로 구성된 군자군은 앞쪽에 중기병 2개 부대가, 뒤쪽에 경기병 3개 부대가 느슨한 횡렬 대형을 이루고 있었다. 군자군을 처음 본 원담은 이런 부대가 어떻게 천하무적을 자랑했는지 의심스러워 실소를 금치 못했다.

원담은 대체 어떤 미련한 놈이 이런 풋내기 기병을 거느리고 죽으러 왔는지 궁금해 군자군 앞으로 좀 더 가까이 다가갔다.

양군이 원진을 이루고 자리 잡자 군자군 대오에서 한 사람이 말을 몰아 앞으로 달려 나왔다. 이 모습에 원담은 눈이 동그래지고 자기도 모르게 입에서 괴성이 터져 나왔다.

"도응?"

고람과 신비도 깜짝 놀라 소리를 지르고 바라보니, 그자는 정말로 원소의 사위이자 원담이 눈엣가시로 여기는 도응이 아닌가!

군자군 기병과 마찬가지로 남루한 갓옷에 은빛 투구를 쓴 도응이 손에 칼을 쥐고 앞으로 나와 만면에 웃음을 띠고 원담에게 공수하며 말했다.

"형님, 이게 몇 달 만입니까? 그동안 별래무양 하셨습니까?"

그런데 원담은 답례도 하지 않고 다짜고짜 소리를 질렀다.

"도적놈이 뜻밖에 제 발로 죽으러 왔구나! 상황 파악이 됐다면 당장 말에서 내려 포박을 받아라. 누이의 얼굴을 보아 목숨만은 살려주겠다!"

도응 역시 원담의 무례한 태도에 곧바로 낯빛을 바꾸고 큰소리로 꾸짖었다.

"필부 놈이 아주 미쳐 날뛰는구나! 내 부인의 얼굴을 보아 형님으로 불러주었거늘, 어찌 이리도 오만방자하단 말이냐? 자신 있다면 나와 3백 합을 겨뤄보고, 용기가 없다면 당장 돌아가 다시는 악부 앞에서 날 이간하지 마라!"

도응의 도발에 원담은 눈이 붉게 충혈되고 화가 머리끝까지 나 당장 앞으로 달려 나갈 태세를 취했다.

다행히 신비와 고람이 제때 그의 팔을 잡고 만류하며 말했다.

"대공자, 출전 전에 공칙이 한 당부를 잊으셨습니까? 군자군과는 절대 일기토를 벌어서는 안 됩니다."

도응은 계속해서 원담을 도발하고, 격노한 원담이 뛰어나가려는 것을 신비와 고람이 막아서는 상황이 반복되자 도응은 원래 원담을 유인해 사로잡으려던 계획을 포기했다.

이에 도응이 말을 돌려 본진으로 돌아가며 휘파람을 불자 중기병 배후의 경기병 3개 부대가 중기병 사이의 너른 틈을 뚫고 숫자가 몇 배나 되는 기주 철기를 향해 조수처럼 돌진해 들어갔다.

원담과 고람, 신비가 깜짝 놀라 급히 물러날 때, 미처 준비가 없던 기주 철기군 머리 위로 우전이 비처럼 쏟아졌다.

대규모 기병이 돌격하며 화살을 쏘는 전술을 한 번도 본 적이 없는 기주 기병은 당황해 어찌할 바를 몰라 반격할 엄두를 내지 못했다.

이때 한바탕 우전을 퍼부으며 기습에 성공한 군자군이 말

머리를 돌리는 것이 아닌가. 그러나 대형은 전과 달리 무질서하기 짝이 없었고 괴성까지 내지르며 남쪽으로 미친 듯이 달아났다. 중기병을 이끌고 먼저 꽁무니를 빼던 도응은 뒤를 돌아보고 큰소리로 외쳤다.

"원담 필부 놈아, 이번만 목숨을 살려주겠다! 쫓을 용기가 없다면 당장 물러나라!"

이 말에 격노한 원담이 쌍도를 휘두르며 추격 명령을 내리자 생전 이런 모욕을 당해본 적 없는 기주 철기는 밀집 대형을 이루고 잡아먹을 듯이 전속력으로 군자군의 뒤를 쫓았다.

군자군은 여느 때처럼 달아나는 와중에도 고개를 돌려 연신 화살을 쏘아댔다. 이런 해괴한 전술에 원담은 적잖이 당황했다. 그러나 옆에서 픽픽 쓰러지는 군사들을 보고 노기가 충천해 전속력으로 뒤를 쫓으라고 재촉했다.

이렇게 30리 이상을 추격해 들어갔지만 도무지 군자군을 따라잡지 못하자 신비는 점점 불안한 마음이 들기 시작했다.

그는 당장 원담에게 달려가 숨을 헐떡이며 권했다.

"공자, 오늘은 여기까지만 하십시오. 도응군은 장비가 간편해 도망가는 데 속도를 최대한도로 낼 수 있지만 아군은 장비가 너무 무거워 속도로는 이기기 어렵습니다. 더 이상 쫓는 것은 아무 의미가 없고, 혹여 적이 매복하고 기다릴 수도 있으니 이제 그만 물러가는 게……."

"입 닥치시오!"

적군을 따라잡지 못해 약이 바짝 오를 대로 오른 원담은 큰소리로 신비의 말을 자르고 대갈일성을 내질렀다.

"나 보고 저들이 두려워 군사를 물리라고? 오늘 이놈들을 추격해 결사전을 벌이고 도응 놈을 생포하지 못한다면 절대 군사를 거두지 않을 것이오!"

그러더니 원담은 신비를 뿌리치고 재차 말을 몰아 추격전에 가세했다. 고함을 지르며 군자군의 뒤를 쫓던 기주 철기는 한 시진여 만에 무려 80리를 넘게 달렸다.

하지만 이런 기록을 세운 대가로 군사들의 몸은 완전히 녹초가 됐고, 기주 전마 역시 체력이 고갈돼 입에 거품을 물며 속속 바닥에 쓰러졌다.

이때 군자군은 더욱 속도를 높여 눈 깜짝할 사이에 기주 철기의 시야에서 사라져 버렸다. 현장에 남은 기주 장사들은 어안이 벙벙한 얼굴로 군자군의 체력에 혀를 내둘렀다.

상황이 이 지경에 이르자 원담도 더 이상 추격이 불가능하다고 여겼다. 이에 이곳에서 휴식을 취하며 군사와 전마 모두 고갈된 체력을 보충한 후 퇴각하라고 명했다.

원담은 얼굴에 흐르는 땀을 닦고 가쁜 숨을 몰아쉬며 의아한 듯 중얼거렸다.

"도응의 군자군은 어찌 이리도 빨리 내달릴 수 있단 말인가? 이건 너무 터무니없어……."

고람 역시 거칠게 숨을 내쉬고 땀을 닦으며 원담과 똑같은 표정으로 대꾸했다.

"저도 이해가 가지 않습니다. 도응의 기병이 경기병으로 이루어져 부담이 적은 전마는 정상적으로 달릴 수 있다 해도, 두 다리를 걸치고 이렇게 멀리 달린 사병은 우리와 마찬가지로 체력이 소진돼야 맞지 않을까요?"

반면 신비는 다른 문제를 고민하고 있었다.

"도응은 왜 우리를 여기까지 유인할 걸까? 대체 목적이 뭐지?"

그러고는 고개를 돌려 주위를 둘러보았다. 이 일대는 사방이 모두 너른 들판이어서 매복할 만한 숲이나 산악이 거의 보이지 않았다. 신비는 도무지 영문을 몰라 혼잣말로 뇌까렸다.

"매복도 없는 것 같고… 정말 아무 목적도 없이 여기까지 마냥 달려온 걸까?"

바로 이때 남쪽에서 지축을 뒤흔드는 말발굽 소리와 함성이 울리며 신비의 의문을 금방 해소해 주었다. 군자군 대오가 다시 기주 철기의 시야에 들어왔을 때, 방금 전과 달리 이들의 몸과 전마에는 화살통이 한 개에서 세 개로 늘어났고, 군자군이 타던 전마도 전방 5리 밖에서 한참 휴식을 취한 쌩쌩한 말로 바뀌어 있었다.

"적군이 나타났다! 얼른 말에 올라타 진용을 갖춰라! 빨리 말에 올라라!"

놀란 기주 기병 7천 명은 허둥대며 급히 말에 올라 전투에 대비하고자 했다. 그러나 때는 이미 늦고 말았다.

새 말로 갈아탄 군자군은 원담군이 채 대오를 정비하기도 전에 쏜살같이 앞으로 달려 나갔다. 선두에 선 도응은 원담을 향해 큰소리로 외쳤다.

"원담 필부 놈아, 배짱이 있다면 오늘 나와 결판을 내자. 이 번만큼은 절대 손속에 사정을 두지 않으리라!"

이어 도응이 손을 크게 휘두르자 경기병 3개 부대가 잇달아 앞으로 돌진하며 아직까지 자리를 잡지 못한 기주 철기를 향해 화살을 비 오듯 난사했다.

비명소리가 울려 퍼지는 가운데 군자군은 또다시 돌연 말머리를 돌려 달아나기 시작했다.

악에 받친 원담이 고래고래 고함을 지르며 기주 철기에게 다시 추격 명령을 내렸다. 이때 신비가 달려와 극력 만류했지만 이미 화가 머리끝까지 난 원담은 그를 밀치며 소리쳤다.

"얼른 돌아가 순우경에게 일지 군마를 이끌고 접응하라 이르시오. 내 오늘 도응 놈을 갈기갈기 찢어죽이지 못하면 맹세코 돌아가지 않을 것이오!"

미친 듯이 포효한 원담은 재차 기주 철기를 거느리고 추격전을 개시했다. 하지만 전황은 전과 다를 바가 없었다.

산전수전 다 겪은 기주 장사들이었지만 아무리 쫓아도 적군 하나를 베지 못한 채, 오히려 적의 화살에 동료들이 연달아 말에서 굴러 떨어지는 광경을 빤히 지켜봐야만 했다.

이런 상황이 지속되는데도 원담이 주저 없이 적을 추격한 건 이 일대가 온통 탁 트인 개활지라 적의 매복이 거의 불가능하다고 여겼기 때문이다.

한편 신비는 사람을 순우경에게 보내 즉시 군사를 이끌고 남하해 접응하라 이르고, 혹여 원담이 적의 함정에 빠질까 우려해 자신은 고람과 함께 원담을 보호하며 계속 추격에 나섰다.

또다시 10여 리를 추격해 들어갔을 때, 전방에서 갑자기 도응이 크게 웃음을 터뜨리더니 홍색 영기를 흔들었다. 그러자 줄곧 꽁무니를 빼던 1천 5백 군자군이 일제히 함성을 지르며 말 머리를 돌렸다. 그러고는 허리춤에 걸려 있던 활을 잡고 전군이 다시 적을 향해 화살을 날리며 돌진해 들어갔다.

하늘을 뒤덮을 듯 쏟아지는 화살에 여기저기서 처절한 비명소리가 터져 나오며 기주 철기는 일대 혼란에 빠지고 말았다.

사상자가 속출하는 가운데, 어디서 날아왔는지 모를 화살 한 발이 그대로 원담의 투구에 적중했다. 원담은 외마디 비명을 지르며 바닥으로 굴러 떨어졌다.

원담이 화살에 맞고 바닥을 구르자 고람과 신비는 화들짝 놀라 곧장 원담에게 달려갔다.

다행히 원담이 강철 투구를 쓰고 있었던 덕에 살촉은 투구를 뚫지 못하고 튕겨져 나갔다. 구사일생으로 목숨을 건진 원담은 간담이 서늘해져 식은땀을 흘린 채 그대로 주저앉아 있었다.

고람과 신비는 가슴을 쓸어내리고 안도의 한숨을 내쉬며 원담을 부축해 일으켜 세웠다.

이어 고람이 길게 탄식을 내뱉은 뒤 원담에게 권했다.

"군자군이 천하무적인 이유를 이제야 알겠습니다. 공자, 당장 추격을 중지하고 철군 명령을 내리십시오. 이대로 가다간 우리 쪽 손해만 막심해집니다."

원담이 고개를 들어 전방 전장을 바라보니 수적으로 우세한 자기편 기병이 분명 적의 뒤를 쫓고 있었다.

하지만 천인공노할 군자군 근처에는 가까이 가지도 못하고, 외려 군자군이 쉬지 않고 쏘아대는 화살에 맞아 여기저기서 말에서 떨어지는 자가 속출하고 있었다.

이에 원담도 과감하게 포기를 선택했다. 당장 징을 쳐 군대를 거두고 부상자들을 속히 구조하라고 명했다.

하지만 상황은 원담의 바람대로 흘러가지 않았다. 기주 철기군이 추격을 멈추고 군대를 재정비하려는 즈음에 군자군이 다시 벌 떼처럼 달려들며 화살 세례를 퍼부었다.

기주 철기군이 대오를 집결해 궁전(弓箭)으로 반격을 가했지만 군자군은 얄밉게도 측면이나 심지어 기주군 후방으로 빠져

나가 버렸다.

군자군이 기주군 대오를 둘러싼 채 계속해서 치고 빠지며 공격을 가하자 기주군은 도망갈 기회조차 좀체 잡지 못했다.

이렇게 되자 부상을 입은 기주 기병은 군자군 중기병의 도륙 대상이 되었고, 기주 철기 부대는 군자군 경기병의 사냥감으로 전락하고 말았다.

모래바람이 자욱한 대지 위에서 군자군은 반원형을 이루고 기주 철기군을 포위한 채 날카로운 살인 무기를 적의 머리를 향해 한 발 한 발 날렸고, 이에 호응하듯 적의 고귀한 생명도 하나하나씩 스러져 갔다.

끊임없이 쏟아지는 화살비 앞에 기주군 사병과 전마가 연이어 바닥으로 쓰러져 7천 기주 철기는 어느새 5천도 채 남지 않았고, 사상자는 계속 늘어나기만 했다.

물론 기주군 장사들도 답답한 마음에 군자군 경기병을 흉내 내 빠른 속도로 달리는 말 위에서 고개를 돌려 화살을 발사했다.

그러나 등자도 없고 앞뒤로 솟은 안장도 없어 중심을 제대로 잡지 못하고 말에서 떨어지기 일쑤였다.

일부 기마술이 뛰어난 기주 기병이 억지로 우전을 날리긴 했지만 이들이 쏜 화살은 위력이 거의 없고 정확성도 크게 떨어져 군자군에게는 전혀 위협이 되지 않았다.

"이 개자식들아, 자신 있으면 당장 나와 붙어보자! 도망가지만 말고 사생결단을 내잔 말이다!"

순식간에 사냥감을 쫓던 위치에서 사냥을 당하는 쪽으로 전락하고 전혀 반격할 기회를 잡지 못하자 원담은 분하고 치욕스러운 생각이 들어 이렇게 울부짖었다.

그러나 군자군은 원담에게 근접전의 기회를 줄 마음이 추호도 없었다. 이들은 한결같이 거리를 유지한 채 화살만 날려댈 뿐이었다.

기주군이 이를 악물고 군자군의 화살을 막아내며 서서히 물러나고 있을 때, 앞쪽에서 돌연 적군이 나타났다는 보고가 들어왔다. 원담이 깜짝 놀라 자신들이 왔던 길을 돌아보자, 그곳에는 언제 나타났는지도 모르게 보병 부대 일단이 서주군 깃발을 흔들며 서 있었다.

가지런히 방진을 이루고 있는 이 대오는 거리가 멀어 숫자를 정확하게 분간하기 어려웠지만 방진의 크기로 보아 절대 천 명은 넘지 않는 것이 확실했다.

"돌격하라! 전방의 서주군을 한 놈도 남기지 말고 모두 도륙하라!"

일찌감치 속이 울분으로 가득 찼던 원담은 흔희작약(欣喜雀躍)해 큰소리로 외쳤다.

신비가 이 명령을 듣고 깜짝 놀라 원담을 만류하려고 하자 곁에 있던 고람이 신비의 옷깃을 잡아당기며 설명했다.

"좌치 선생, 공자의 이 결정은 지극히 당연합니다. 우리가 아무리 발버둥 치며 도망쳐 봤자 지금 상황에서는 사상자만 계속 늘어날 뿐입니다. 이때 적군에게 달려들어 그들과 뒤섞이면 군자군은 자기 군사들이 상할까 염려해 감히 화살을 날릴 수 없습니다. 이렇게 되면 아군이 포위에서 빠져나갈 틈을 엿볼 수 있을 뿐 아니라 원군이 도착할 시간을 벌어줄 수 있습니다."

이 말에 신비는 문득 크게 깨닫고 원담에게 다가가던 발걸음을 멈추며 원군이 제발 빨리 도착하게 해달라고 기도했다.

"당장 저놈들을 쓸어버리자! 죽여라!"

군자군에게 힘 한 번 제대로 써보지 못하고 철저히 무너지던 기주 철기는 앞쪽의 서주 보병을 분풀이 대상으로 삼으려는 듯 일제히 함성을 질러댔다.

남은 4천여 기주 철기는 군자군의 화살 공격에도 아랑곳하지 않고 신속히 밀집 돌격 대형을 이룬 후 서주 보병 대오를 향해 밀물처럼 돌진해 들어갔다.

그런데 그들에게 가까이 다가가는 와중에 원담은 기이한 점을 발견했다. 자신들이 맹렬히 돌진하는데도 전방의 서주 보병은 전마의 돌격을 막는 장창이나 녹각 차단물을 설치하기는커녕 전원이 창과 칼을 쥔 채 우두커니 서 있는 것이 아닌가.

마치 철기군의 공격이 얼마나 무시무시한지 전혀 모르는 놈들처럼 보였다. 이에 약이 더 바짝 오른 원담은 군사들에게 속히 돌격하라고 명하고, 자신도 앞쪽으로 서둘러 내달렸다.

천지를 진동하는 함성이 울리는 가운데, 기주 철기군은 눈 깜빡할 사이에 서주 보병 열 걸음 앞까지 들이닥쳤다. 그런데도 서주 보병은 미동도 하지 않은 채 허수아비처럼 그 자리에 꼼짝 않고 서 있었다.

신바람이 난 원담은 광소를 터뜨리며 크게 외쳤다.

"도웅 놈아, 이곳이 곧 네놈들의 무덤이 될 것이다! 하하하!"

하지만 원담의 웃음소리는 곧 기주 철기의 비명에 묻히고 말았다.

선두에서 돌격하던 전마가 요술에 걸린 듯 갑자기 히힝 소리를 내며 앞발굽을 들고 일어나더니 그대로 두 무릎을 꿇고 쓰러지는 것이 아닌가? 그러자 말에 탔던 기주 기병 역시 관성에 의해 앞으로 날아가거나 말에서 굴러 떨어졌다.

가속도가 붙어 달려오던 뒤의 전마는 피할 새도 없이 앞에 쓰러진 전마에 걸려 넘어지거나 말에서 떨어진 병사를 밟아버렸다.

연쇄적으로 말들이 쓰러지는 가운데, 고람의 입에서 돌연 외마디 비명이 터져 나왔다. 알고 보니 고람의 전마가 아무 이유도 없이 히힝 하고 울며 바닥에 주저앉아 버린 것이다.

뒤이어 원담이 타던 대완마도 발굽으로 무엇을 밟았는지

발을 삐끗하며 바닥에 자빠졌다. 소스라치게 놀란 원담은 거대한 관성에 의해 몸이 하늘로 솟구치더니 그대로 바닥에 엉덩방아를 찧었다.

원담이 정신을 차려 보니 뾰족하고 날카로운 물체 몇 개가 몸에 박혀 있었고, 그중 하나는 허벅지에 깊게 박혀 극심한 통증이 밀려왔다.

원담이 바닥을 짚고 일어서려는데 손에 갑자기 낯선 물체가 잡혔다. 그는 이를 자세히 들여다보고서야 전마와 사병들이 연이어 바닥으로 쓰러진 이유를 문득 깨달았다.

원담의 손에 들린 물체는 바로 날카로운 뿔 네 개가 달린 작은 철구(鐵球)였다! 이 철구는 아무렇게나 굴려 놓아도 뾰족한 부분이 하늘로 향하게 돼 있어서 말이 이를 밟으면 넘어지지 않을 수 없었다.

원담이 쓰러진 곳 바로 몇 걸음 앞에 이 기괴한 암기(暗器)가 빽빽하게 깔려 있었다. 원담은 이를 보고 절망과 분노에 찬 목소리로 연신 도웅에게 욕을 퍼부었다.

기병의 돌격력을 억제하는 철질려가 수십 년 앞서 낭야 전장에 출현함에 따라, 가련한 기주 철기는 미처 손쓸 틈도 없이 막심한 피해를 입고 말았다.

무수한 전마가 이 끔찍한 무기를 밟고 넘어지면서 선봉대는 전원이 전멸했고, 제2열도 전멸에 가까운 타격을 입었다.

또 뒤따르던 대오도 절반은 앞에 넘어진 동료에 걸려 자빠졌고, 나머지 절반은 급히 말고삐를 잡아당겨 실족은 면했지만 말이 놀라 날뛰면서 진영이 일대 혼란에 빠졌다.

군자군 경기병은 여전히 반원형을 그리며 혼란에 빠진 원담군을 포위하고 사정없이 화살을 퍼부었다.

원담군의 앞을 가로막고 있던 함진영도 궁노를 꺼내 아수라장으로 변한 기주군을 향해 화살비를 날렸다.

적의 무차별 공격에 그토록 용맹하던 기주 철기도 더는 버티지 못하고 사방으로 흩어져 달아나기 시작했다. 하지만 이들은 뒤따르는 군자군 중기병의 칼 앞에 무참하게 도륙되고 말았다.

여기저기서 적의 화살에 죽고 항복하는 자가 속출하는 와중에도 고람과 신비는 끝까지 원담을 보호했다.

고람은 철구 밭에서 원담을 끌어냈고, 신비는 자신의 전마를 원담에게 주며 속히 달아나라고 권했다. 그러나 허벅지를 깊이 찔린 원담은 다리에서 계속 피가 흘러 말을 타는 건 고사하고 걷기조차 어려웠다.

이에 고람은 어쩔 수 없다는 듯 원담을 전마에 가로로 누이고서 군사를 이끌고 원담을 엄호하며 후퇴했다. 하지만 고람이 일지 군마를 조직했을 때, 맞은편의 함진영은 이미 자신들이 설치한 철구 밭을 돌아 원담군의 측면으로 쇄도해 들어오고 있었다.

"원담이 저기 있다! 당장 원담을 사로잡아라!"

서주 군중에서 새로운 구호가 울려 퍼졌다. 외곽에서는 군자군이 도망병에게 끊임없이 화살을 날려대고, 측면에서는 함진영이 난군 가운데로 쳐들어오고 있으며, 앞쪽에는 철구가 빽빽하게 놓여 있는지라 원담군은 어디로도 달아나기 어려웠다.

절망에 빠진 원담은 이대로 목숨을 잃는 것이 두려워 즉각 수하들에게 큰소리로 외쳤다.

"백기를 들어라! 얼른 백기를 들고 투항한다!"

그러자 고람이 당당하게 앞으로 나와 원담을 만류했다.

"공자, 그런 말씀 마십시오! 말장이 목숨을 걸고 공자를 보호해 포위를 뚫겠습니다!"

하지만 원담은 죽을상을 짓고 소리쳤다.

"입 닥쳐라! 나는 투항할 테니 포위를 뚫고 싶으면 너나 가라! 내 지금 중상을 입어 달아날 수 없는 형편이라 빨리 투항하는 편이 낫다. 그래야 얼른 치료를 받을 것 아니냐!"

다급한 마음에 너무 힘주어 말했는지 그만 원담의 허벅지에 난 상처가 터지고 말았다. 원담이 고통에 신음하고 있자 신비가 고람의 소매를 잡아당기며 권했다.

"고 장군, 공자의 명에 따라 투항하시지요. 도응은 주공의 위세가 두려워 함부로 우리를 해치지 못할 테니 기주로 돌아갈 희망이 있습니다. 그때 가서 이 치욕을 씻어도 늦지 않습니다."

"아!"

고람은 눈을 감고 하늘을 우러러 장탄식을 토해냈다. 잠시 후 그는 이를 앙다물고 큰소리로 외쳤다.

"백기를 들고 서주군에게 투항한다고 알려라! 평생 전장을 누비면서 이토록 겁약했던 적은 처음이로구나!"

기주 사병이 백기를 들고 서주군에게 달려가자 원담은 참기 힘든 고통 속에서도 절로 미소가 지어졌다.

한편 조조는 장자가 서주에 볼모로 있는 관계로 도응의 구원 요청을 거부할 수 없어 당장 도응을 돕기로 결정했다.

그는 견성에 주둔하고 있는 하후돈에게 제북 길을 따라 청주의 역성을 공격하고, 여건에게도 내무에 있는 군사로 원담의 대본영 임치성을 위협하라고 명해 측면에서 도응을 지원했다.

원담이 포로로 잡힌 날, 공교롭게도 거현성 밖의 원담군 주력 부대 귀에 조조의 두 부대가 청주로 쳐들어간다는 소식이 전해졌다.

이에 순우경과 곽도는 원담을 구하러 갈 계획을 포기하고 즉각 제현으로 철군했다.

표면적인 이유는 언제든지 청주로 회군해 우군을 지원하고, 또 조조와 도응 양군의 협공에 대비하기 위함이었으나 사실

이들은 원담이 생포된 상황에서 공격에 나서기 두려웠기 때문이다. 동시에 이들은 업성에도 전령을 보내 원소에게 전황을 알리고 다음 명령을 기다렸다.

               *   *   *

"큰처남으로 장인의 수중에서 과연 무엇을 얻어내야 최선일까?"

도응은 낭야 전투에서 원담을 손쉽게 사로잡았다. 그러나 이 최상의 패를 손에 쥐었을 때, 이 패로 어떻게 이익을 극대화해야 할지에 대해서는 스스로 아무런 준비도 없었음을 깨달았다.

서주 장수들은 원소에게 원담을 돌려주는 조건으로 양마(良馬) 수천 필과 전쟁으로 인한 낭야군의 손실을 배상하게 해야 한다고 주장했다.

물론 이들의 주장에는 그럴만한 이유가 있었다.

원소가 서주군에게 전마 무역을 개방한 것은 사실이나 가격이 터무니없이 높아 서주의 풍족한 전량으로도 얼마 사들이지 못했다. 그래서 꼭 필요한 장수들이나 척후 기병에게 제공하고 나면 남는 말이 거의 없었다. 이로써 군자군 외에 예비 기병을 양성한다는 계획이 큰 차질을 빚고 있었기 때문이다.

서주 제장의 이 건의는 가후와 유엽의 결사반대에 부딪혔다.

"주공, 이런 무모한 요구는 절대 삼가야 합니다. 원소는 성격이 오만하고 식견이 좁으며 작은 이익에 목숨을 거는 데다 사세삼공이라는 가문 때문에 명망과 위신을 대단히 중시합니다. 이런 그에게 원담을 인질로 삼아 전마와 전량을 내놓으라고 협박한다면 틀림없이 성공하기 어려울뿐더러 서주에 대한 전면 침공이라는 대재앙의 빌미를 제공할 수도 있습니다."

이어 유엽이 도응에게 건의를 올렸다.

"하북에 웅거한 원소는 장수와 군사가 많고 전량이 풍부하여 병세가 강성하므로 적으로 삼기보다 우호 관계를 맺는 편이 훨씬 더 낫습니다. 따라서 이 기회에 원담을 송환하여 그간 쌓인 갈등을 풀고 교분을 다시 회복하는 것이 상책인 줄 아옵니다."

하지만 도응은 머뭇거리며 대답했다.

"나 역시 일찍부터 그 생각을 했었소. 다만 이는 내가 먼저 고개를 숙이고 들어가는지라 한쪽 가슴에 원한을 품은 원소가 날 만만하게 보고 외려 핍박을 가한다면 역효과가 날 우려가 있소. 그래서……."

여기까지 말한 도응은 고개를 가로젓더니 쉽사리 결정을 내리지 못했다.

도응이 입을 꾹 다물고 침묵을 지키자 서주 관원들 사이에서 갑론을박이 벌어지며 다양한 의견이 제기되었다.

이때 양굉은 전에 기주에 갔다가 원담 손에 하마터면 형장의 이슬로 사라질 뻔했던 일이 문득 떠올라 치를 떨며 원담을 아예 죽여 버리자고 목소리를 높였다.

얼토당토않은 이 건의는 당연히 다수에 의해 묵살되었지만 말이다.

어쨌든 도응은 지금 원담이라는 훌륭한 패를 이용해 어떻게 이익을 극대화하느냐에 온 신경이 집중돼 있었다.

한참 동안 말없이 고민에 잠겨 있던 도응은 홀연 무슨 생각이 떠올랐는지 관원들을 둘러보며 뜬금없는 질문을 던졌다.

"음, 그대들은 원소가 정말로 막강하다고 여기고 있소? 너른 땅에 군사가 수십만이요, 전투력이 막강하고 양초가 풍족한 데다 사세삼공의 가문을 등에 업고 천하의 민심이 온통 그에게 쏠린 이 실력이 진짜라고 믿고 있소?"

서주 관원들은 멀뚱멀뚱 서로 얼굴만 쳐다보며 도응이 왜 이런 바보 같은 문제를 묻는지 몰라 아무 대답도 하지 못했다.

그러자 도응이 다시 입을 열었다.

"이건 가정이오. 가정이라고 생각하고 들으시오. 가령 우리가 조조와 맹약을 계속 이어나가 진심으로 힘을 합쳤다고 칩시다. 그리하여 원소의 군대가 공손찬을 멸하고 남하했을 때, 우리와 조조가 연합해 원소에게 대항한다면 누가 우위를 점할 것 같소?"

그제야 도응의 의도를 알아챈 유엽이 앞으로 나와 공손한 어조로 차근차근 설명했다.

"주공, 그래도 원소가 더 우세하다고 사료됩니다. 아군과 조조의 영토를 합치면 원소 강역의 절반이 넘긴 합니다만 조조의 연주 땅은 빈번한 전화로 인해 오래전부터 민생이 몰락하고 양식이 아주 부족해 인구가 전보다 무려 7, 8할이 줄었습니다. 이에 반해 서주는 전량과 인구 면에서 연주보다 훨씬 낫다고 하나 군사의 수나 기량으로 보면 원소군과 조조군에 미치지 못합니다. 게다가 서주 영토는 남북으로 좁고 길게 이어져 있어서 역량을 한곳에 집중하기 어렵습니다."

잠시 숨을 고른 유엽은 계속 말을 이어나갔다.

"하지만 원소의 상황은 다릅니다. 첫째, 그는 4개 주를 차지하고 있어서 인구와 전량이 아군과 조조의 것을 합친 것보다 많습니다. 둘째, 원소는 전마 수급이 원활해 강력한 기병을 구축하기 용이합니다. 셋째, 원소는 공손찬만 제거한다면 아군이나 조조와 달리 후방에 우환거리가 전혀 없어서 힘을 한곳에 집중할 수 있습니다. 따라서 아군과 조조군이 진실로 동심협력한다 해도, 전면전이 벌어졌을 때 전체적인 실력은 여전히 원소만 못합니다."

그러자 도응이 다시 물었다.

"아군과 조조군이 연합하든 아니면 아군 홀로 기주군에 맞서든 원소가 치명적인 실수를 범하지 않는다면 누구의 승산이 더 높겠소?"

유엽이 쓴웃음을 지으며 대답했다.

"빤히 알면서 일부러 묻는 것입니까? 여러모로 비교해 봐도 원소군의 실력이 월등히 우세한 상황에서 실수까지 저지르지 않는다면 아군이 조조와 힘을 합쳐도 상대가 안 되는데, 아군 홀로 원소를 대적하는 건 달걀로 바위 치는 꼴이 아니겠습니까?"

사실 이때 도응은 질 수 없는 전력을 보유한 원소가 조조에게 참패한 실제 역사를 머릿속에 그리고 있었다. 그만큼 그는 원소의 실력이 과장됐다고 생각했다. 하지만 유엽의 설명을 듣는 순간, 도응은 이것이 역사의 결과를 미리 알고 있는 자신의 선입견임을 문득 깨달았다.

지금, 이 현실 안에서는 원소의 실력이 가장 막강하다는 사실을 누구도 부인하기 어려웠다.

'원소가 오소(烏巢)에서 실수를 범하지 않았다면 조조가 과연 관도에서 승리했을까? 또 관도에서 완패를 당한 원소가 채 일 년도 안 돼 창정(倉亭)에 수십만 대군을 집결하고 조조와 결전을 벌이지 않았는가? 물론 조조의 배수진과 십면매복(十面埋伏)에 걸려 참패했지만 말이다. 그렇다 해도 원소의 전력은 여전히 조조보다 우위에 있었어. 만약 창정의 패배로 원소가 우울함을 견디지 못해 병사하지 않았다면, 그리고 원담과 원상 두 머저리가 동족상잔을 벌여 스스로 양패구상하지 않았다면 조조가 과연 하북 땅을 쉽게 손에 넣을 수 있었을까?'

이렇게 생각하고 나자 도응은 머릿속이 다시 맑아지는 기분을 느꼈다. 이어 도응이 또 한 번 더 어이없는 질문을 던졌다.

"마지막으로 묻겠는데 원소의 나이가 올해 얼마나 됐소?"

유엽이 고개를 갸웃거리고만 있자 가후가 대신 대답했다.

"원소는 조조보다 두 살 위로 올해 마흔다섯입니다."

도응은 고개를 끄덕이고는 자리에서 벌떡 일어나 큰소리로 말했다.

"내 결정했소이다. 기주로 사신을 보내 악부에게 화친을 청할 생각이오. 악부가 두 가지 조건에만 응해준다면 당장 원담을 기주로 송환하고 속죄하겠소."

유엽이 두 가지 조건이 무엇이냐고 묻자 도응은 미소를 지으며 대답했다.

"첫 번째는 폐장입현(廢長立賢)에 따라 삼공자를 적자로 세우는 것이고, 두 번째는 현 청주도독 원담을 기주로 소환하고 어질고 능력 있는 자를 가려 새로 청주를 맡기는 것이오."

"네? 고작 그 조건에요?"

이 말에 장내의 서주 관원들이 술렁이며 여기저기서 반대하는 목소리가 터져 나왔다. 도응은 손을 들어 수하들을 무마한 후 차분하게 말을 이어갔다.

"자자, 진정들 하고 내 말을 잘 들어보시오. 갈택이어(竭澤而漁)라는 말이 있지 않소? 눈앞의 작은 이익에 급급하다간 큰 이익을 놓치는 법이오. 삼공자 원상은 내 부인의 동모 형제라 사이가 아주 친밀한 데다 평소 우리 서주에 대해 호감을 가지고 있었소. 하여 이번에 그가 원씨 적자가 되는 데 힘을 보탠다면 우리 은혜에 크게 감격해 훗날 더 많은 이익으로 보상하지 않겠소?"

서주 관원들은 내심 불만이 없지 않았지만 도웅의 조리 있는 설명에 하는 수 없이 고개를 끄덕이고 찬동의 뜻을 표했다. 관원들이 모두 자기 자리로 돌아가자 도웅은 곁에 있는 양굉을 바라보며 미소를 짓고 말했다.

"양 장사, 이번 기주 출사는 임무가 막중해서 아무래도 그대가 가줘야겠소."

양굉이 이에 흔쾌히 응하고 공수하자 도웅은 하품을 하며 말했다.

"오늘은 꽤 피곤하구려. 회의는 여기까지 합시다. 제장들은 각기 군영으로 돌아가 전투에 지친 군사들을 위무하시오. 문화 선생과 자양은 잠시 이곳에 남아 기주 일을 마무리합시다."

관원들이 모두 돌아가고 몇몇 심복들만 남자 가후가 먼저 얘기를 꺼냈다.

"주공, 이 일을 조맹덕과도 논의해야 하지 않을까요? 그 역시 중간에서 이득을 취하려 할 텐데, 우리가 단독으로 처리하면 섭섭한 마음을 가져 동맹에 금이 갈 우려가 있습니다."

도웅이 대답했다.

"굳이 그를 끌어들일 필요는 없소. 그저 원담의 석방 조건을 알리기만 하면 그만이오. 조조와 우리 사이의 연맹은 어디까지나 한시적이라 그가 우리 등 뒤에서 몰래 칼을 꽂는지 대비하고, 또 기주군의 손을 빌려 세력을 약화시켜야지 기주군과 관계를 개선하도록 도울 이유는 없소."

가후가 고개를 끄덕이고 물러난 뒤 나머지 군정 대사를 논의하는 가운데 도웅이 피곤한지 연신 하품을 해대자 가후와 유엽 등은 인사를 하고 자리를 떴다.

하지만 사람들이 모두 돌아간 후에도 도웅은 침소로 쉬러 가지 않고 화살을 만지작거리며 깊은 고민에 잠겼다. 그러더니 문득 장중에 유일하게 남아 있던 주부 진응에게 일렀다.

"양 장사가 기주에 사신으로 가면 그대가 원담과 고람, 신비를 찾아가 위로의 말을 건네도록 하시오. 그러면서 그들과 돈독한 관계를 맺은 뒤 원담과 독대할 기회가 생겼을 때 한 가지 이야기를 들려주시오."

"네? 이야기를 들려주라고요?"

진응이 의아한 표정을 지으며 묻자 도웅은 예의 삼각눈을 번뜩이며 입가에 미소를 짓고 말했다.

"바로 현무문(玄武門)의 변에 관한 고사요."

현무문의 변은 후대 당(唐)나라 초기에 태자 이건성(李建成)과 차남 이세민(李世民)이 후계자 자리를 두고 다툰 사건이다.

당연히 진웅이 이 일을 알 턱이 없었으므로 도웅은 마치 예전에 일어난 일인 것처럼 꾸며 소상하게 알려주었다.

第七章

양굉, 다시 기주로 가다

　"뭐, 7천 철기가 군자군에게 전멸되었다고? 고람, 신비에 답 이까지 도응 놈에게 포로로 잡히다니, 대체 이게 무슨 말이 냐?"

　곽도, 순우경이 쾌마로 보내온 긴급 보고를 읽고 원소는 자 신의 눈을 의심해 몇 번을 읽고 또 읽었다. 하지만 이는 변하 지 않는 사실이었다.

　원소는 놀람과 분노가 뒤섞인 목소리로 연신 중얼거렸다.

　"어떻게 이런 일이, 어떻게 이런 일이 일어났단 말이냐? 내 무적 철기가 힘 한 번 써보지 못하고 전멸되었다니……."

　기주의 모사들 역시 원소의 말에 놀라 자신의 귀를 의심했다. 기주 철기는 기병에 대한 의존도가 매우 높은 공손찬과 선비(鮮卑)조차도 쉽게 이기지 못할 만큼 막강한데, 수적으로 크게 열세인 군자군에게 참패를 당했다고 하니 충격을 받은 것도 당연했다.

물론 원상과 그의 무리인 심배, 봉기 등은 얼굴에 드러난 기쁜 빛을 들키지 않으려고 머리를 숙인 채 몰래 입가에 미소를 띠고 있었다.

다들 넋이 나간 표정을 짓고 있는 때, 전풍이 침묵을 깨는 탄식을 내뱉으며 말했다.

"아, 이는 모두 풍 등의 죄입니다! 저희가 서주군의 전력을 너무 과소평가했습니다. 더욱이 군자군에 대한 이해가 너무 부족해 이런 비참한 결과를 빚고 말았습니다."

전풍은 원소에게 죄를 청한 뒤 다시 공수하고 말했다.

"주공, 어쨌든 지금으로서는 대공자를 구할 방법을 찾는 것이 우선입니다. 그러니 낭야에 사신을 보내 도응과 정전 및 대공자 귀환 문제를 논의하십시오. 주공께서 조금만 양보한다면 도응이 말귀를 알아듣고 대공자를 송환할 것이 분명합니다."

그러나 원소는 아무 대꾸도 하지 않았다. 그 역시 전풍의 말이 일리가 있다고 여겼지만 체면과 명예를 목숨보다 중히 여기는 원소로서는 사위에게 고개를 숙이고 화친을 청하는 일에 쉽사리 응하기 어려웠다.

이때 봉기가 사심이 담긴 건의를 올렸다.

"사세삼공의 후예인 주공께서 도웅에게 고개를 숙인다면 체면과 위엄에 큰 손상을 입습니다. 고로 청주와 낭야에 증원 군을 보내 무력으로 대공자를 구하는 것이 옳은 줄로 아옵니다."

생각을 확실히 정하지 못하던 원소가 이 말에 마음이 동하려는 순간, 순심이 이를 제지하며 봉기를 꾸짖었다.

"원도는 이 무슨 망발이오! 조조군도 이미 청주로 출병해 아군이 동시에 조조, 공손찬, 도웅 삼군과 맞서게 된 상황에서 전화를 확대했다간 후환이 끊이지 않을 것이오. 설사 이 문제가 아니더라도 지금 서주에 증원군을 보낸다면 수가 틀린 도웅 손에 대공자가 해를 입을 수도 있다는 걸 모르시오!"

순심은 이어 원소에게 고개를 돌려 진언했다.

"주공, 너무 조급해하지 마십시오. 도웅은 총명한 자라 주공께서 지금 기호지세(騎虎之勢)의 곤경에 빠졌음을 잘 알고 있을 것입니다. 하여 필시 먼저 주공께 사신을 보내 화친을 청하고 대공자 문제를 협상해 올 터이니 인내심을 가지고 조금만 더 기다려 보십시오."

이 말에 원소의 마음은 다시 흔들렸다. 도웅이 먼저 사신을 보낸다면 상황이 자신에게 좀 더 유리하게 돌아가지 않겠는가.

이해득실을 곰곰이 따져 보던 원소는 마음을 고쳐먹고 순심의 의견에 찬동한 후 명을 내렸다.

"그럼 두 가지 모두 다 대비합시다. 일단 도응이 먼저 사신을 보내 화친을 청하는지 두고 보면서, 한편으로는 출병 준비를 마치고 만약 사신이 오지 않는다면 전면 개전에 나서는 것으로 하겠소."

보름 후, 순심의 예상대로 서주 사자 양굉이 업성에 도착했다.

양굉은 업성에 이르자마자 원소에게 뵙기를 청했고, 원소도 당장 그를 만나보고 싶었으나 체면을 고려해 공무로 바쁘다는 핑계를 대고 사흘째 되는 날에야 양굉을 기향후부로 불렀다.

대당 안으로 들어선 양굉은 극진히 예를 갖춰 원소에게 인사를 올렸다. 그런데 원소는 답례는커녕 다짜고짜 양굉을 가리키며 소리쳤다.

"양굉 필부 놈아!"

깜짝 놀란 양굉이 벌벌 떨며 두 무릎을 꿇고 머리를 조아리자 원소가 기세등등한 목소리로 물었다.

"너희 서주군은 왜 내 명령을 거역하고 멋대로 연주에서 철군했을 뿐 아니라 감히 조조와 동맹을 맺었느냐?"

양굉은 두려움에 오금이 저려오는 와중에도 만면에 아첨하는 빛을 띠고 조심스럽게 말했다.

"원 공, 외람되지만 소인이 우리 주공의 말을 그대로 전해도 되겠습니까?"

"말하라!"

"감사합니다, 원 공. 성인이 이른 군위신강(君爲臣綱), 부위자강(父爲子綱), 부위부강(夫爲婦綱) 이 삼강(三綱) 중에 군신의 벼리가 부자의 벼리보다 우선합니다. 제가 원 공을 부친으로 여기고 있지만 천자께서 내리신 조서가 원 공의 호령과 서로 어긋났기에 어쩔 수 없이 부친의 명을 거스르고 군명을 따랐던 것입니다. 이것이 바로 우리 주공의 말입니다."

삼강오상(三綱五常) 같은 도덕규범은 한무제(漢武帝) 때 통치 기반을 공고히 하기 위해 널리 제창돼 왔던 터라 명문가 출신인 원소는 어려서부터 이런 봉건사상에 세뇌되어 있었다.

그래서 양굉이 전한 도웅의 말을 들은 후 마음속으로는 교활하고 파렴치한 변명에 이를 바득 갈았지만 겉으로는 억지로 이에 수긍할 수밖에 없었다.

고개를 끄덕인 원소는 다시 크게 소리쳤다.

"기왕 그랬다면 왜 일찌감치 기주로 사람을 보내 이를 알리지 않은 것이냐? 그럼 사태가 이 지경까지 이르진 않았을 것 아니냐?"

"그게……."

양굉은 잠시 우물쭈물하더니 속으로 중얼거렸다.

'원소 이 늙은이야, 우리가 이를 알리려고 사신을 보냈는데 네놈이 직접 영을 내려 기주에서 쫓아내 놓고 이제 와서 딴소리를 한단 말이냐?'

하지만 감히 이런 말을 밖으로 꺼낼 수는 없었기에 양굉은 다시 한 번 머리를 조아리고 정중하게 대답했다.

"원 공의 꾸지람을 들어도 쌉니다. 아마 우리 주공이 공사다망해 이를 깜빡한 모양입니다. 소인이 서주로 돌아가 꼭 이 말씀을 전하고 우리 주공에게 사죄의 편지를 쓰라고 이르겠습니다."

원소는 언짢다는 듯 흥 하고 코웃음을 쳤지만 속으로는 자못 양굉의 대답에 흡족해했다.

어쨌든 이번 전투의 패자는 원담이요, 승자는 도응과 양굉인데 양굉이 기주에 와서 여전히 극도로 공손한 모습을 보이고 고분고분하며 원소의 체면을 최대한 살려주었으니 말이다. 이에 원소는 헛기침을 하고 무심한 척 얘기했다.

"돌아가 도응에게 제때 상황 설명만 했다면 낭야 충돌은 일어나지 않았을 것 아니냐고 일러라. 내 미리 이를 알았다면 어찌 낭야로 출병했겠느냐?"

"예, 예. 소인이 꼭 그리 전하겠습니다."

양굉이 공손하게 고두하며 대답하자 원소의 말투도 다소 누그러져 어서 일어나라고 명한 후 다시 물었다.

"도응이 이번에 그대를 보낸 진짜 이유는 무엇인가?"

양굉은 기다렸다는 듯 재빨리 대꾸했다.

"화친을 청하기 위해서입니다. 각종 오해로 인해 이번에 낭야 경내에서 원 공의 대군과 충돌이 벌어져 우리 주공은 스스로를 보호하려고 어쩔 수 없이 손을 쓴 것입니다. 하지만 우리 주공은 아랫사람이 윗사람을 범하고, 자식이 아버지를 범한 일 때문에 마음에 큰 짐을 지고 있습니다. 그래서 특별히 소인을 보내 원 공께 죄를 청하는 것입니다. 우리 주공의 정성을 보아, 또 주공 부인의 얼굴을 보아서 이번만 너그러이 용서하시어 대군을 서주에서 철수시키고 우리 서주와 계속 맹약을 이어가는 은혜를 베풀어 주십시오."

그러더니 서주에서 가져온 값비싼 예물을 모두 원소에게 바쳤다. 사위가 싸움에 이기고서도 여전히 공손한 것을 보고 원소의 낯빛은 마침내 환하게 밝아졌다.

"예물은 내 거두겠네. 철군과 다시 맹약을 맺는 일도 굳이 상의할 필요는 없네."

원소는 대범하게 고개를 끄덕여 도응의 요구를 수락한 후 다시 물었다.

"그런데 내 장자 원담 건에 대해서 도응은 어찌 얘기했는가?"

그러자 양굉은 갑자기 두 무릎을 꿇고 일부러 기주 중신 쪽으로 얼굴을 돌려 설명했다.

"현사 공자에 관해서 먼저 아뢸 말씀이 있습니다. 현사 공자가 우리 주공과 줄곧 불화했지만 우리 주공은 현사 공자에게 단 한 번도 불경한 마음을 먹은 적이 없었습니다. 낭야에서 충돌했을 때 우리 주공은 본래 공자를 거현 대영으로 돌아가게 할 요량이었습니다. 그런데 뜻밖에 공자가 스스로 백기를 들더니 모든 장사들에게 무기를 버리고 투항하라고 명하는 것 아니겠습니까. 당시 우리 주공은 전장에 있지 않아, 현장으로 달려갔을 때는 이미 무지한 아군 장사들이 현사 공자를 포로로 잡은 뒤였습니다."

"뭐라고? 현사가 제 발로 투항했다고?"

"대공자가 스스로 투항했다니?"

아니나 다를까 양굉의 설명이 끝나자마자 원소의 얼굴이 갑자기 굳어졌고, 장내에 있던 기주 관원들 역시 크게 술렁이기 시작했다.

원담의 모사인 신평이 이런 말도 안 되는 소리에 크게 분노해 막 입을 열어 양굉을 꾸짖으려 하는데, 이보다 앞서 벽력 같은 괴성이 대당 안을 쩌렁쩌렁 울렸다.

"필부 놈이 감히 어느 안전이라고 허튼소리로 내 형장을 모욕하느냐!"

이 소리에 깜짝 놀란 원소와 기주 관원들은 눈이 휘둥그레지며 한 사람에게 시선이 집중되었다. 그 사나운 목소리의 주인공은 바로 원상이었다.

"네 이놈, 누가 네게 이러라고 시켰느냐? 내 형님은 기개가 비범하고 충간의담(忠肝義膽)을 가진 분이다! 부귀영화에도 지조를 꺾지 않고, 어떤 무력과 협박에도 굴하지 않는단 말이다! 그런데 어찌 전장에서 네놈들에게 항복한단 말이냐! 이는 틀림없이 내 형님이 부상을 입은 틈을 타 사로잡은 것이 아니더냐?"

양굉도 억울하다는 듯 큰소리로 해명했다.

"삼공자, 소인의 말은 절대 거짓이 아닙니다! 정말로 현사 공자가 스스로 무기를 버리고 투항했습니다! 아군 8백 보병이 현사 공자 진영으로 돌격하던 중, 백 보 밖에서 이미 백기를 들고 나왔단 말입니다!"

"입 닥쳐라!"

원상은 다시 한 번 치밀어 오르는 분노를 참지 못하고 고함을 질렀다. 그러더니 허리춤에서 보검을 꺼내 양굉의 목에 겨누고 대갈일성을 터뜨렸다.

"한 번만 더 내 형님을 모욕한다면 이 검이 널 용서치 않으리라!"

하지만 양굉도 이에 굴하지 않고 목을 곧추세우더니 당당한 목소리로 말했다.

"삼공자, 소인의 목이 달아난다 해도 이 말은 꼭 해야겠습니다. 제 말을 믿지 못하겠다면 당장 사람을 서주로 보내 탐문해 보십시오. 대공자가 3천여 기병을 이끌고 스스로 투항했는지 아닌지 말입니다. 만약 소인의 말이 한마디라도 거짓이라면 공자의 칼을 달게 받겠습니다!"

"네놈이 아주 죽으려고 환장했구나!"

거듭된 경고에도 불구하고 양굉이 다시 형장을 모욕하자 원상은 더 이상 참을 수가 없었다. 그는 돌연 대갈일성을 지르더니 보검을 높이 들고 양굉의 목을 향해 내려쳤다!

"상아, 그만 멈춰라!"

원소가 다급한 마음에 크게 소리를 질렀다.

"공자, 칼을 거두십시오!"

이때 다행히 심배와 봉기가 원소보다 한 박자 빨리 외치고 달려가 좌우에서 원상을 끌어당겼다.

원상의 보검은 양굉의 머리칼을 몇 올 베고 목덜미에 이르러서야 가까스로 멈추었다. 이 모든 것이 짜고 치는 연극에 불과했지만 원상의 연기가 얼마나 실감났는지 양굉은 혼백이 달아난 듯 멍한 얼굴을 하고 온몸을 바르르 떨었다.

'저놈이 정말로 날 죽이려 한 것 아냐?'

"현보(顯甫)는 진정하고 물러나 있어라."

현보는 원상의 자다. 원소의 권유에도 원상은 여전히 양굉을 가리키며 노호했다.

"하지만 부친, 저놈이 지금 형님이 비겁하게 죽음을 무서워하여 제 발로 투항했다고 모욕하고 있지 않습니까! 당장 저놈을 죽이지 않으면 형님의 명예에 누가 됩니다!"

원소가 냉랭한 목소리로 꾸짖었다.

"몇 번 얘기해야 알아듣겠느냐! 양굉이 고의로 네 형장을 모욕한 것이라면 이 아비가 공정하게 처결할 것이다. 그러니 당장 제자리로 돌아가라!"

원상이 임무를 마치고 씩씩거리며 자기 자리로 돌아가자 황천길로 갈 뻔했던 양굉은 종내 정신을 차리고 원상에게 공수하며 말했다.

"삼공자, 끝까지 소인의 말이 거짓이라고 여긴다면 이 자리에서 대공자가 스스로 투항하게 된 전후 과정을 소상히 말씀드리겠습니다. 만약 소인의 말에 반 마디라도 거짓이 있다면 당당히 공자의 칼을 받겠습니다."

"당장 고하라! 만약 거짓으로 드러날 시 네놈의 가죽을 벗기고 말리다!"

이어 양굉은 타고난 말재주로 원담의 거현 침공부터 군자군의 공격을 받아 백기를 들고 투항하기까지의 과정을 마치 현장에서 지켜보는 듯 생동감 있게 묘술했다.

일부 기주 관원은 그의 실감난 묘사에 저도 모르게 고개를 끄덕일 정도였다.

얘기를 마친 후 양굉은 원상을 보고 억울한 표정을 지으며 말했다.

"소인의 말은 모두 사실입니다. 증인과 물증도 있으니 믿지 못하겠다면 낭야에 사람을 보내 알아보십시오. 그리고 우리 주공도 대공자를 사로잡으리라고는 전혀 예상치 못했습니다. 그때 대공자 곁에는 여전히 3천여 정예 철기가 남아 있었고, 지세도 탁 트여서 도망치기 아주 용이했었거든요. 그래서 소인도 지금까지 대공자가 왜 백기를 들고 투항했는지 이해가 가지 않습니다."

원상은 여전히 의혹의 빛을 거두지 않은 채 잠시 생각에 잠기더니 원소를 돌아보며 말했다.

"양굉 놈의 말이 믿기지가 않습니다. 하여 사람을 낭야로 보내 형님이 포로로 잡힌 과정을 알아보고 이놈 말의 진위를 가리시지요."

"조사는 무슨 얼어 죽을 놈의 조사란 말이냐!"

그런데 뜻밖에 원소는 아들의 건의를 물리친 후 책상을 내려치며 격노했다.

"아비 얼굴에 먹칠을 해도 유분수지! 견자로다, 견자야. 호부에 견자가 따로 없구나! 사세삼공의 원씨 가문에서 어찌 이런 못난 아들이 나왔단 말이냐!"

원소의 분노에 원상은 부끄러운 얼굴로 고개를 숙였고, 기주 관원들은 이제 원담은 끝장났다고 중얼거렸다.

가까스로 화를 억누른 원소가 양굉에게 소리쳤다.

"돌아가 네 주공에게 포로들을 풀어주면 이전의 죄과를 묻지 않고 계속 사위로 인정하겠다고 전해라."

양굉은 급히 예를 갖춰 감사하다고 인사한 후 조심스럽게 말을 꺼냈다.

"외람되지만 우리 주공에게 두 가지 자그마한 청이 있는데 말씀드려도 되겠습니까?"

"말하라."

"예. 첫째는 청주도독을 교체해 주십사 청합니다. 원 공께서도 아시다시피 줄곧 불화하던 대공자와 우리 주공이 직접 경계까지 접하다 보니 지금의 이런 불미스러운 일이 벌어졌습니다. 이후에도 대공자가 계속 청주 병마를 관장한다면 양군 사이에 자주 충돌이 빚어져 원 공과 우리 주공의 옹서지정이 상할까 걱정입니다."

그러자 원소가 발연대로하여 소리를 질렀다.

"내가 청주도독으로 누구를 임명하든 도응이 무슨 상관이란 말이냐? 내가 응낙하지 않으면 내 아들을 풀어주지 않겠다는 것이냐?"

"원 공, 노여움을 푸십시오. 우리 주공은 단지 원 공께 허락을 청하는 것뿐입니다. 양군 간에 원한이 생기는 걸 막기 위함이지 대공자 석방과는 아무 관계도 없습니다."

"그럼 됐다. 돌아가 도응에게 똑똑히 전해라. 청주도독 인선 문제는 내 스스로 결정할 문제이니 신경 쓸 필요 없다고."

물론 원소는 속으로 원담이 돌아오면 당장 청주도독의 인수를 빼앗고 다시는 군마를 맡기지 않으리라 다짐했다.

양굉은 알겠다고 대답한 후 원소의 눈치를 살피더니 아주 조심스럽게 다시 입을 열었다.

"외람되지만 우리 주공의 언명이 있어서 잠시 말씀드릴까 합니다. 첫 번째 청은 원 공께서 채납하시지 않아도 관계없지만 두 번째 청을 들어주시지 않으면 설사 원 공의 격노를 사고 양군이 계속 대치하는 상황이 벌어지더라도 절대 원담 공자를 풀어주지 않겠다고 했습니다."

"도응 놈이 감히 날 협박하는 것이냐?"

원소의 얼굴이 순간 돌변했고, 기주 관원들 역시 깜짝 놀라며 도응이 대체 무슨 대단한 요구를 하려고 이런 말을 하는지 긴장된 표정을 지었다.

"원 공, 이는 결코 협박이 아닙니다. 우리 주공은 원씨 가문의 사위 신분으로 원 공께 간청을 드리는 것입니다."

원소가 노기를 드러내며 양굉을 잡아먹을 듯 노려보았지만 양굉은 원소에게 고두한 후 용기를 내 얘기했다.

"원 공, 폐장입현의 도리에 따라 삼공자 원상을 적자로 삼아주십시오!"

"뭐라고?"

예상치도 못했던 양굉의 말에 원소는 순간 입을 다물지 못했고, 침묵을 지키던 기주 관원들 사이에서도 여기저기서 괴성이 터져 나왔다.

양굉은 이에 아랑곳하지 않고 계속 말을 이어나갔다.

"원상 공자가 비록 나이는 어리나 총명하고 효성이 깊으며 어진 이를 공경할 줄 알고 영웅의 풍모를 지녀 원담 공자보다 백배는 낫습니다. 이런 이유로 우리 주공은 대담히 원 공께 원상 공자를 원씨 가문의 적자로 삼도록 간청드리는 것입니다!"

원소는 여전히 어안이 벙벙한 표정을 짓고 있다가 갑자기 무슨 생각이 들었는지 노기충천해 소리를 질렀다.

"설마 지금 상이가 적자가 되고 싶은 욕심에 도웅과 미리 입을 맞추고 이런 말을 꺼내는 것 아니냐!"

"필부 놈아, 그 입 닥쳐라!"

이때 원상의 대갈일성이 다시 한 번 대당 안을 쩌렁쩌렁 울렸다. 원상은 양굉에게 노호성을 터뜨린 후 재빨리 원소 앞으로 가 두 무릎을 꿇고 말했다.

"부친, 저놈이 제멋대로 지껄이는 말에 절대 개의치 마십시오. 형님이 있는데 소자가 어찌 그런 허튼 생각을 품겠습니까! 게다가 부친께서는 여전히 정정하시고 신체 강건하시어 백세토록 장수하실 것입니다. 적자 지명 문제는 지금 거론할 일이 아닌 줄 아옵니다!"

그러자 양굉도 강경한 어조로 해명했다.

"삼공자, 이는 모두 공자를 위해 드리는 말씀입니다! 우리 주공은 원담 공자가 성격이 강퍅하고 무능하여 장차 원 공의 기업을 크게 발양하지 못할까 우려하고 있습니다. 그래서……."

"입 다물어라!"

원상은 더 이상 화를 참지 못하고 양굉에게 성큼성큼 다가가 그의 뺨을 세게 후려갈겼다. 이어 다시 원소에게 고두하고 아뢰었다.

"소자는 재주가 부족하여 오래토록 부친을 곁에서 모시고 싶을 뿐, 적자의 자리를 탐할 마음은 반점도 없습니다! 소자의 진심을 제발 믿어 주십시오!"

원상이 눈물까지 뿌리며 연신 고개를 조아리자 원소는 사랑하는 자식이 연기를 하는 건 아닌지 의심이 생기면서도 동시에 기쁨과 위안이 드는 건 어쩔 수 없었다.

이때 심배와 봉기가 앞으로 나와 이구동성으로 원소에게 진언했다.

"주공, 삼공자의 말이 옳습니다. 주공께서 이토록 건장하신데 지금 후사 문제를 논하는 건 도리가 아닙니다. 당장 도응에게 책임을 물어 엄벌에 처하심이 마땅합니다!"

"소자의 손으로 서주 사자의 목을 베어 소자에게 참월(僭越)의 뜻이 없음을 증명해 보이겠습니다!"

그러더니 원상은 다시 칼을 뽑아 들고 뺨을 맞아 울상이 된 양굉에게 다가갔다.

"상아, 멈춰라!"

원소는 종내 입을 열어 자식의 행동을 제지하고 말했다.

"저자를 죽이는 건 일도 아니다만 네 형은 어찌한단 말이냐?"

그러자 원상이 비분강개하며 목소리를 높였다.

"소자가 당장 수만 군사를 이끌고 서주로 쳐들어가 형님을 구해 오겠습니다!"

"네 뜻은 잘 알겠다. 하지만 네 형이 도응에게 잡혀 있고, 그가 너를 적자에 봉하라고 극력 권하는 상황에서 만약 지금 서주로 출격한다면 도응이 네 형을 해하지 않겠느냐?"

"그건……."

원상은 잠시 멍하니 서 있더니 급히 바닥에 엎드려 머리를 조아리며 죄를 청했다.

"용서하십시오. 소자가 어리석어 거기까지 생각이 미치지 못했습니다."

"일어나라. 한시라도 빨리 형을 구하고 싶은 네 마음은 이해한다."

원상이 천천히 몸을 일으키자 원소는 만면에 미소를 띠고 조용히 말했다.

"상아, 아비가 도응의 조건을 받아들여 너를 적자로 세우면 어떻겠느냐?"

순간 원상은 두 눈이 번뜩였지만 절대 서두르지 않았다. 그는 재빨리 두 무릎을 꿇고 몸 둘 바를 모르겠다는 표정으로 크게 외쳤다.

"소자는 절대 그런 패역(悖逆)의 마음을 먹지 않았습니다. 제발 명을 거두어주십시오!"

원소가 눈을 가늘게 뜨고 좌우의 중신들을 몰래 살펴보자 원상의 무리들은 제 발 저린 듯 나서서 명을 거두어달라고 청했고, 기주 중신들 역시 잇따라 앞으로 나와 폐장입현은 난을 일으키는 근원이라며 일제히 반대의 뜻을 표했다.

방금 전까지 마음속으로 몰래 흐뭇해하던 원상은 이 광경을 보고 크게 실망해 속으로 중얼거렸다.

'매부의 말이 맞았어. 원담을 지지하는 무리를 얼른 제거하지 않는다면 장차 후사를 잇기 어렵겠어.'

"상아, 반대하는 사람이 너무 많아서 이 아비도 어쩔 수가 없구나."

원소는 짐짓 안타깝다는 표정을 지은 뒤 관원들을 향해 큰소리로 외쳤다.

"내 나이 올해 마흔다섯으로 아직 살날이 많이 남았으니 후사 문제는 천천히 논의하기로 합시다. 방금 전 얘기는 도응 놈이 내 집안일에 간섭한 데 화가 나 아무렇게나 내뱉은 말이니 다들 진정하시구려."

기주 관원들이 한숨을 돌리고 제자리로 돌아간 뒤 전풍이 물었다.

"주공, 그럼 대공자는 어찌 하실 생각입니까?"

"내 친히 대군을 이끌고 서주로 출격해 담이를 구해올 작정이오."

원소가 너무도 당연하게 대답하자 전풍 등은 이로 인해 혹시 도응이 기주의 합법적인 후계자를 해치지 않을까 우려했다.

원상은 돌아가는 상황으로 보아 아직 때가 이르지 않았다고 여겨 미리 준비했던 계획대로 자신이 먼저 팔을 걷고 나섰다.

"부친, 굳이 병마까지 동원할 필요는 없습니다. 소자가 단기로 서주로 들어가 부친을 대신해 도응의 무례한 언행을 꾸짖고 형님과 고람, 신비 등의 송환을 명하겠습니다."

"너무 위험하지 않겠느냐? 그리고 도응을 설득할 자신이 있느냐?"

원상은 고개를 들고 가슴을 치며 당당하게 대답했다.

"소자, 두렵지 않습니다. 매부에게 이치로 일러주고 정리(情理)로 타이른다면 반드시 형님을 송환하리라 믿습니다."

원소는 잠시 고민에 잠겼다가 고개를 끄덕이며 말했다.

"좋다. 네가 가서 도응에게 일러라. 얌전히 담이를 돌려준다면 계속 사위로 인정하겠지만 만약 담이를 돌려주지 않거나 너와 담이에게 불경의 죄를 저지른다면 내 친히 백만 대군을 이끌고 남하해 서주 5군을 쓸어버리고 말리다!"

원상은 공손하게 명에 응한 후 마음속으로 몰래 중얼거렸다.

'원담 놈아, 조금만 기다려라. 이번에야말로 내 손으로 꼭 널 없애고 말 테다!'

*   *   *

원상이 도응에게 책임을 물으러 서주로 남하하고 있을 때, 양굉은 기주에 사신으로 와 겪었던 과정을 상세히 적어 원상보다 앞서 도응에게 서신을 전달했다.

원소가 자신의 두 가지 요구 조건을 모두 거절하고, 또 자신의 월권행위를 문책하기 위해 원상을 보냈다는 소식을 듣고도 도응은 전혀 화를 내거나 실망하지 않았다.

오히려 그는 만족한 미소를 지으며 곁에 있는 진응에게 물었다.

"참, 내가 말한 고사를 원담에게 들려주었소? 원담이 뭐라고 하더이까?"

진응은 고개를 끄덕이며 대답했다.

"원담은 현무문의 변에 관한 고사를 듣고 깜짝 놀라는 표정을 지었습니다. 그러더니 둘째가 태자와 동생을 해했는데 왜 임금은 둘째를 가만두었느냐고 물었습니다."

"그래서 뭐라고 대답했소?"

"주공께서 일러주신 대로 임금이 둘째를 죽이지 못한 이유는 병권이 둘째 수중에 있었을 뿐 아니라 둘째 주변에 그의 태자 등극을 지지하는 신하가 아주 많았기 때문으로, 임금이 감히 그를 죽이기는커녕 외려 둘째에게 임금 자리를 선양하도록 핍박받았다고 대답했습죠."

도응은 매우 기뻐하며 손뼉을 쳤다.

"오, 아주 잘 대답해 주었소. 이 이야기를 듣고 원담은 어떤 반응을 보였소?"

"원담은 거드름을 피우며 형을 시해하고 왕위를 찬탈한 둘째에게 시종 욕을 퍼부었습니다."

도응은 큰소리로 웃음을 터뜨리더니 이내 웃음을 그치고 진응에게 분부했다.

"서둘러 원담에게 양 장사가 기주에 사신으로 가 겪은 일들을 모두 알리시오. 특히 원소의 폐장입유에 대해 전풍과 저수는 단호히 반대했고 순심과 허유는 수수방관했으며 나머지 관원은 이에 반대하지 않았다고 꼭 말하시오."

진응은 고개를 끄덕여 이에 응한 후 궁금한 듯 물었다.

"원소가 사람들 앞에서 원상을 적자로 삼겠다고 한 말은 그냥 농으로 던진 말일까요?"

이 질문에 도응은 얼굴 가득한 웃음기를 거두며 진지하게 대답했다.

"물론 아니오. 이번에 원소는 슬쩍 폐장입유를 꺼내 휘하 관원들의 반응을 떠본 것이오. 그리고 원소를 너무 얕보지 마시오. 그는 원상과 우리가 짜고서 연극을 벌였다는 사실을 빤히 알면서도 일부러 까발리지 않은 것뿐이오. 그렇지 않다면 사랑하는 자식에게 내 잘못을 질책하고 원담을 데려오라는 임무를 절대 맡겼을 리가 없소."

"네? 원소가 이 사실을 다 알면서도 일부러 숨겼다고요?"

"그렇소. 이 일을 밝히게 되면 자신의 자리를 물려받아야 할 셋째가 공개적으로 망신을 당하지 않겠소? 게다가 이번에 원상을 보내 아군과 교섭하게 한 것에도 원소의 배려가 담겨 있소. 그는 원상과 아군의 사이가 매우 친밀하다는 것을 알고 원상에게 불세지공(不世之功)을 세우게 해 적자로 세울 명분을 쌓으려는 것이오."

진웅은 그제야 퍼뜩 깨닫고 웃으면서 말했다.

"주공의 진짜 의도는 원상이 적자가 되도록 전력으로 돕는 것이 아니라 이 기회를 이용해 원담과 원상 사이의 첨예한 갈등을 더욱 격화시키려는 것이로군요. 원가가 내분에 빠져 남쪽을 돌아볼 여유가 없어지면 서주 북쪽은 자연히 태산처럼 안정될 테니까요."

도웅은 속으로 반만 맞았다고 중얼거린 뒤 대답했다.

"그렇다고 볼 수 있소. 하지만 지금 이 정도로는 아직 멀었소. 아궁이에 좀 더 군불을 때 원담과 원상이 더욱 격렬하게 싸워야 아군에게 유리해지는 것이오."

이어 도웅은 잠시 생각에 잠기고는 진웅에게 분부했다.

"음, 양 장사가 기주에 사신으로 가 벌어진 일들을 원담에게 빠짐없이 알리시오. 특히 원소가 원상의 연극을 애초부터 알고 있었다는 사실과 기주 중신들에게 폐장입유의 반응을 떠본 일을 강조해서 말이오."

"원담이 과연 믿을까요?"

"믿고 안 믿고는 그가 판단할 문제요. 어쨌든 우린 이 일을 그에게 알리기만 하면 그만이오. 자, 원상이 도착할 날이 얼마 남지 않았으니 서두릅시다."

진응은 공수하고 대답한 후 그 길로 즉시 원담에게 달려갔다.

며칠 후 원상은 심복 심영의 호위를 받으며 마침내 낭야 거현에 도착했다. 이때 양평은 원상이 서주로 떠난 동안 인질로 잡혀 있었다.

도응은 친히 군사를 이끌고 성 밖 10리까지 나가 원상을 맞이했다. 둘은 오랜만에 만나 해후의 정을 나눈 뒤 곧장 후당으로 가 밀담을 나눴다.

사실 이때 원상은 도응에게 꼭 물어보고 싶은 것이 하나 있었다.

"매부, 당시 매부의 부친이 폐장입유를 결정했을 때 서주 중신들이 반대하고 나섰나?"

도응은 뜬금없는 원상의 질문에 처음에는 어안이 벙벙했지만 곧 질문의 의도를 알아채고 웃음을 지으며 대답했다.

"물론 반대하는 자가 몇몇 있었습니다. 하지만 그들은 가친의 폐장입유에 반대한 것이 아니라 부친께서 자사직을 유비 놈에게 양보하지 않았기 때문이었죠. 아우가 그들을 제거한 후 자연스럽게 자사직을 이어받았고, 아무도 이에 반대하지 않았습니다."

이 말에 원상의 두 눈이 반짝 빛났다.

"그들을 제거했다고? 얼른 말해 보게나. 어떻게 난신적자를 제거했는지 말일세."

이에 도응이 정적 미축 형제를 제거한 과정을 소상히 설명하자 원상은 책상을 치며 감탄한 뒤 미간을 찌푸리며 말했다.

"매부의 이런 절묘한 계책을 써먹을 수 없다는 것이 안타까울 뿐이구나. 그렇지 않았으면 이번에 부친께서 날 적자로 삼고, 중신들도 감히 반대하지 못했을 텐데."

원상의 이용가치가 얼마나 큰지 잘 아는 도응은 즉각 경고의 말을 건넸다.

"형님, 분명히 아셔야 할 게 하나 있습니다. 이번에 악부께서 형님을 적자로 삼겠다고 한 건 중신들의 의중을 떠보려는 것일 뿐, 당장 형님을 적자로 세우려는 건 절대 아닙니다. 그러니 악부께 후계자 문제를 재촉하지 마십시오. 오히려 역효과가 날 수 있습니다."

"그래서 매부에게 도움을 청하는 것 아닌가. 모친도 부친과 얘기를 나눠본 후 지금 당장은 날 후계자로 세울 의중이 없으니 괜히 부친의 심기를 건드리지 말고 조용히 있으라고 하셨단 말일세."

"심배와 봉기 두 분은 뭐라고 했습니까?"

"마찬가질세. 중신들의 반대에 어찌 대처할지 생각해 보라고 했더니 한결같이 참으라더군. 먼저 공적을 여러 차례 세워 위신을 크게 떨치기만 하면 중신들의 반대쯤은 두려워할 필요가 없다고 말일세."

"심배와 봉기의 말이 매우 지당합니다. 악부께는 자식이 많고 형님은 또 장자가 아닌지라 공을 세워야만 두각을 나타낼 수 있습니다."

이 말에 원상의 표정이 일그러지자 도응은 재빨리 이를 간파하고 한마디 더 덧붙였다.

"물론 이는 가장 느린 방법이라 현재 형님의 상황과는 어울리지 않습니다. 제가 전력으로 형님을 돕는다 해도 3년, 5년 안에 효과가 나타날지는 미지수니까요."

원상은 고개를 끄덕여 이에 동의하더니 이를 악물고 말했다.

"여기에 전풍, 저수 같은 부유(腐儒)들까지 있단 말일세. 내가 아무리 많은 공을 세워 부친께서 날 적자로 삼으려 해도 이 썩어빠진 유생 놈들이 폐장입유에 반대하고 원담을 지지할 것이라고!"

원상이 전풍과 저수 양대 기주 중신의 이름을 거론하며 치를 떨자 눈치 빠른 도웅은 예의 삼각눈을 치켜뜨더니 갑자기 목소리를 낮춰 물었다.

"형님은 악부를 위해 이 두 난신적자를 제거할 뜻이 있으시군요?"

원상은 도웅을 힐끗 쳐다보고는 종내 얼굴에 미소를 드러내며 조용히 말했다.

"역시 날 알아주는 건 아우뿐이로구먼. 이 두 놈은 부친의 중신인 데다 내가 적자가 되는 데 반대하는 기주 관원의 우두머리라 일찌감치 제거하지 않으면 훗날 반드시 큰 화가 미치고 말 것이야."

"전풍과 저수가 가증스럽다고는 하나 기주의 동량지재(棟樑之材)인데 제거해 버리면 아깝지 않겠습니까?"

"말을 듣지 않는 동량지재가 무슨 쓸모가 있겠는가? 게다가 내게는 심배, 봉기 두 뛰어난 모사가 있어서 전풍, 저수 따위는 필요 없네."

도웅은 속으로 원상 역시 원담과 다를 바 없는 자라고 비웃은 후 낮은 목소리로 속삭였다.

"이 둘을 제거하기는 어렵지 않습니다."

"오, 얼른 그 방법을 알려주게나."

"전풍은 성격이 강직하여 윗사람에게 꼿꼿하고 말에 융통성이 없어 줄곧 악부의 신임을 받지 못했습니다. 저수는 전풍보다 낫다고 하지만 역시 자기 고집이 강해 악부께서 채납하기 어려운 건의와 책략을 자주 올렸습니다. 그래서 마찬가지로 악부의 미움을 받고 있습니다. 형님은 그들의 이런 치명적인 약점을 틀어쥐십시오. 게다가 이번에 대공자가 기주로 돌아가면 이들과 연락을 강화할 터이니 중간에서 서로를 이간하고 모해하십시오."

"원담은 본래 이들과 왕래가 거의 없었는데 연락을 강화한다고?"

"그건 당연한 이치입니다. 전풍, 저수가 이번에 앞장서서 형님의 적자 지명을 반대한 사실을 대공자가 모를 리 있겠습니까? 대공자는 낭야에서 실추된 명예를 회복하기 위해 틀림없이 이들과 손을 잡을 것입니다."

"듣고 보니 일리가 있군. 그럼 내가 구체적으로 어떻게 손을 써나 하나?"

"솔직히 상황이 어떻게 변할지 몰라 정해진 해답은 없습니다. 적시에 임기응변으로 대처하는 것만이 최선의 방법입니다."

이렇게 말한 도응은 갑자기 무슨 생각이 떠올랐는지 손뼉을 치며 말했다.

"심배와 봉기 두 뛰어난 모사가 있어서 그다지 걱정이 되지는 않지만 만전을 기하기 위해 지금 기주에 머무르고 있는 양굉에게도 형님을 도우라고 일러두겠습니다. 그는 권모술수에 밝고 임기응변 능력이 탁월해 틀림없이 전풍, 저수를 제거하는 데 도움이 될 것입니다."

원상은 도응의 안배에 크게 감격해 그의 손을 꼭 쥐고 들뜬 목소리로 말했다.

"정말 고맙네, 고마우이. 내 이번 일만 성공한다면 평생 아우의 은혜를 잊지 않고 꼭 보답하겠네."

도응은 짐짓 겸손의 뜻을 표했고, 원상은 거듭 감사의 말을 전했다. 이 와중에 원상은 한 가지 중요한 일이 떠올라 다급히 말했다.

"참, 좋은 소식을 알려준다는 걸 깜빡하고 있었네. 이건 모친이 직접 부친에게서 들은 얘기라네. 원담이 이번에 기주로 돌아가면 부친은 그의 청주도독 직함만 걸어둔 채 다시는 병권을 내주지 않고, 또 청주로 돌려보내지도 않기로 했다는구먼."

이번에는 오히려 도응이 원상에게 거듭 감사를 표한 후 물었다.

"그럼 대공자 대신 누가 청주를 관장하기로 했습니까?"

"둘째형 원희(袁熙)라네. 본래는 내가 청주로 오고 싶었지만 모친은 내가 부친 곁을 떠나면 총애를 잃을 염려가 있다고 단호히 반대했네. 그래서 원희 형님을 청주로 보내라고 권하셨지. 하지만 너무 걱정 말게나. 둘째 형님은 부친 말이라면 껌뻑 죽을 정도로 성실한 사람이라 원담처럼 아우를 난처하게 만드는 일은 절대 없을걸세."

이 말에 도웅은 안도의 한숨을 내쉬며 크게 기뻐했다. 이번 독대에서 서로 만족할 만한 결과를 이끌어낸 도웅과 원상은 흡족한 미소를 지으며 원담을 만나러 갔다.

第八章

다시 회남으로!

　도응은 아무런 대가 없이 원담 및 고람, 신비를 놓아주었다.

　연금에서 풀려난 원담은 아무 말도 없이 노기등등하게 원상과 도응을 번갈아 노려보더니 문을 박차고 성문 쪽으로 성큼성큼 걸어갔다.

　이어 원상은 도응에게 작별을 고했고, 고람과 신비도 도응에게 공수한 후 원상의 뒤를 따랐다.

　이로써 한 달 가까이 거현성에 잡혀 있던 원담은 비로소 자유의 몸이 돼 기주로 돌아가며 반드시 이 두 놈에게 복수하고 말리라 다짐했다.

조조는 서주군과 기주군이 예전의 우의를 다시 회복했다는 소식을 들은 후, 하후돈과 여건에게 즉각 연주로 철수해 혹시 모를 원소군의 보복 공격에 철저히 대비하라고 명했다.

이때 원소와 공손찬의 전쟁은 이미 결정적인 단계로 접어들어 기주군이 공손찬의 근거지인 역경(易京)을 겹겹이 포위하고 총공세를 퍼붓고 있었다.

공손찬은 험준한 지형을 방패삼아 완강하게 저항하는 동시에 시종 원소에게 불복하던 흑산적 장연에게 구원병을 요청했다.

이에 원소가 병력을 북쪽으로 가일층 증원한 터라 도응과 조조의 북쪽 전선에는 잠시나마 평화로운 시간이 찾아왔다.

낭야 전투에서 기주군이 손실을 조금 입었다고 하나 가장 큰 피해자는 어쩌면 조조일지도 몰랐다.

도응을 도와 청주로 출병했을 때 조조는 이런 식으로 전투가 결말날지 전혀 예상하지 못했고, 더욱이 원담이 도응에게 포로로 잡혀 서주와 기주 간에 다시 옛 맹약을 회복하는 계기가 될지 꿈에도 몰랐기 때문이다.

그래서 이 틈에 유비와 끝장을 보기 위해 이미 남양으로 출격 준비를 모두 마쳤던 조조는 어찌할 바를 몰라 하며 크게 당황했다.

그는 연신 앓는 소리를 해댔다.

"귀찮게 됐군, 귀찮게 됐어. 원소가 남하할 때 우리를 제일 목표로 삼을 것이 분명하다고. 간악한 도응 놈은 강 건너 불구경하다가 때를 기다리겠지?"

이때 곽가가 기침을 하며 조조에게 진언했다.

"주공, 너무 염려 마십시오. 아군도 이 기회를 통해 충분히 이익을 챙길 수 있습니다. 도응은 원담을 사로잡고도 죽이지 않고 일부러 원상 편에 돌려보냈습니다. 그 목적은 원상의 환심을 사 원소와 옛 관계를 회복하려는 것 외에 원담과 원상의 갈등을 더욱 부추겨 내부 분열을 유도하려는 데 있습니다. 원소 진영에 내분이 일어나 난국이 초래된다면 아군도 어부지리를 취할 수 있습니다."

하지만 조조는 인상을 찌푸리며 대답했다.

"봉효의 말이 일리가 있지만 원담은 이번 패배로 군대를 거느릴 기회를 잃을 걸세. 원담의 수중에 군사도 병권도 없는데 어찌 원상에게 대항한단 말인가? 게다가 원소는 원상과 그의 어미 유씨를 총애하고 있네. 원담이 전혀 원상의 적수가 될 수 없는 상황에서 어떻게 둘의 양패구상을 유도하고, 또 어부지리를 취하겠는가?"

"어쨌든 원담은 장자이기 때문에 원상이 말처럼 쉽게 원담을 압도할 수는 없습니다. 따라서 기주로 사신을 보내 원소에게 화친을 구하면서 몰래 원담과 연락을 취하십시오. 그런 다음 원담이 다시 병권을 쥐고 원상과 대결할 수 있도록 물심양면으로 지원을 아끼지 마십시오. 이리하여 아군이 원담을 지지하고 도응이 원상을 지원하는 형국이 된다면, 저들 형제는 배경을 믿고 서로 필사적으로 싸우다가 결국 기주 세력을 약화시키고 말 것입니다."

곽가의 건의에 조조는 여전히 인상을 찡그리며 곰곰이 생각에 잠겼다.

'원소와 내 사이가 완전히 틀어졌지만 지금 원소는 공손찬 문제 때문에 이유 없이 남쪽에서 사단을 만들고 싶어 하지 않을 거란 말이지. 이때 내가 화친을 핑계로 기주에 사신을 보내 먼저 원담에게 연락을 취한다면 끈 떨어진 뒤웅박 신세인 원담은 옳다구나 하고 나와 손을 잡으려 하겠지? 이렇게 해서 원담을 내 편으로 끌어들인다면 기주에서 내란을 야기하는 것도 전혀 허황된 얘기는 아닐 거야……'

조조가 아무런 대꾸도 없자 곽가가 다급한 목소리로 다시 입을 열었다.

"혹시 전에 원담과 손잡고 실패한 일들이 맘에 걸려 주저하신다면 걱정할 필요가 없습니다. 지난번에 원담이 상대한 적수는 바로 도응이었습니다. 아군도 번번이 곤경에 빠뜨린 적수를 원담이 어찌 홀로 감당할 수 있었겠습니까? 하지만 지금은 상황이 다릅니다. 이번에 원담이 상대할 적수는 애송이나 다름없는 원상입니다. 게다가 장자라는 그의 신분까지 십분

활용한다면 원상과 대등하게 맞서 기주에 대란을 불러일으키는 것도 전혀 불가능하지 않습니다."

눈을 감고 가만히 곽가의 말을 경청하던 조조가 갑자기 눈을 번쩍 뜨고 물었다.

"사신으로 누구를 보내는 게 좋겠나? 원담과 손발을 맞추려면 반드시 언변에 뛰어나고 권모술수에도 능해야 할 텐데……."

"만총이 적임자입니다. 백녕이 지난번 기주와 형주에 사신으로 갔다가 실패한 건 모두 운이 없었기 때문입니다. 백녕이야말로 뛰어난 말재주에 지모를 갖춘 데다 원담과도 오랜 교분이 있어서 그를 사신으로 보내는 것이 옳은 줄로 아옵니다."

조조 역시 이에 흔쾌히 동의하고 그 자리에서 만총에게 기주 사신의 중임을 맡겼다. 만총은 즉각 공수하고 임무를 부여받은 후 조조에게 한 가지 건의를 올렸다.

"주공, 총이 이번에 기주로 갈 때 일을 도울 사람 한 명을 추천하고자 합니다."

"누구요?"

"승상부의 주부 사마랑의 아우인 사마의입니다. 총이 사마 형제와 예전부터 왕래가 있어서 쭉 그들을 지켜봤는데, 사마의는 비록 약관이 안 된 어린 나이지만 행동이 어른스럽고 생각이 신밀(愼密)하며 교제 범위가 넓고 문필이 출중합니다. 전에 주공께서 승상에 제수되었을 때 백관이 표를 올려 이를 축하한 일이 있었지 않습니까? 그때 사마랑의 축문(祝文)이 가장 훌륭하다고 칭찬하셨는데, 사실 그 축문은 사마의가 형장을 대신해 작성한 것이었습니다."

이 말에 조조가 큰소리로 웃음을 터뜨리며 말했다.

"하하하, 정직하고 고지식한 사마랑이 어찌 그리 화려하고 간실간실한 글을 썼는지 의심이 들었는데, 알고 보니 사마의가 쓴 것이었구려."

인재를 아끼기로 이름난 조조는 당장 손을 들어 명을 내렸다.

"사마의는 백녕을 따라 함께 기주로 가라. 이번 기회에 그의 재주가 얼마나 뛰어난지 보고 만약 훌륭한 인재라면 내 그를 크게 기용하리다!"

*   *   *

도응은 원상 일행을 떠나보낸 후 낭야 북부의 방어 체계를 다시 정돈했다. 이어 서주 주력군을 이끌고 팽성으로 돌아오면서 정식으로 손관을 낭야태수에 임명했다.

이로써 윤례와 창희가 지키며 말썽을 일으킬 소지가 많았던 낭야에 친정 체제를 구축할 수 있게 되었다.

서주 북쪽 전선이 순조롭게 안정을 되찾자 도응은 불쑥 전부터 마음에 두고 있던 강남땅이 생각나 수군 상황을 시찰하고 싶다는 의사를 내비쳤다.

그러자 유엽이 조심스럽게 말을 꺼냈다.

"주공, 수군은 보병과 달라서 구축하기가 어렵고 병사를 양성하는 데도 시간이 많이 필요합니다. 아직 1년도 되지 않은 시점이라 자경 선생이 미처 준비를 마치지 못했을 것입니다."

도응이 고개를 끄덕이며 대답했다.

"물론 나도 알고 있소. 하지만 회남으로 가 직접 회남과 강동의 상황을 알아보는 것쯤은 큰 문제가 되지 않을 거요. 그 김에 장강을 뚫을 돌파구도 찾아보고요."

가후도 도응의 말에 찬동한 후 건의했다.

"이 참에 대대적으로 한 번 회남으로 남하하시지요. 현재 강동은 한창 혼전 중이고, 형주 남부 장선의 반란도 갈수록 격화되고 있습니다. 이때 주공께서 대군을 이끌고 남하한다면 사활을 걸고 싸우는 원술, 유요, 장선, 유표 등은 필시 두려운 마음을 가지면서도 주공의 힘을 빌려 적수에게 대항할 마음을 품을 것입니다. 이런 합종연횡 가운데서 아군은 군사 하나 허비하지 않고 천험의 요새인 장강을 돌파해 강남으로 진출할 전진기지를 확보할 수 있습니다."

"타초경사란 말이구려."

도응은 재빨리 가후의 말뜻을 알아채고 크게 기뻐하며 말했다.

"문화 선생의 이 계책이 실로 절묘하오. 이번에 아예 2만 정
예병을 거느리고 회남으로 남하하여 강남 제후들을 놀래고,
누가 과연 나에게 먼저 연락을 취해 동맹을 맺으려 하는지 두
고 봐야겠소이다."

세밑이 가까워질 때쯤, 낭야에서 팽성으로 돌아온 도응은
쉴 틈도 없이 곧장 회남 남하 준비에 돌입했다.

주밀한 안배를 마친 도응은 납월 초이틀에 친히 2만 서주
정예병을 이끌고 위풍당당하게 패국 관도를 따라 회남으로
향했다.

모사로는 가후와 유엽이 도응과 함께했고, 장수로는 허저,
고순, 위연, 서성, 진의, 윤례, 창희 등이 뒤를 따랐다.

이밖에 서주 북쪽 전선이 잠시 안정을 찾은 터라 회남 대장
교유도 함께 출진시켰다. 수전 경험이 풍부한 교유가 분명 도
움이 되리라 여겼기 때문이다.

여기에 손상향까지 도응을 따라나섰다.

팽성 후궁에 오랫동안 인질로 잡혀 있던 손상향은 가족들
이 너무 그리워 이번 남하에 자신을 꼭 데려가 달라고 졸라댔
다.

손가와 오가가 강남에 일정 정도 세력을 형성하고 있었던
관계로 도응은 손상향을 인질로 삼으면 저들이 경거망동하지
못할 것이라고 여겨 그녀의 간청을 들어주었다.

이 당시 장강 이남의 형세를 잠시 살펴보자.

회남에서 쫓겨 간 원술은 비록 서주군에게 완패했다고 하나 휘하의 회남군은 군사력에서 유요보다 조금 더 앞선 데다 수군까지 건재했기 때문에 일거에 장강을 돌파하고 순조롭게 강남땅에 발을 디뎠다.

이어 원술은 친히 구원병을 이끌고 유요가 공격 중인 완릉성으로 진격해 성안의 수비군과 안팎으로 유요군을 협공했다.

접전 끝에 유요군을 무호(蕪湖)로 몰아내는 데 성공한 원술은 마침내 완릉성을 근거지로 강남에 안착했다.

원술은 당장 군대를 재정비하고 병마를 새로 모집하며 양초를 창고에 쌓기 시작했다. 그리고 빠른 시간 안에 강남 내지로 쳐들어가 성을 공격하고 그 땅을 빼앗아 판도를 점점 확대해 나갔다.

이로써 원술은 강동 6군을 발판으로 재기에 나설 꿈을 품게 되었다.

하지만 이후로 강남의 상황은 아주 복잡하게 변해 버렸다. 유요와 원술은 박 터지게 싸우며 일진일퇴의 공방을 거듭했고, 원술이 합비 전장에서 멋대로 철수한 손분과 오경을 증오해 공격에 나서자 손분과 오경은 군사를 이끌고 달아나 원술과 대치했다.

이때 원술을 지지하던 예장태수 주술이 돌연 병사하자 우군을 잃은 원술은 염상의 권유로 손분과 오경을 무마해 다시 자기편으로 끌어들였다.

원술의 세력이 점차 확대되자 이를 두려워한 왕랑과 엄백호는 유요와 동맹을 맺고 원술에게 대항했다. 또한 경현(涇縣)의 도적인 조랑(祖郎)과 초이(焦己)가 난을 일으켰고, 산월(山越)도 이 틈을 타 지방 호족들과 결탁해 풍파를 일으켰다.

마지막으로 형주에서 돌연 반란을 일으킨 장사의 장선과 반란을 진압하러 온 황조의 군대까지 가세하자, 장강 이남은 전화로 인해 온통 뒤죽박죽이 되고 말았다.

그런 와중에 도응이 친히 2만 서주 주력군을 이끌고 남하한다는 소식이 각종 경로를 통해 강남 제후들에게 전해지자, 눈앞이 캄캄해진 이들은 안절부절못하며 도응이 내려온 이유를 탐지하느라 바빴다.

그리고 제발 도응이 자신만은 건드리지 않게 해달라고 기도했다.

第九章
도응 대 손권

　원술은 친히 군사를 이끌고 단양현 부근에서 유요와 대치하고 있다가 이 소식을 듣고 깜짝 놀랐다.

　그는 믿기 어렵다는 듯 소리를 내질렀다.

　"도응이 또 회남으로 온다니? 도대체 회남에는 왜 온단 말이냐? 혹시 이놈이 또 유요와 결탁한 것이 아니냐?"

　염상이 침착하게 대답했다.

　"아직 그 이유는 자세히 모릅니다. 어쨌든 아군으로서는 당장 두 가지 조치를 취해야 합니다. 먼저 도응의 수군이 유수구를 통해 장강을 건너지 못하도록 춘곡에 병력을 증파하십시오. 이어 도응에게 사신을 보내 후한 예물을 건네고 남하한 의도를 알아낸 다음 대비책을 세워야 합니다."

원술은 주저 없이 염상의 건의를 받아들인 뒤 홀연 무슨 생각이 들었는지 머뭇거리며 말했다.

"음, 방금 전 퍼뜩 든 생각이네만… 이 기회에 도응과 동맹을 체결하고 군사를 빌려 강동의 모든 적을 쓸어버리면 어떻겠나?"

염상은 대경실색하며 급히 간했다.

"절대 불가합니다! 이는 늑대를 집 안으로 끌어들이는 것과 같습니다! 군사력이 도응에게 미치지 못하는 우리가 유일하게 믿는 구석은 장강이라는 천험의 요새입니다. 그런데 순순히 장강을 건너게 한다면 유요를 멸한 후 다음 목표는 누가 되겠습니까?"

원술은 염상의 설명을 듣고 깜짝 놀라 속히 자신의 생각을 철회했다. 하지만 잠시 후 걱정스러운 표정으로 물었다.

"하지만 만약 유요가 도응과 내통하면 어찌하는가? 유요는 전에 이미 도응과 손을 잡은 적이 있어서 그럴 가능성이 다분하지 않은가?"

염상 역시 그 가능성에 신경이 쓰여 이맛살이 찌푸려졌지만 잠시 생각에 잠긴 후 고개를 가로저으며 대답했다.

"유요가 지난번에 도응과 결탁했다가 결국에 가서 도응에게 배신을 당했습니다. 따라서 그가 아무리 멍청하더라도 자발적으로 도응에게 속으러 갈 리는 없으니 그런 걱정은 접으십시오. 아군은 도웅이 남하한 진의를 알기 전까지 당황하지 말고 내부를 공고히 해 적에게 반격할 기회를 주지 말아야 합니다."

원술은 마침내 염상의 의견을 받아들여 도웅에게 사신을 보내 연락을 취하고, 또 일지 군마를 춘곡에 증원해 혹시 모를 서주 수군의 남하에 대비했다.

유요의 반응 역시 원술과 대동소이했다.

도웅의 갑작스러운 남하에 혹시 그가 장강을 건너 자신을 공격하지 않을까 두렵고 걱정이 되는 동시에 도웅과 연합해 원술을 제거할 생각을 가졌다.

하지만 이는 염상이 말한 것과 같은 이유로 설례와 시의의 단호한 반대에 부딪혔다. 이에 우저와 단도에 군사를 증파해 방어를 강화하고 도웅에게 사신을 파견해 그가 남하한 의도를 탐문했다.

한편 장선, 유기, 황조, 왕랑, 엄백호 등은 거리가 비교적 멀었던 관계로 그다지 민감하게 반응하지는 않았다. 이밖에 도웅의 남하에 쾌재를 부른 젊은이가 하나 있었으니, 그는 바로 손권이었다.

손권은 일찌감치 누이 손상향으로부터 편지를 받고 도웅이 회남으로 남하하는 이유를 알게 되었다.

그는 곧장 오경과 손분, 손정이 있는 영지로 달려가 이 사실을 낱낱이 고했다.

"뭐, 도응이 또 남하한다고? 설마 강동을 탈취하려는 생각 이란 말인가?"

이들 역시 다른 강동 제후들과 마찬가지로 처음에는 깜짝 놀랐다. 하지만 이내 심드렁한 표정을 지으며 말했다.

"도응의 남하가 우리와 무슨 상관이란 말인가? 이는 원술과 유요가 조심해야 할 문제지. 우리가 그들을 걱정해 줄 필요는 없네."

"이 일이 어찌 우리와 관계가 없겠습니까? 이는 우리 손가 와 오가가 재기할 수 있는 절호의 기회란 말입니다!"

애늙은이 손권이 땅을 박차며 힘주어 말하자 오경 등은 의 아한 눈빛으로 그 이유를 물었다.

"잘 생각해 보십시오. 회남이 이미 평정됐는데 도응이 왜 친히 군사를 이끌고 회남으로 남하했겠습니까? 바로 강동의 토지와 성지에 뜻이 있기 때문입니다."

손권은 제 입으로 자문자답한 후 진중한 목소리로 말했다.

"하지만 도응이 강동을 취하기란 생각처럼 쉽지 않습니다. 보병에 비해 수군의 전력이 약해 장강을 돌파하기 어렵기 때 문이죠. 이때 우리가 나서서 도응에게 장강을 건네게 해주겠 다고 약속하는 겁니다."

그러자 손분이 버럭 화를 내며 반문했다.

"도응을 도와서 우리에게 무슨 이득이 있단 말이냐? 도응

놈은 우리 손가와 불공대천의 원수인데, 그런 놈을 도와야 하는 이유가 무엇이냐?"

손권은 고개를 끄덕인 뒤 음흉한 목소리로 말했다.

"맞습니다. 형님을 죽이고 누이를 볼모로 잡은 원수 놈을 도울 이유는 전혀 없습니다. 하지만 도응의 군대가 강을 건넌 후 만약 원술이나 유요의 수군에게 참패한다면 얘기가 달라집니다. 강을 건넌 도응의 군대가 원술과 유요의 수군에 의해 퇴로를 차단당한다면 오도 가도 못하는 신세가 되고 맙니다. 이때 대대로 강남에서 살아 이곳 지형에 밝은 우리가 도응의 웅병을 죽이지 않고 회유해 우리 편으로 편입시킨다면 그동안 원술에게 받은 수모를 갚고 재기에 성공할 기회가 생기지 않겠습니까?"

손분과 오경, 손정은 놀란 표정으로 서로의 얼굴을 바라보다가 흥분된 목소리로 말했다.

"권아, 네 계획을 자세히 들어보자꾸나."

손권은 만면에 웃음을 띠고 공수한 후 대답했다.

"원술은 필시 소호에 주둔 중인 도응 수군의 도강을 막기 위해 춘곡에 병력을 증원할 것입니다. 이때 외숙과 형님이 원수를 갚겠다는 이유로 원술에게 춘곡으로 가겠다고 자원하십시오. 그리하면 제 계획은 절반쯤 성공한 것이나 다름없습니다."

　　　　　*　　　　　　*　　　　　　*

　군사를 이끌고 합비성에 도착한 도응은 근 1년 만에 만난 노숙과 두 손을 마주잡고 뜨거운 눈물을 흘리며 해후의 정을 나누었다.

　하지만 이들은 회포를 풀 겨를도 없이 바로 군정 대사 논의에 들어갔다.

　노숙이 먼저 공수하고 말했다.

　"주공께서 남하하신다는 소식을 듣고 주변 제후들이 대부분 사신을 보냈습니다. 원술과 유요는 물론 강하의 유기, 장사의 장선, 옛 주공의 친우 왕랑, 경현의 조랑 및 강동의 일부 호족에 가장 멀리 떨어진 엄백호의 사신까지 주공과의 접견을 기다리고 있습니다. 하지만 오경과 손분만은 춘곡에 주둔하며 아군의 도강을 방비하고 있다고 합니다."

　도응은 노숙의 보고를 받고 명을 내렸다.

　"성안으로 들어가 당장 유요의 사자를 만나보리다. 내일은 유기, 조랑, 왕랑, 강동 호족 순서로 사자를 접견하고 원술의 사자는 만나지 않겠소. 대신 자경이 그를 만나 내가 여기 온 이유는 회남의 재건을 시찰하려는 것일 뿐 다른 의도가 없다고 전하시오. 그리고 장선의 사자는 먼저 좋은 술과 음식으로 성대히 접대하시오. 그는 따로 만나볼 예정이오."

　도응이 일부러 유요의 사자만 만나고 원술의 사자를 만나

지 않기로 한 건 둘 사이의 갈등을 촉발하려는 의도가 다분
했다.

　또한 원술이 이 사실을 알면 도응과 유요가 다시 손잡고
자신을 공격하지 않을까 우려해 우저 나루에 대한 감시와 방
비를 강화함으로써 병력이 분산되는 효과까지 얻을 수 있었
다.

　도응은 먼저 유요의 사신으로 온 유기를 만나 자신은 그저
회남에 시찰차 왔을 뿐이라고 안심시킨 뒤, 관원들로부터 회
남의 재건 현황을 보고받았다.

　그런데 오랜 전쟁과 원술의 가렴주구로 인해 회남의 민생은
크게 회복되지 못했고, 설상가상으로 한재(旱災)까지 겹쳐 자
급자족은커녕 이웃한 광릉군에서 식량을 지원받는 실정이었
다.

　이 보고를 받고 크게 낙심한 도응은 합비에서 새해를 맞은
후 곧장 소호로 달려가 수군 상황을 점검했다.

　하지만 수군의 역량 역시 비교적 약소했다. 병사 2백 명 이
상을 실을 수 있는 대형 전선은 150척이 되지 않았고, 몽동도
6백여 척에 불과해 전선 숫자로는 원술 수군의 삼분지 일, 유
요 수군의 절반에 그쳤다.

　게다가 항복한 일부 회남 수군을 제외하고는 수전 경험이
없는 보병이 대다수를 차지해 전투력을 담보하기도 어려웠다.

이 수군을 조직한 노숙 역시 지금의 전력으로 원술군 또는 유요군과 수상에서 맞붙는다면 이길 확률이 희박하다고 말할 정도였다.

서주 수군의 연습 과정을 지켜보다가 날이 저물자, 도응은 이튿날 다시 연습을 참관할 생각에 합비성으로 돌아가지 않고 호수 근처에 영채를 차리고서 휴식을 취했다.

도응은 임시 막사로 노숙, 장소, 가후, 유엽 등을 불러 다음 행보에 대해 논의했다.

모사들은 여러 정황들을 종합한 끝에 최소한 1년 안에는 강동을 전면 공격하기 어렵다는 결론을 내렸다. 도응 역시 가후 등의 판단에 동의했지만 여전히 희망의 끈을 놓지 않고 중얼거렸다.

"원래 계획대로 강남에 서주 주력군이 자유롭게 왕래할 수 있는 견고한 전진 거점 한 곳만 마련한다면 가능할 수도 있지 않을까?"

이 말에 장소가 고개를 가로저으며 말했다.

"우리 수군이 병사를 싣고 장강을 돌파하기 매우 어려운 건 차치하고, 설사 군대를 보냈다 해도 소용없습니다. 소수의 군사가 강을 건너면 견고한 성을 공략하지 못해 식량도 원조도 없는 야외에서 적에게 섬멸될 것이요, 군사가 많이 건너더라도 수전에서 우위를 점하지 못해 보급이 끊긴다면 역시 오래 버틸 수가 없습니다."

장소의 설명에 도옹은 실망이 가득한 표정으로 가후를 돌아보고 쓴웃음을 지으며 말했다.

"문화 선생이 개양에서 꺼낸 계획이 실현되려면 원술이나 유요 중 하나가 자발적으로 우리에게 물길을 열어주길 바라는 수밖에 없겠구려."

가후는 난처한 듯 멋쩍은 웃음을 보이며 대답했다.

"아무래도 운이 여기까지인 모양입니다. 그래도 타초경사의 목적을 달성해 원술과 유요 등이 주공의 위세에 겁을 집어먹었으니 머지않아 기회가 찾아올 것입니다."

도옹이 헛된 희망을 품을까 걱정됐는지 장소가 아예 쐐기를 박는 발언을 했다.

"사실 주공의 이 계획을 들었을 때부터 너무 위험한 발상이라고 말씀드릴 참이었습니다. 춘곡에서 장강 나루에 이르는 일대는 강동에서 인구와 성지가 가장 밀집된 지역이자 원술과 유요가 중시하는 요지이기도 합니다. 이런 이유로 아군이 설사 이곳에 터를 잡더라도 원술과 유요의 맹반격을 면하기 어렵습니다."

"자포 선생의 말이 옳습니다. 제가 너무 성급했소이다."

도옹은 겸손하게 자신의 실수를 인정하고 고개를 끄덕이다가 홀연 무슨 생각이 들었는지 장소에게 다급히 말했다.

"방금 전에 한 말을 다시 한 번 들려주십시오!"

"네?"

장소는 갑작스러운 도응의 행동에 놀라 멍한 표정을 지었다. 그가 이내 정신을 차리고 금방 했던 말을 다시 꺼내려는 순간, 막사 밖에서 전령 하나가 안으로 급히 들어와 도응 앞에 무릎을 꿇고 보고했다.

"주공, 아군 순라병이 영채 밖에서 소년 한 명을 사로잡았습니다. 자칭 손권이라는 자가 주공을 뵙겠다고 청하는데 어찌할까요?"

순간 도응은 이를 훤히 드러내고 웃더니 당장 그를 안으로 부르라고 명했다. 이어 다시 가후를 바라보고 웃으면서 말했다.

"문화 선생의 계획을 완성시켜 줄 자가 마침 찾아오는구려."

손권은 홀로 서주군 대영을 찾아왔다. 1년 넘게 못 본 사이 원래 애늙은이 같던 아이는 훌쩍 성장해 웬만한 성인 남자보다 행동거지가 진중하고 기품이 넘쳐 보였다.

형을 죽인 도응 앞에서도 태연자약하고 침착한 모습을 유지해 보는 이로 하여금 찬탄을 자아내게 했다.

손권이 공수하고 예를 올리자 도응은 단도직입적으로 물었다.

"그대는 언제 이곳에 왔소? 그리고 그대가 자발적으로 날 찾아온 것이오, 아니면 손분과 오경의 명으로 온 것이오?"

손권은 낯빛 하나 변하지 않고 차분하게 대답했다.

"권은 오늘 외숙과 사촌형의 명으로 가문을 대표해 사군께 안부를 전하러 왔습니다."

도응은 고개를 갸웃하며 이해가 되지 않는다는 듯 물었다.

"오늘 소호에 왔다고? 왜 오늘에야 온 것이오? 우리 세작이 진즉에 그대 누이의 편지를 가지고 찾아갔을 텐데……."

"편지는 일찌감치 받았습니다. 외숙부와 사촌형은 당장 저를 보내 사군을 영접하려 했습니다만 원술 수군이 장강을 철통같이 봉쇄하는 바람에 사흘 만에야 겨우 강을 건너 이리로 오게 된 것입니다."

"일이 그리 된 것이구려."

도응은 의심이 가시지 않았지만 손권과 이런 자질구레한 문제나 따지고 있을 겨를이 없어 손권에게 자리에 앉으라고 권한 후 물었다.

"손분과 오경이 왜 그대를 보냈는지 말해보시오."

이 질문에 손권은 자리에서 벌떡 일어나 대영 중앙에 자리한 도응에게 허리를 굽혀 길게 읍하고 진중하게 대답했다.

"사실 저는 외숙과 사촌형의 명을 받아 사군께 구원을 청하러 왔습니다. 저희 손가가 지금 멸문이 코앞이니 지난 앙금은 모두 잊고 제발 도와주시기 바랍니다. 그리만 해주신다면 저희는 분신쇄골해 꼭 사군의 은덕에 보답하겠습니다!"

"멸문이 코앞이라니? 대체 무슨 일이 일어났길래 그런 말을 하는 것이오?"

"모두 원술 때문입니다. 지난번 합비 전투 때 사군의 군대와 대치하던 외숙과 사촌형이 멋대로 장강으로 철수했다가 원술의 분노를 샀습니다. 쫓기듯 장강을 건넌 원술은 이 일을 빌미로 그들의 목을 베겠다고 길길이 날뛰었습니다. 다행히 단양태수 주상이 권의 외숙과 생사지교를 맺은 사이라 몰래 이 사실을 외숙에게 알려준 덕에, 외숙과 사촌형은 즉각 가솔과 군사를 거느리고 완릉성을 빠져나가 겨우 목숨을 구할 수 있었습니다."

"그대의 외숙과 사촌형은 후에 다시 원술 휘하로 들어간 것으로 알고 있는데……."

이 말에 손권이 쓴웃음을 지으며 대답했다.

"그건 모두 원술이 염상의 계책을 받아들여 사면령을 내리고 외숙과 사촌형을 다시 불렀기 때문입니다. 이유야 당연히 숙적 유요와 싸울 군대가 필요했기 때문이죠. 마냥 타지를 떠돌 수 없었던 외숙과 사촌형이 원술에게 귀순하자 원술은 약간의 양초로 생색을 내며 그들을 전장 최전방으로 보냈습니다. 원술을 도와 가까스로 무호를 점령하고 유요 주력군을 우저와 석성, 단양 일대로 몰아냈을 때 사군이 돌연 남하하는 통에 외숙과 사촌형은 다시 춘곡 전선으로 달려가 장강을 방어하라는 명을 받았습니다."

"음, 그리 된 것이구려. 그럼 내가 어찌 도와주면 되겠소?"

이때 손권은 품에서 편지 한 통을 꺼내 도응에게 건네며 울먹이는 목소리로 말했다.

"이는 제 외숙과 사촌형이 주공께 드리는 편지입니다. 지금 저희 일가는 언제 원술 손에 죽을지 몰라 피 말리는 하루하루를 보내고 있습니다. 사군께서 아버지 대에 조정에서 함께 일한 정을 생각해 저희를 받아주신다면 대대로 이 은혜를 잊지 않겠습니다."

손권이 눈물까지 흘리며 애원하는 모습에 도응도 살짝 마음이 움직였다. 하지만 이번 투항이 진짜인지 거짓인지 도무지 분간이 가지 않자 도응은 쉽사리 결정을 내리지 못했다.

한참 동안 고민에 빠져 있던 도응이 짐짓 탄식하고 얘기했다.

"손분과 오경이 투항한다면 내 당연히 맨발로 달려 나가 맞이해야지요. 다만 앞에 큰 강이 가로막고 있고, 또 원술 수군의 방어가 철통같아 두 장군의 귀순을 영접하기 어렵겠구려."

그러자 손권이 재빨리 대답했다.

"그건 염려하지 않으셔도 됩니다. 현재 춘곡에 있는 손가와 오가 가솔은 서른 명이 채 되지 않아 배 한 척이면 충분히 강을 건널 수 있습니다. 사군께서 거두어 주시기만 한다면 외숙과 사촌형은 당장 가솔들을 이끌고 유수구로 달려올 것입니다."

"그럼 그대들의 군대는 어쩌고요?"

"해산할 생각입니다. 외숙과 사촌형 휘하의 사졸이 많지 않다고 하나 그래도 3천 명 가까이나 돼 이들을 모두 수송하려면 대형 전선이 적어도 열 척은 필요합니다. 하지만 우리 수중에는 경주(輕舟) 몇 척이 고작이라 이 많은 병사를 옮길 수가 없습니다. 이에 하는 수 없이 군대를 해산하기로 결정했습니다."

하지만 도응은 수전에 능한 강남 병사들을 잃기 너무 아까워 고민 끝에 바로 결정을 내리지 않고 손권에게 당부했다.

"이 일은 급히 서두르지 말고 좀 더 상의해 봅시다. 우선 합비성으로 가 누이를 만나고 있으면 내 곧 답을 주겠소. 여봐라, 손 공자를 당장 합비성으로 모셔다 드려라."

호위병은 이에 대답하고 손권에게 길을 나서자고 청했다. 자리에서 일어난 손권은 막사를 막 나서려다가 몸을 돌려 도응에게 길게 읍한 후 간절하게 말했다.

"사군, 제 외숙과 사촌형은 목숨만 부지하길 바랄 뿐 병권에는 아무 욕심도 없습니다. 사군께서 은혜를 베풀어 거두어 주시기만 한다면 저들은 갑옷을 벗고 시골로 돌아가 사군 치하에서 여생을 보내고 싶다고 말했습니다."

도응은 아무 말 없이 고개를 끄덕였고, 손권도 다시 정중하게 예를 갖춰 인사한 뒤 호위병을 따라 막사를 나갔다. 손권의 그림자가 멀어진 뒤에야 도응은 좌우의 모사들을 돌아보고 물었다.

"다들 잘 지켜봤겠지만 손권이 진심으로 투항한다고 생각하시오?"

가장 먼저 유엽이 입을 열었다.

"손분과 오경이 자발적으로 군대를 해산하고 투항할 정도면 정말 원술의 핍박에 못 이겨 돌아갈 곳이 없다는 얘기입니다. 군사가 없으면 우리에게도 아무 위협이 되지 않을 테니, 그 안에 꿍꿍이는 없는 것으로 보입니다."

노숙과 장소 역시 고개를 끄덕이며 유엽의 견해에 찬동했다. 이어 장소가 도응에게 건의를 올렸다.

"주공, 옛 은원을 따지지 말고 저들의 투항을 받아들이시지요. 그리하면 주공의 은덕과 명성을 천하에 널리 알릴 수가 있습니다."

도응은 아무 대꾸도 하지 않고 고개를 돌며 가후를 바라보았다.

가후가 자기 의견을 말해주길 바랐지만 가후는 도응의 의도를 알면서도 입을 꾹 다물고 단지 형형한 눈빛으로 도응을 응시할 뿐이었다.

사실 가후와 도응은 같은 생각을 하고 있었다.

이 기회에 손분, 오경의 군대를 내응으로 삼아 일거에 장강을 돌파하고 전진 거점을 확보하고 싶었다. 하지만 만약 이것이 거짓 항복이라면 애먼 군사만 희생되고 모든 계획이 물거품으로 돌아갈 수가 있었다.

도응은 아무리 머리를 쥐어짜도 좋은 생각이 떠오르지 않자 풀 죽은 목소리로 뇌까렸다.

"나에게 생각할 시간을 좀 더 주시오. 당장 급한 일은 아니니 다 같이 고민해 봅시다."

이튿날 아침, 도응은 서주 수군의 실전 연습을 다시 참관하러 나왔다. 전날 훈련 때 갑자기 소호의 풍랑이 거세지면서 수전에 익숙지 못한 병사들이 연이어 배멀미를 해대자, 도응은 병사들에게 배꼽에 생강 절편을 붙이고 연습에 임하도록 한 후 그 효과를 알아볼 요량이었다.

어제처럼 돌풍이 불지 않아 풍랑이 거세지는 않았지만 배꼽에 생강 절편을 붙인 병사들은 대부분 뱃멀미를 일으키지 않았고, 설사 멀미가 나더라도 그 강도가 현저히 약해져 어제와는 천양지차를 보였다.

이를 보고 회심의 미소를 지은 도응은 더욱 자신감이 충만해져 곁에 있던 노숙에게 분부했다.

"자경, 당장 수군을 이끌고 유수구로 가 실전 연습을 한 번 더 해봅시다. 우리 수군이 장강 수면에서는 과연 어떤 모습을 보일지 몹시 궁금하오."

"네? 유수구로 가 연습을 한다고요? 농담이 너무 지나치십니다."

노숙이 대경실색하며 대답하자 도응은 아무것도 모르는 척하며 농을 던졌다.

"왜? 자신이 없어서 그러시오? 소호에서만 연습하던 수군의 실력이 장강으로 가면 다 들통 날까 봐 걱정되시오?"

성격이 진지한 노숙은 정색을 하고 대답했다.

"그럴 리가 있겠습니까? 하지만 지금은 아군 수군이 장강으로 남하하기 곤란한 상황 아닙니까? 주공께서 친히 2만 군사를 거느리고 남하해 타초경사한 통에 원술과 유요는 깜짝 놀라 장강 항로에 겹겹이 초소를 설치하고 대병력을 배치해 놓았습니다. 이런 때에 아군 수군이 남하한다면 우리가 침공에 나섰다고 여긴 저들 수군과 충돌을 빚게 됩니다."

"기왕 타초경사에 나선 김에 끝까지 한 번 밀어붙여 봅시다. 혹시 우리에게 유리한 국면 변화가 일어날지도 모르잖소?"

도응은 웃음을 짓고 얘기한 후 결정을 내렸다.

"그럼 이렇게 하지요. 수군이 유수구로 남하하는 동시에 나도 친히 군사를 이끌고 유수구로 내려가 우리가 건너야 할 장강 주전장을 살펴보리다."

도응이 유수구 남하를 고집하자 노숙도 감히 더는 반대하지 못하고 공수하며 대답했다.

"예, 당장 남하 준비에 착수하겠습니다. 그런데 소호에서 유수구까지 2백 리나 떨어져 있어서 육로로 남하하려면 시간이 꽤 걸립니다. 그동안 저는 완벽하게 점검을 마치고 출발하도록 하겠습니다."

"너무 서두르지 말고 준비가 다 갖춰지면 출발하시오."

이어 도응은 이번에 함께 출정한 장간을 불러 분부했다.

"자익, 이번에 내가 수륙 대군을 이끌고 유수구로 남하해 수군의 실전 훈련을 거행할 생각이오. 이로 인해 춘곡과 우저에 주둔한 저들 수군과 마찰을 빚을 수도 있으니, 그대가 원술과 유요를 찾아가 상황 설명을 좀 해줘야겠소."

이에 장간이 명을 받고 출발하자 도응도 즉각 대군을 이끌고 합비성으로 돌아갔다.

소호 수군 영채에서 합비성까지는 고작 30여 리 거리라 도응의 군대는 몇 시진 안돼 합비성에 도착했다.

그런데 성문 안으로 들어가려는 순간, 줄곧 고개를 숙이고 생각에 잠겨 있던 도응이 홀연 말고삐를 잡아끌고 유엽을 바라보며 낮은 목소리로 분부했다.

"자양, 호위병의 보고에 따르면 손권이 이번에 수종 둘과 함께 왔다고 하는구려. 그대가 사람 몇 명을 써서 저들을 매수한 후 손권의 도강 시점과 소호에 당도한 시간을 탐문해 보시오."

도응의 명에 유엽이 의아한 표정을 지으며 물었다.

"네? 그런 사소한 일을 알아보라고 명하는 이유가 무엇입니까?"

도응은 미간을 찌푸리며 대답했다.

"아무래도 손권이 나를 찾아온 시점이 너무 공교로워서 그렇소. 절체절명의 위기에 빠진 손가가 손상향의 편지를 진즉에 받았다면 즉시 내게 달려와 구원을 청하는 것이 정상 아니겠소? 그런데 왜 굳이 내가 수군을 시찰한 후에야 찾아왔을까요? 이는 어쩌면 아군의 수군 상황을 보고 실망한 내게 자신들의 군사를 움직이라고 은근히 부추기려는 의도인지도 모르오. 물론 사전에 군대를 해산하겠다고 말해 내 애를 더 태우면서 말이오. 처음부터 그 점이 계속 마음에 걸렸었소."

＊   ＊   ＊

"사군, 제발 제 외숙과 사촌오라비를 구해주십시오. 그분들이 돌아가신다면 제겐 의지할 가족이 없습니다. 엉엉!"

손권의 지시를 받았는지는 모르겠지만 손상향은 강남에 있는 가족의 안위가 걱정돼 도응이 성안으로 들어오자마자 목놓아 울며 매달렸다.

여기에 손권까지 다시 간청하며 나서자 도응은 어쩔 수 없다는 듯 말했다.

"알았으니 이제 그만 울어라. 네 부탁을 들어주겠다. 네 외숙 등에게 편지를 써서 투항을 받아줄 터이니 이리로 오라고 일러라."

도응의 허락이 떨어지기 무섭게 이번에는 손상향의 눈가에 기쁨의 눈물이 맺히며 연신 고개를 조아리고 감사의 말을 전했다.

도응은 손상향을 진정시킨 뒤 손권에게 물었다.

"이 소식을 그대가 직접 전하겠소, 아니면 우리 세작을 보낼까요?"

손권 역시 두 무릎을 꿇고 도응에게 감사의 뜻을 표한 후 공손하게 대답했다.

"장강의 경비가 삼엄해 만약 사군의 세작이 원술 수군에게 들키는 날에는 모든 일이 끝장납니다. 하여 제가 직접 강을 건너 외숙과 사촌형에게 이 기쁜 소식을 전하도록 하겠습니다."

"그건 알아서 하시오. 다만 지금 바로 출발하지는 마시오. 며칠 후 내가 수륙 대군을 거느리고 유수구로 남하해 수군 훈련을 거행하기로 했으니 그때 나랑 같이 내려갑시다. 그러면 그대 가솔들이 강을 건널 때 우리가 쉽게 접응할 수 있을 것이오."

'뭐, 수륙 대군이 유수구로 남하해 훈련을 한다고?'

이 말을 듣는 순간 손권은 잠시 정신이 멍해졌지만 이내 도응의 의도를 깨닫고 몰래 미소를 지었다.

'역시 간적은 간적이로군. 수군 훈련이니 뭐니 핑계를 대고 장강을 건널 기회를 엿볼 생각인 거야!'

손권이 기쁜 마음으로 알겠다고 대답하자 도응은 다시 분부했다.

"그럼 이리 합시다. 내 며칠간 군무로 바빠 그대를 볼 시간이 별로 없을 듯하니, 누이를 데리고 잠시 기다렸다가 유수구로 함께 출발합시다."

도응은 강남 제후들이 자신의 유수구 남하 목적을 오해하지 않도록 장간을 보내 이를 설명하는 것 외에 강남 제후들이 합비로 보낸 사자들을 직접 만나 유수구로 남하하는 이유를 다시 한 번 명확히 밝혔다.

도응이 개별적으로 사신들을 만나 이 사실을 전하자, 유요군 사자 유기는 무거운 짐을 벗은 듯 안도의 한숨을 내쉬고 서주 수군의 훈련을 지지한다고 밝히는 한편, 자신들의 수군과 서주 수군이 충돌하지 않도록 철저히 단속하겠다고 약속했다.

물론 서주 수군이 우저와 강을 사이에 두고 마주한 역양에서 실전 연습을 거행했다면 유기 입에서 절대 이런 말이 나오지 않았을 테지만 말이다.

그러나 일은 그렇게 싱겁게 마무리되지 않았다. 이어 도응은 아주 예의바른 태도로 유기에게 말했다.

"공자에게 폐를 끼칠 일이 하나 있소이다. 우리 수군은 조직된 지 얼마 되지 않아 전투력이 약하고 실전 경험이 아주 부족합니다. 그래서 공자가 돌아가는 대로 유 사군에게 아군이 훈련할 때 귀군 선단을 유수구로 파견해 함께 실전 훈련을 하면 어떨지 여쭤봐 주십시오. 아군 수군에게 무엇이 진정한 수군인지 똑똑히 보여주고 싶소이다."

"그게……."

유기는 잠재적인 적의 요구를 들어주기 꺼림칙했지만 일언지하에 거절하기도 어려워 짐짓 걱정스러운 투로 얘기했다.

"하지만 사군, 아군은 지금 원술군과 교전 중입니다. 원술의 수군이 유수구 맞은편의 춘곡에 주둔 중이라 아군 수군이 유수구로 간다면 저들과 충돌이 일어날까 우려됩니다."

도응은 웃음을 지으며 거들먹거렸다.

"무에 두렵소? 유 사군이 승낙하기만 하면 내 정식으로 원술에게 사신을 보내 귀군과 아군의 합동 훈련을 방해하지 말라고 요구할 것이오. 원술이 이를 받아들이면 다행이지만 만약 귀군에게 화살 한 발이라도 쏜다면 본 사군의 이름을 걸고 귀군과 연합해 원술 놈과 사생결단을 내겠소이다!"

도응은 유요군과 다시 손을 잡고 싶다는 의사를 내비쳤다. 그것도 아주 노골적으로 말이다.

그러나 이미 한 번 된통 당한 적 있는 유기는 더 이상 속지 않고 핑계를 대며 말했다.

"사안이 중대해 제가 단독으로 결정할 수 있는 문제가 아닙니다. 이 일을 서신으로 작성해 주시면 부친께 아뢰고 사군의 요구를 수용할 수 있도록 극력 권해 보겠습니다."

이 말에 도응은 실망이 역력한 표정을 지으며 대꾸했다.

"보아 하니 가망이 없을 것 같구려. 그럼 부친에게 이렇게 전해주시오. 제가 합동 훈련을 제의한 건 단지 양군의 우의와 협력을 증진하기 위한 것일 뿐, 제삼자를 겨냥하거나 어떤 악의도 없다고 말이오."

자리가 불편했던 유기가 서둘러 이에 응한 후 공수하고 나가려 하자 도응이 미소를 띠며 그를 불러 세웠다.

"참, 가는 김에 이 말도 전하시오. 만약 유 사군이 아군과 훈련하기 거북하다면 우리는 원술에게 훈련을 제의할 생각이라고. 그때 가서 아군과 원술군이 연합 훈련하는 건 다만 양군의 협력을 강화하기 위한 것이지, 절대 제삼자를 겨냥하려는 것은 아니오. 제가 유 사군에게 양해를 구하면 군대를 단속해 양군의 합동 훈련을 방해하지 말아주십시오."

순간 유기의 얼굴은 백지장처럼 창백하게 변하고 말았다. 동맹 제의를 거절하면 원술과 결맹해 자신의 군대를 도모하겠다는 말이 아닌가?

유기는 후안무치한 도응의 태도에 속으로 연신 욕을 퍼부었다. 하지만 겉으로는 태연한 척하며 대답했다.

"염려 마십시오. 제가 사군의 말을 토씨 하나 틀리지 않고 꼭 부친께 아뢰겠습니다. 머지않아 좋은 소식을 듣게 될 것입니다."

도응은 웃음을 짓고 유기를 전송한 후에 다른 강남 제후의 사신들을 하나하나 접견했다.

눈코 뜰 새 없이 바쁜 와중에 강남으로 간 장간으로부터 소식이 왔다.

장간이 원술이 있는 무호로 달려가 유수구에서 수군 훈련을 하겠다고 알리자, 원술은 납빛처럼 굳은 표정으로 서주 수군이 자기 군사와 충돌을 일으키지 않도록 엄히 단속하라고 요구했다.

이어 서주 수군이 만약 선제공격을 가할 시에는 수군을 총출동시켜 서주 수군을 물고기 밥으로 만들어 버리겠다고 엄중히 경고했다.

한편 유요는 도응의 수군 합동 훈련 제의를 완곡하게 거절함과 동시에 시의의 건의를 받아들여 원술에게 사신을 보내잠시 정전에 합의하자고 제안했다.

또한 일부러 장간에게 원술과 주고받은 편지를 내보이며 함부로 강남을 넘보다간 큰코다치게 될 것이라고 경고했다.

도응의 직접적인 위협을 받고 있는 원술은 유요의 화친 제의에 이게 웬 떡이냐 싶어 당장 그의 제안을 수락했다.

또한 염상의 건의에 따라 석성 일대에서 유요군과 대치 중인 군사를 철수시키고, 자신이 유요와 정전에 들어갔다는 사실을 널리 알려 도응에게 경거망동하지 말라는 신호를 보냈다.

장간의 편지를 다 읽은 도웅은 갑자기 큰소리로 웃음을 터뜨리더니 가후를 보고 농을 던지듯 말했다.

"문화 선생, 타초경사의 효과가 드디어 나타났구려. 불공대천의 원수인 원술과 유요가 옛 원한을 모두 잊고 연합해 아군에게 대항하고 있잖소?"

가후가 미소를 짓고 대답했다.

"이 일은 이미 제 예상 속에 있었습니다. 저들의 동맹을 깨는 것쯤이야 주공이 계시는데 뭐가 어렵겠습니까? 다만 아군수군의 전력이 너무 약해 장강을 건널 확신이 없다는 것이 안타까울 뿐입니다."

도웅은 웃음을 거두고 골똘히 생각에 잠겼다가 어렵게 결정을 내리고 입을 열었다.

"음, 전부터 생각해 둔 계획인데, 아무래도 모험을 한 번 해봐야겠소."

노숙이 호기심 가득한 어조로 물었다.

"모험이라니요? 무슨 계획인지 물어도 되겠습니까?"

"손분과 오경에게 내응이 돼 아군 정예병이 장강을 건널 수 있도록 접응하게 하는 것이오."

"네?"

노숙과 유엽, 장소는 이 말에 펄쩍 뛰며 이구동성으로 간했다.

"주공, 이는 너무 위험한 발상입니다!"

"하하, 손분과 오경이 군대까지 해산하고 가솔만 데리고 투항한다는데 한 번 믿어봐야 하지 않겠소?"

도응은 호탕하게 웃음을 터뜨리더니 곧 정색한 얼굴로 분석에 들어갔다.

"원술 수군의 전투력이 아군보다 강대하다고는 하나 저들의 규율은 아군에 훨씬 미치지 못하오. 이는 우리가 원술군과 여러 차례 교전하면서 이미 겪어본 바요. 따라서 원술군 대장에게 변고가 생긴다면, 예를 들어 전사하거나 실종된다면 오합지졸인 저들은 우두머리를 잃고 한바탕 혼란에 빠져 버릴 것이오."

여기까지 말한 도응은 예의 삼각눈을 번뜩이고는 음흉한 목소리로 말을 이었다.

"그래서 먼저 손분과 오경에게 원술군 수군 대장 진분을 제거하게 하는 것이오. 그리하여 원술군이 대장을 잃고 뿔뿔이 흩어진 틈을 타 아군 수군이 진격해 들어간다면 성공 가능성이 매우 높지 않겠소?"

도응의 조리 있고 설득력 있는 분석에 모사들 모두 절로 고개가 끄덕여졌다.

도응이 말한 대로만 된다면 일거에 장강을 돌파할 가능성이 매우 높았다. 하지만 이는 모든 조건이 계획한 대로 이루어져야만 가능한 일이었다. 중간에 한 수라도 삐끗해 적의 계략에 걸려든다면 망망대해에서 어디로 돌아간단 말인가.

다들 걱정스러운 눈빛으로 도응을 바라보자 도응은 작심한 듯 손을 휘저으며 말했다.

"내 뜻은 이미 결정됐으니 반대할 생각은 마시오. 그리고 무작정 일을 진행하지는 않겠소. 손분과 오경이 내 앞에 진분의 목을 가져오지 않으면 함부로 출전하지 않으리다."

도응의 단호한 태도에 모사들은 하는 수 없이 공수하고 이에 응했다. 이어 도응이 노숙에게 분부했다.

"출전 채비를 모두 마쳤거든 내일 당장 장흠, 주태와 함께 수군을 이끌고 남하해 유수구에 영채를 차리시오. 그런 다음 짐짓 훈련하는 척하면서 몰래 도강을 준비하고 있다가 아군 기보병이 당도하면 기회를 엿봐 행동에 돌입하시오."

노숙이 공수하고 대답한 후 물었다.

"명 받들겠습니다. 그런데 주공은 함께 남하하지 않을 생각입니까?"

"난 여기 남아서 손분과 오경을 어찌 책동할지 방법을 찾아보리다. 게다가 지금 내가 친히 군사를 이끌고 남하하면 원술이 놀라 춘곡으로 달려올 것 아니오? 그럼 아군의 도강 기회는 사라지고 맙니다."

"하지만 춘곡과 무호는 거리가 멀지 않습니다. 아군의 대부대가 이동하면 원술이 낌새를 채고 달려오는 건 마찬가지입니다."

"음, 그렇구려. 이에 대비할 좋은 방법이 없겠소?"

미처 여기까지 생각 못한 도응이 한창 머리를 굴리고 있을 때, 가후가 천천히 입을 열었다.

"주공, 왜 일지 군마를 역양으로 보내지 않으십니까? 역양 남쪽의 우저 또한 이상적인 도강 지점인 데다 역양은 유수구 하류에 위치해 아군 수군이 하루면 당도할 수 있습니다. 이리 하여 역양에서도 도강을 준비하면 원술과 유요는 아군의 도 강 지점을 확신할 수 없어 함부로 움직이기 어렵습니다."

도응은 손뼉을 치며 가후의 계책에 찬탄했다.

"오, 그거 정말 절묘하구려. 당장 위연에게 5천 군사를 이 끌고 역양으로 가 도강 준비를 하라고 이르시오. 위연 휘하의 단양병은 수전에 익숙해 만약 유수구 쪽에서 기회가 나지 않 는다면 허허실실 작전으로 역양에서 도강하는 것도 좋은 방 법이오."

第十章
도웅의 도강 지점

"확실한 것이냐? 혹시 잘못 들은 것은 아니고?"

"오라버니, 몇 번 말해야 알겠어요? 제가 똑똑히 들었다고
요!"

"이는 사람 목숨이 걸린 중대한 일이란다. 만약 조금이라
도 실수가 있다면 우리 손가의 목숨은 그날로 끝장나고 만
다!"

"제가 창문 뒤에 숨어서 분명히 엿들었어요. 도웅이 외숙과
사촌오라비에게 진분이란 자를 죽인 뒤 그의 군대와 접응하
라고 했고, 또 일지 군마를 역양으로 보내 원술과 유요의 주
의력을 분산시키려 한다고 했어요. 도웅이 확실히 그렇게 말

했어요!"

"음, 알겠다. 아무튼 수고했다. 그렇다면 우리 손가에게도 희망이 생기겠구나."

손권과 손상향이 몰래 밀담을 나누고 있을 때, 문 밖에서 홀연 발자국 소리가 들려왔다.

이들은 도응이 온 줄 알고 마치 아무 일도 없었다는 양 재빨리 자세를 고쳐 앉았다.

그런데 발자국 소리는 문 바로 밖에서 멈추더니 도응 호위병의 목소리가 울렸다.

"공자, 아가씨, 주공께서 상의할 일이 있다고 모셔오라는 분부입니다."

손상향은 알겠다고 대답한 후 도둑이 제 발 저린 듯 소리 없이 가슴을 쓸어내렸다. 반면 손권은 아무 말 없이 음흉한 미소를 흘리며 이 절호의 기회를 놓치지 않으리라 다짐했다.

도응의 호위병이 이들을 데리고 후당에 이르렀을 때, 가후 등 모사들은 한 명도 보이지 않고 도응 혼자 책상에 앉아 공문서를 처리하고 있었다.

손상향은 인기척을 하고 도응에게 공수한 후 물었다.

"사군, 저와 오라비를 무슨 일로 부르셨습니까?"

"왔구나."

그제야 도응은 손에 쥔 공문서를 내려놓고 손상향에게 인사를 건넸다.

손권도 다가가 예를 행하려 하는데 도응이 다짜고짜 고함을 질렀다.

"저놈을 당장 포박하라!"

후당에 있던 무사들은 손권 남매가 놀랄 겨를도 없이 들이닥쳐 좌우에서 손권을 붙잡고 도응 앞으로 끌고 가 무릎을 꿇렸다.

손상향이 먼저 놀란 목소리로 외쳤다.

"사군, 왜 이러십니까?"

손권도 화들짝 놀라 소리쳤다.

"사군, 권이 무슨 죄를 지었습니까?"

도응은 코웃음을 치더니 냉소를 지으며 대답했다.

"흥, 무슨 죄를 지었냐고? 원술이 손분, 오경에게 거짓 항복하게 하고, 또 네놈에게 거짓 항복 편지를 바치게 해 기회를 엿봐 나를 해치라고 하지 않았느냐! 그따위 잔꾀로 날 속일 수 있다고 생각했느냐?"

손상향이 절대 거짓 항복이 아니라고 울며불며 매달리자 도응은 그녀를 무마한 후 손권을 노려보며 말했다.

"왜 대답이 없는 게냐? 어린놈이 얄팍한 재주로 사항계나 꾸미다니. 본 사군에게 계략을 쓰려 한 자가 어떤 말로를 맞았는지 네놈도 들어서 잘 알고 있겠지? 하지만 사실대로 자백한다면 네 누이의 얼굴을 보아 죽음은 면하게 해줄 수도 있다."

"도 사군은 의심이 많다고 하던데, 오늘 보니 과연 틀린 말이 아니로군요."

손권은 마침내 입을 연 데 이어 아주 침착한 목소리로 물었다.

"감히 묻겠습니다. 제가 거짓 항복했다고 단정하는 이유가 무엇입니까?"

"끝까지 날 속이려 드느냐? 오경, 손분 그리고 네놈은 본 자사 앞에서 원술이 너희들을 전혀 믿지 않아 화살받이로 쓰려해 목숨을 부지하려고 내게 투항한다고 말했다! 기왕 원술이 너희들을 불신하는데 석성에 있던 너희 부대를 왜 춘곡으로 보낸 것이냐? 너희들이 우리와 내통해 도강을 도울까 걱정하는 것이 순리일 텐데 말이다!"

"감히 말씀드리는데, 사군의 말에는 어폐가 있습니다. 원술 놈을 겪어보고도 모르십니까? 그자는 유요군과의 대전에서도 우리 부대를 선봉으로 삼았습니다. 기왕 우리 부대를 화살받이로 쓰려고 마음먹은 상황에서 사군의 대군이 남하하는데 과연 우리 부대가 후방에서 놀고 있는 꼴을 두고 볼 리 있다고 생각하십니까? 게다가 아군이 창을 거꾸로 잡을까 걱정한다는 것은 더 말이 되지 않습니다. 사군과 손가가 불구대천의 원수란 건 세상이 다 아는 사실입니다. 물론 이후 양측이 과거의 원한을 풀고 손을 잡은 데다 제 누이를 사군 진영에 인질로 보냈습니다만 원술은 이 사실을 전혀 모르고 있습니다. 따라서 원술이 우리 부대를 춘곡에 보내 사군의 군대와 대치하게 하는 것이 무슨 도리에 맞지 않는다고 하십니까?"

하지만 도응은 손권을 매섭게 노려보며 다그쳤다.

"너희가 누이를 인질로 보낸 이런 큰일을 원술이 모른다고? 말이 된다고 생각하느냐?"

그러자 손권이 쓴웃음을 지으며 대답했다.

"우리 손가는 그때 겨우 여덟 살 된 누이를 사군께 인질로 잡히고 목숨을 구걸했습니다. 이런 창피한 일을 무슨 면목으로 떠들고 다니겠습니까? 이에 외숙과 사촌형은 이 사실을 단단히 함구하고 대외적으로 제 누이가 난군 중에 죽었다고 밝혔습니다."

도응은 눈을 떼지 않고 손권을 뚫어져라 응시했다. 손권 역시 조금도 두려워하는 기색 없이 도응을 바라보았다.

둘 사이에 형형한 눈빛이 오가는 가운데 도응이 마침내 흥하고 코웃음을 치더니 말했다.

"그럼 모든 것이 내 오해란 말인가?"

"그럼요. 오해고 말고요."

손상향은 호들갑을 떨더니 불만 가득한 목소리로 도응을 쏘아붙였다.

"제 외숙과 사촌오라비가 진심으로 사군에게 투항하는데, 왜 거짓 항복한다고 의심하는 겁니까? 제가 이곳에 잡혀 있는데 그분들이 설마 딴마음을 먹겠느냐고요?"

그러자 손권이 누이를 타일렀다.

"향아, 이는 사군을 탓할 일이 아니다. 남이 나를 해칠까 경계하는 마음을 가지는 건 인지상정이란다."

그제야 도응은 무사들에게 손권을 놓아주라고 명한 후 손권에게 분부했다.

"내일 우리 수군이 먼저 유수구로 출발할 예정이니 그대도 함께 남하하도록 하시오. 유수구에 도착하는 대로 강을 건너 그대의 외숙과 사촌형에게 가솔을 이끌고 오라고 하고, 구체적인 사항은 도중에 노 도독과 상의하시오. 그리고 그들이 진심으로 투항한다면 내 절대 홀대하지 않겠다고 이르시오."

"우리 손가가 분신쇄골하더라도 사군의 대은을 만분지일도 갚기 어렵습니다."

손권은 머리를 조아리며 감사의 말을 연발한 후 먼저 물러가겠다고 청했다. 그런데 손권이 후당 문 앞까지 걸어갔을 때, 도응이 갑자기 큰소리로 외쳤다.

"잠시만 걸음을 멈추시오!"

순간 손권의 푸른 눈이 꿈틀거리더니 몸을 돌려 웃음을 짓고 물었다.

"또 무슨 분부가 있으십니까?"

도응은 아무런 대꾸도 없이 손상향을 바라보며 미소를 짓고 말했다.

"향아, 먼저 나가 있어라. 내 네 오라비와 단둘이 의논할 일이 있다."

손상향은 혹시 도응이 제 오라비에게 손을 쓸까 걱정돼 도응에게 신신당부한 뒤 후당을 나왔다.

도응은 신중하고 의심 많은 성격인지라 이미 오경과 손분을 이용해 장강을 돌파하기로 결심하고서도 손권에게 곧바로 구체적인 계획을 털어놓지 않았다.

그는 일단 인내심을 가지고 춘곡의 전쟁 준비 상황과 원술군의 구체적인 정황에 대해 먼저 물어보았다.

손권이 털어놓은 원술군의 정황은 이러했다.

원술군은 장강을 건넌 후 유요군의 요해지인 완릉을 손쉽게 점령했다.

하지만 고향을 멀리 떠난 관계로 도망병이 속출한 데다 식량 생산량마저 저조했기 때문에 원술은 회남에 있을 때처럼 병력을 남용해 전쟁을 일삼지 않고 신병을 끌어모으는 데 사력을 다했다.

또한 군대를 정예화하고 기구를 간소화해 노약한 사졸 대부분을 경작에 동원한 관계로 현재 병력은 늘지 않고 오히려 감소했다.

총병력은 약 4만 6천 명 정도로 그중 수군이 1만 5천 명을 상회했고, 대형 전선은 380여 척에 몽동이 1천여 척이었다.

한편 원술군 수군 주장인 진분은 수전 경험이 비교적 풍부했지만 재물을 탐하고 술을 좋아해 술 때문에 몇 차례 일을 그르쳐 교체 위기에 몰렸었다. 그러나 그를 대체할 적합한 인물이 없었던 관계로 여전히 직위를 유지하고 있었다.

춘곡에 주둔한 수군 주력은 진분이 직접 통솔했고, 전선이 2백여 척에 몽동 6백여 척, 병력은 약 9천 명 정도였다.

이밖에 보병 5천 명이 함께 나루를 지키며 수군과 협동작전을 펼쳤다.

도응은 원술 수군의 자세한 병력 배치 상황을 듣고 흐뭇한 미소를 짓더니 슬쩍 손권에게 물었다.

"그대들은 진분의 목을 베는 것이 가능하겠소?"

손권은 누이에게 들어 이미 알고 있었지만 짐짓 놀라는 체하며 물었다.

"진분의 수급을 바쳐 사군에 대한 충심을 확인하려는 것입니까?"

도응은 아무 대답 없이 그저 고개만 끄덕일 뿐이었다.

하지만 손권은 난색을 표하며 급히 도응 앞에 무릎을 꿇고 말했다.

"사군, 진분의 목을 베기는 어렵지 않지만 외숙과 사촌형에게는 수군이 하나도 없고 배도 소형 선박 몇 척이 고작입니다. 진분을 죽인 후 원술군 병사에게 가로막히면 외숙 등은 빠져나올 길이 없습니다!"

"굳이 강을 건널 필요는 없소. 내 5천 서주 수군과 3천 정예병에게 강을 건너 그대들을 구하라고 명하리다. 그대들이 진분의 수급을 베고 원술군 진영을 혼란에 빠뜨리면 우리 수군이 그 틈에 도강해 원술의 장강 방어선을 돌파하겠소!"

여기까지 말한 도웅이 한마디 더 덧붙였다.

"일이 성사되면 오경은 단양태수, 손분은 서주 수군 부도독, 그대는 완릉령에 임명하겠소. 나아가 강동을 점령하는 데 결정적인 공을 세운다면 그대들이 원하는 관직과 후록(厚祿)을 내 모두 보장하리다!"

오랫동안 바라던 가문 부흥의 기회가 마침내 도래하자 손권은 흥분을 주체하기 어려웠다. 하지만 몰래 주먹을 꼭 쥐고 끓어오르는 혈기를 가까스로 가라앉힌 뒤 도웅에게 예를 갖추고 말했다.

"사군, 죄송합니다만 이는 사안이 중대해 외숙과 사촌형에게 먼저 아뢰는 것이 순서입니다. 그들에게 결단을 재촉한 후 사군께 답을 드리겠습니다."

도응 역시 고개를 끄덕이며 대답했다.

"좋소. 오경과 손분에게 그럴 베짱이 있다면 일을 추진하시오. 일이 성사되면 내 원하는 대로 보답하리다. 굳이 위험을 감수하고 싶지 않다면 전에 말했던 대로 가솔을 이끌고 우리 진영으로 와도 괜찮소."

손권은 알겠다고 공손하게 응대한 뒤 조심스럽게 물었다.

"만일 외숙과 사촌형이 진분의 수급을 바치기로 결정하면 우리는 사군과 어떻게 연락을 취해야 합니까?"

"내일 노 도독이 수군을 이끌고 남하할 테니 자세한 건 모두 노 도독과 상의하고 그의 명을 따르도록 하시오."

이어 도응이 다시 한 번 강조했다.

"아군 보기 정예군이 유수구에 당도하기 전에 임무를 꼭 완수해야 하오. 우리 정예군이 유수구에 이르렀다는 소식을 듣고 원술이 놀라 춘곡으로 달려온다면 진분을 죽이더라도 아군이 강을 건너기는 매우 어려워질 것이오."

손권이 크게 고개를 끄덕이며 알겠다고 대답하자 도응도 환한 웃음을 지으며 말했다.

"내 한 가지 기밀을 알려주리다. 며칠간 난 핑계를 대고 합비를 떠나 여강으로 갈 생각이오. 하지만 너무 걱정하지는 마시오. 노 도독은 전쟁 경험이 풍부하여 그대들을 돕는 데 아무 문제도 없을 것이오."

손권은 이 비상시국에 도응이 왜 전장과 전혀 무관한 지역으로 가는지 몰라 어리둥절해했다. 하지만 이내 도응이 없다면 자신의 계획을 이루는 데 걸림돌이 사라진다는 생각에 속으로 흐뭇한 미소를 지었다.

도응은 손권에게 얼른 가보라고 손짓하고는 마지막으로 당부했다.

"이 한 가지는 꼭 기억하시오. 그대들이 손을 쓰기 전에 원술이 친히 춘곡으로 온다면 절대 위험을 무릅쓰지 말고 가솔을 이끌고서 우리 쪽으로 건너오시오. 아군 수군의 실력이 취약해 경험 많은 원술 수군에게 상대가 되지 않는지라 내 무적 정예병이 위험에 빠질까 두렵소이다."

손권은 공수하고 이에 응했지만 속으로는 기대감이 만발했다.

'무적 정예병이라고? 과연 어떤 부댈까? 군자군? 함진영? 아니면 풍우군? 어쨌든 이중 한 부대라도 보유한다면 강남에서는 대적할 적수가 없을 것이란 말이지.'

"형님, 당신이 이루지 못한 강동 대계를 이 아우가 꼭 완수하겠습니다! 하늘에서 이 아우를 보우하사 도강한 도응 놈의 정예병으로 손오 양가의 기업을 닦고 도응에게 복수할 수 있도록 도와주십시오!"

손권은 두 주먹을 불끈 쥐고 이렇게 다짐한 후 도응이 마련해 준 쾌선을 타고 어부로 변장해 밤새 유수구로 내려갔다. 이어 장강 맞은편의 궁벽한 기슭에 배를 대고 다시 육로를 통해 춘곡 대영으로 돌아갔다.

그런데 영지에 도착한 순간 손권은 전과 사뭇 다른 분위기에 깜짝 놀랐다.

춘곡성 밖 영채에는 경비가 강화되고 순라대의 왕래가 끊이지 않았으며 중군 지휘부에도 초소가 여기저기 설치돼 있었다.

마치 대전을 눈앞에 둔 것처럼 긴장감이 팽배해 있었다.

손권이 더욱 걱정됐던 건 그가 영지로 돌아왔을 때 오경과 손분이 군중에 없었기 때문이었다. 대신 군대를 관장하던 오경의 장자 오분은 오경과 손분이 한 시진 전쯤에 중군 회의에 불려갔는데, 왜 갔는지 그 이유를 전혀 모르겠다고 말했다.

좌불안석이 되어 막사 안에서 반 시진쯤 기다렸을 때, 오경과 손분이 작은 목소리로 뭔가 대화를 나누며 영지로 돌아왔다. 그들은 손권이 돌아온 것을 보고 크게 기뻐하며 이구동성으로 물었다.

"권아, 잘 다녀왔느냐? 합비의 상황은 어떠하더냐? 그리고 향이는 잘 있는 게냐?"

하지만 손권은 이에 즉답하지 않고 재빨리 그들에게 반문했다.

"혹시 원술이 오지 않았습니까?"

"네가 그걸 어떻게 알았느냐?"

오경과 손분이 놀란 얼굴로 묻자 손권이 신음성을 내뱉으며 다시 물었다.

"음, 정말이로군요. 중군 영지의 방어가 이토록 철통같은데 왜 원술의 깃발은 보이지 않습니까?"

오경은 먼저 좌우를 살피더니 낮은 목소리로 대답했다.

"원술 놈이 편복을 입고 왔단다. 이 소식이 도응과 유요에게 새나가지 않게 하려고 일부러 무호에 자신의 깃발을 걸어 놓고 몰래 춘곡의 장강 방어선을 시찰하러 왔다. 원술이 모든 장수에게 이를 비밀에 붙이라고 명했으니 너희들도 절대 이를 입 밖에 내지 마라."

"틀렸군, 틀렸어! 도응의 정예병이 장강을 건너게 하기는 물 건너갔단 말인가!"

손권은 순간 머리가 텅 빈 것처럼 길게 탄식을 내뱉었다.

*   *   *

"손권이 나를 만나겠다고? 손권이 대체 누구란 말이냐?"

원술은 생전 처음 들어보는 무명잡배의 이름에 고개를 갸웃거렸다.

전령이 손권의 집안 내력을 설명하자 그제야 원술은 그가 누구인지 알고 고개를 끄덕이는가 싶더니 버럭 화를 내며 소리쳤다.

"내 분명 오늘 여정은 철저히 비밀로 하라고 엄명을 내렸거늘, 손분, 오경 놈이 불과 하룻밤도 안 돼 이를 누설했던 말이냐? 이자들을 엄벌에 처하지 않는다면 이 소식이 도응과 유요 놈 귀에 들어가는 것도 순식간이다!"

그러자 염상이 재빨리 원술을 만류하며 권했다.

"주공, 잠시 노여움을 가라앉히십시오. 손분과 오경은 세심한 사람들이라 이유 없이 이 사실을 발설했을 리 없습니다. 먼저 그 이유를 자세히 들어본 후 처분해도 늦지 않습니다. 그러니 일단 손권을 만나 얘기를 들어 보십시오."

염상의 권유에 원술은 노기를 억제하고 호위병에게 손권을 안으로 불러들이라고 명했다.

막사 안에서는 염상과 서소 두 심복이 함께 손권을 접견했다.

잠시 후, 호위병의 안내로 막사에 들어온 손권이 원술에게 두 무릎을 꿇고 머리를 조아리며 공손하게 예를 올렸다.

"오정후 손견의 차자이자 포의(布衣)인 손권이 후장군께 인사 올립니다."

예가 끝나자 원술이 단도직입적으로 물었다.

"너는 내가 이곳에 있는지 어찌 알았느냐?"

손권이 태연자약하게 대답했다.

"아군 중군 영지에 갑자기 경비가 강화되고 철갑을 입은 무사들이 삼엄하게 순라를 도는 데다 패왕의 기운이 중군 대영

에서 솟아올라 하늘을 찌르는 것을 보고 주공께서 친히 춘곡
에 이르셨다고 추측했습니다. 아나나 다를까 소인이 외숙과
사촌형에게 슬쩍 주공의 행방을 얘기하자 그들 역시 대경실색
하며 저에게 어찌 알았느냐고 되물었습니다."

패왕의 기운이 하늘을 찔렀다는 말에 원술의 노기는 어느
새 눈 녹듯 사라지고 입가에 절로 미소가 지어졌다.

곁에 있던 염상과 서소 역시 눈 하나 깜짝하지 않고 원술의
비위를 맞추는 소년에게 자못 흥미가 생겼다.

어린 나이임에도 불구하고 이런 식견과 담력을 보여주는 모
습이 예전 소년 맹장으로 이름 높았던 형 손책에 조금도 뒤지
지 않았다.

원술은 상당히 누그러진 말투로 물었다.

"그래, 무슨 일로 날 보자고 했는지 얘기해 보아라."

"명공께 선물 하나를 바치려 하니 꼭 거두어 주십시오."

"내게 선물을 한다고? 무슨 선물이야?"

원술이 호기심이 생겨 묻자 손권은 단호하게 대답했다.

"소인이 서주 수군과 도응의 정예병 수천 명을 모두 명공께
바치겠습니다! 명공을 도와 일거에 저들을 섬멸해 회남의 치
욕을 깨끗이 씻겠습니다!"

뜬금없는 손권의 말에 염상과 서소는 낯빛이 변했고, 원술
은 더욱 놀랐는지 자리에서 벌떡 일어나 믿기 어렵다는 듯 소
리쳤다.

"지금 뭐라고 했느냐? 서주군 수천 명을 내게 바친다고?"

"소인이 도응에게 거짓 항복해 저들 수군이 장강을 건너 춘곡을 공격하도록 유인하겠습니다. 명공은 나루에 매복을 설치해 놓고 적의 수군이 도응의 정예병을 싣고 함정에 빠지길 기다렸다가 한 번 영기를 휘둘러 적군을 섬멸하고 물고기 밥으로 만들어 버리십시오."

"거짓 항복으로 도응의 수군을 유인한다고?"

순간 원술의 눈이 반짝이며 이 계책이 과연 가능한지 따져 보기 시작했다. 곁에 있던 염상이 침중한 목소리로 손권에게 물었다.

"도응은 간사하기로 이름 높고 교활하기 짝이 없는데 사항계에 쉽게 속아 넘어가겠는가?"

"주부 대인, 이는 소인이 치밀하게 준비한 계략입니다. 명공께서 강동으로 이주하실 때, 소인의 외숙과 사촌형은 합비에서 멋대로 철수한 죄가 두려워 오군으로 도망쳤습니다. 다행히 명공께서 은혜를 베풀어 지난 과오를 따지지 않고 우리의 죄를 사면해 주신 덕분에 외숙과 사촌형은 다시 명공 휘하로 돌아와 중용되었습니다. 누구나 다 아는 이 일은 당연히 도응 귀에도 들어갔습니다."

염상은 고개를 끄덕이며 이 일은 결코 도응을 속일 수 없다고 생각했다. 이어 염상이 다시 물었다.

"주공께서 죄인에게 은혜를 베푼 사실을 도응도 빤히 알고 있는데, 너희들이 배반한다는 얘기를 도응이 어떻게 믿게 됐는지 궁금하구나."

이에 손권은 머리를 조아리며 말했다.

"우선 명공께 죄를 청합니다. 실은 소인이 도응 앞에서 명공을 몇 마디 비방했습니다. 원 공께서 외숙과 사촌형을 불러들인 건 진심으로 그들의 죄를 용서해서가 아니라 회남 대전에서 원기를 크게 상해 전력이 부족했던 관계로 어쩔 수 없이 사면령을 내렸다고 말했습니다. 그리고 그들을 휘하로 부른 후에는 힘든 전투가 있을 때마다 손오의 군대를 선봉으로 삼았고, 양초와 전량을 제때 공급하지 않았으며, 병사를 한 명도 보충해 주지 않았다고 성토했습니다. 이에 소인의 외숙과 사촌형이 더는 참지 못해 도응에게 항복하고 내응이 돼 서주 대군이 강을 건너게 해주겠다고 약속했습니다."

원술은 부끄러운 듯 갑자기 얼굴이 붉어졌다. 손권의 이 말은 비방이 아니라 명명백백한 사실이었기 때문이다.

당초 원술에게 오경과 손분을 화살받이로 이용하자고 부추겼던 염상의 얼굴에도 당혹스러운 표정이 역력했다.

"명공!"

이때 손권이 돌연 원술에게 거듭 머리를 조아리더니 눈물을 흘리며 큰소리로 말했다.

"소인도 이 일이 매우 위험하다는 사실을 잘 알고 있습니다. 조금이라도 실수가 있다면 소인의 목은 바로 땅에 떨어지고 맙니다! 그러나 형을 죽인 이 불구대천의 원수의 손에 다시 사촌형 오기와 누이 손상향까지 목숨을 잃었습니다. 소인이 이 원한을 갚지 않는다면 죽어서 무슨 면목으로 저들을 보겠습니까! 이에 소인은 목숨을 걸고 강을 건너 도웅에게 거짓 항복하고 명공을 위해 적을 유인하겠습니다! 형과 누이를 죽인 원수를 갚고 소인의 가족을 받아준 명공의 후은에 보답하겠습니다!"

열변을 토한 손권은 정말 감정이 폭발했는지 그 자리에서 엎드려 땅을 치며 통곡했다.

원술과 염상은 마음속으로 흐뭇한 미소를 지으며 몰래 중얼거렸다.

'그래, 한 번 시도해 보는 거야. 성공한다면 북쪽의 위협에서 벗어날 수 있을 뿐 아니라 전에 당했던 치욕까지 씻을 수가 있어. 설사 실패한다 해도 손실은 전혀 없다는 말이지. 이 손권이란 자의 목만 떨어질 뿐이니까. 흐흐.'

서소는 그래도 이 어린애가 걱정됐는지 동정 어린 눈빛으로 물었다.

"네가 이렇게 위험한 일을 하는 걸 네 외숙과 사촌형도 알고 있느냐? 강을 건너 거짓 항복하라는 허락을 받은 것이냐?"

"물론입니다."

손권은 힘주어 고개를 끄덕인 뒤 품속에서 편지 한 통을 꺼내 원술에게 두 손으로 바치며 울먹이는 목소리로 말했다.

"명공, 소인의 외숙과 사촌형은 명공의 후은에 보답하기 위해 이미 저를 도응에게 보내는 데 동의했습니다. 뿐만 아니라 선혈로써 군령장을 바쳐 소인을 위해 보증이 되어 주었습니다. 혈서에 분명 소인이 이번에 감히 두마음을 품는다면 손오 양가 온 집안의 수급을 바치겠다고 약조했습니다!"

원술은 분노로 가득한 오경과 손분의 혈서를 두 눈으로 직접 확인한 후 기쁜 마음에 책상을 내려치고 일어나 큰소리로 말했다.

"손백양과 오양무의 뜻이 실로 가상하구나! 너 역시 손문대(文臺)의 아들에 조금도 부끄럽지 않다! 어서 가라. 이 일만 성사된다면 너는 물론 손분과 오경에게도 후한 상을 내릴 것이다! 불행히 실패하더라도 염려하지 마라. 네 모친과 아우들을 내가 끝까지 책임지겠다!"

문대는 손견의 자다. 손권은 크게 기뻐하며 원술에게 연신 고두하고 낭랑한 목소리로 말했다.

"감사합니다, 원 공! 소인은 결코 상을 바라는 것이 아닙니다. 오직 원 공의 후은에 보답하고, 형과 누이를 위해 복수하려는 일념뿐입니다! 설사 간뇌도지(肝腦塗地)한다 해도 여한이 없습니다!"

　　　　*　　　　　*　　　　　*

　이때 합비성 안에 있던 도응은 무슨 바람이 불었는지 돌연 유수구에서 서주 수군의 훈련을 시찰하려던 계획을 취소하고 는 2천 군사를 거느리고 여강군을 둘러보기로 결정했다.

　도응이 합비를 떠나 기세등등하게 서쪽으로 출발하기 바로 전날, 노숙은 서주 수군 6천 명을 인솔해 소호에서 돛을 올리 고 유수구로 남하했다.

　같은 날 서주 대장 위연도 5천 보기를 거느리고 관도를 따 라 역양으로 동진했다.

　이리하여 삼로군이 전혀 다른 세 갈래 길로 달려갔지만 누 구도 도응의 의도가 무엇인지 알 길이 없었다.

　또한 원래 도응은 서주에서 2만 정예군을 이끌고 회남으로 남하했는데, 나머지 군사는 서주군 영채에서 소리 소문 없이 종적을 감춰 버렸다.

　게다가 서주 수군을 따라간 3천 정예병마저 어디로 갔는지 사라졌고, 가후와 교유 또한 그 모습이 보이지 않았다.

　서주군이 삼로로 출격한 사실은 당연히 이에 촉각을 세우 고 있던 강남 제후들 귀에 들어갔다.

　그중 유요는 위연이 군사를 이끌고 역양에 주둔한 걸 알고 언제 서주 수군이 내려와 함께 우저로 쳐들어올지 몰라 좌불안석이 되었다.

게다가 원술이 눈엣가시 같은 자신을 제거하기 위해 도응에게 수로를 열어주는 날에는 존망이 위태로워질지도 몰랐다.

발등에 급한 불이 떨어지자 유요는 친히 우저에 머물며 전병력을 집중해 철통같이 강상을 방어하는 한편, 모사들의 건의에 따라 사신을 원술에게 보내 순망치한의 이치를 거론하며 동맹을 더욱 공고히 하자고 설득하기로 했다.

그런데 유요의 사자 설례는 무호에 도착한 뒤 원술의 얼굴조차 구경하지 못했다.

이유야 당연히 원술이 춘곡에 갔기 때문이지만 대신 무호를 지키던 원윤은 기지를 발휘해 원술의 부재를 알리지 않고 설례에게 잠시 역관에 머물게 한 후 쾌마를 춘곡으로 보내 원술에게 연락을 취했다.

다행히 무호와 춘곡 간에 거리가 멀지 않아 원윤의 전령은 한나절 만에 춘곡에 당도했다.

"유요가 지금 서주군이 장강을 건널까 속이 바짝 타는 모양입니다. 아군이 도응과 손을 잡을까 봐 두렵기도 하겠고요. 그래서 먼저 주공께 동맹 강화를 요청하는 것입니다."

염상의 설명에 원술이 잠시 생각에 잠기더니 대답했다.

"음, 지금은 그의 요청을 들어주는 게 어떻겠나? 유요의 동맹 요청을 거절했다가 궁지에 몰린 그가 도응 편에 선다면 일만 골치 아파지네."

하지만 염상은 엷은 미소를 띠고 간했다.

"주공, 지금은 이를 빌미로 유요에게 재물을 뜯어낼 절호의 기회입니다. 절대 이를 놓쳐서는 안 됩니다."

군량이 모자라 고생하던 원술은 이 말에 눈이 반짝였다. 염상의 말이 계속 이어졌다.

"유요는 장강 하류에 위치한 데다 때는 바야흐로 엄동설한이라 북풍이 심해 전투에 수동적일 수밖에 없습니다. 따라서 그는 아군이 도응에게 물길을 열어줄까 봐 전전긍긍하는 중입니다. 이때 주공께서 아군이 도응 수군과 대치하는 데 전량이 많이 소모된다는 구실로 유요에게 거액의 보상을 요구하고, 또 유요의 장자를 인질로 보내면 요청에 응하겠다고 대답하십시오. 궁지에 몰린 유요는 감히 이 요구를 거절할 수 없습니다."

원술은 크게 기뻐 손뼉을 치며 소리쳤다.

"오, 정말 묘책이구려! 원윤에게 설례를 만나 유요가 식량 10만 휘와 장자를 인질로 보내면 동맹에 응하겠지만 만약 이를 거부할 시에는 장강의 물길을 도응에게 열어주겠다고 협박하라 이르도록 하라!"

염상의 예상대로 유요군은 단칼에 원술의 공갈취재를 거부할 처지가 아니었다.

이에 설례는 그 자리에서 거부 의사를 밝히지 못하고, 우저로 돌아가 유요에게 이를 보고한 후 답을 주겠다고 대답했다.

이 얘기를 들은 유요는 거듭 고민한 끝에 마침내 원술의 일부 조건을 수용하기로 결심했다.

일단 원술에게 식량 5만 휘를 내주고, 장자 유기를 인질로 보내겠지만 상호 간에 성의를 보이기 위해 원술도 아들 원요(袁耀)를 우저로 보내라고 요구했다.

이때 손권은 다시 장강을 건너 유수구 수로를 따라 올라가 남하 중인 서주 수군과 조우했다. 그는 노숙을 만나 손분과 오경이 도응의 요구에 화답해 원술군 수군 대장 진분의 목을 베기로 결정했다고 알렸다.

이로 인해 원술군 진영이 혼란에 빠지면 남쪽 기슭에서 불을 놓아 신호를 보낼 테니, 언제쯤 일에 착수하는 것이 좋을지 물었다.

"뭐가 그리 급하시오? 아군에게도 장강의 항로와 수문(水文)을 익힐 시간이 필요하다오. 먼 길을 오느라 피곤할 텐데 며칠 푹 쉬고 유수구에 도착한 뒤 구체적인 행동 개시 시간을 논의해 봅시다."

"도독, 용병은 빠를수록 좋다고 했습니다. 시간이 늦춰지다간 의외의 변고가 발생할 수도 있습니다."

애가 탄 손권이 재촉했지만 노숙은 여전히 여유로운 표정으로 대꾸했다.

"그거야 당연하지요. 하지만 이 일은 이미 계획이 세워져 있는 터라 멋대로 움직이기 어렵소. 그러니 공자가 양해하시오. 참, 어제 주공께서 공자의 누이를 군중에 딸려 보냈으니 먼저 가서 만나보도록 하시오."

손권은 더 이상 어쩔 수 없자 고분고분 물러나와 치중선에 타고 있는 손상향을 만나러 갔다.

노숙은 순풍을 타고 내려가면서도 소호를 빠져나오는 데 족히 사흘을 소모했다.

이어 유수구의 좁은 협로로 접어든 후에는 매일 30리씩만 나아가라고 명했고, 또 끊임없이 작은 배를 보내 전방을 정탐하며 조금이라도 낌새가 이상하면 즉각 전진을 멈추었다.

원술이 자신의 소식을 기다리고 있는지라 행군 속도가 느려질수록 손권의 마음은 점점 더 타들어갔다. 그러자 손권은 문득 도웅이 성동격서를 꾸미는 게 아닌지 의심이 들기 시작했다.

수군의 행군 속도를 늦춰 위연이 역양에서 만반의 준비를 갖추도록 시간을 끈 다음 돌연 강을 따라 남하해 우저로 쳐들어가려는 계획이 아닐까?

이런 의심을 품은 사람은 비단 손권만이 아니었다.

서주 수군의 행군에 촉각을 곤두세운 춘곡과 우저에서도 도응의 진짜 출병 목표에 대해 의심하기 시작했다.

이에 각 진영의 지낭인 염상과 시의는 서주군의 진공 목표가 춘곡이 아니라 하류의 우저일지도 모른다고 진언했다.

이에 화들짝 놀란 유요는 당장 원술이 요구한 식량 10만 휘를 내주고 양군의 인질 교환은 없던 일로 하자고 제의했다. 원술 역시 이 정도면 만족이라는 생각에 유요의 제안을 수용하고, 힘을 합쳐 도응의 위협에 대항하기로 약속했다.

서주 수군의 느린 행군 속도와 불명한 목표에 대해 누구보다 초조하고 걱정이 된 사람은 바로 손권이었다. 서주군의 도강 목표 지점이 정말 우저라면 지금까지 세워놓은 모든 계획은 물거품으로 돌아가 버리지 않는가.

손권은 조마조마한 마음으로 서주 수군을 따라가며 제발 이 안에 교활한 술책이 없기를 간절히 기도했다.

아무리 길이 멀어도 끝은 있는 법.

거북이처럼 느릿느릿 행군하던 서주 수군은 손권의 바람을 저버리지 않고 건안 3년 정월 스무 날에 마침내 유수구에 당도해 수군 영채를 차렸다.

그날 밤, 노숙은 몰래 손권을 불러 즉시 오경, 손분에게 돌아가 사흘 후인 정월 스무사흘 날에 진분을 죽이고 불을 놓아 신호를 보내도록 알리라고 명했다. 손권은 명을 받고 크게 기뻐하면서도 우려 섞인 목소리로 물었다.

"사흘 후에 손을 쓰면 너무 늦지 않을까요? 서주 수군이 지금 유수구에 당도해 저들의 방비도 삼엄해질 겁니다."

하지만 노숙은 단호하게 대답했다.

"꼭 사흘 후여야 하오. 아군 보기는 대부분 북방 장사들이라 물에 익숙지 못해 이번에 남하하면서 멀미를 하는 자가 부지기수였소. 하여 이틀은 휴식을 취해야 체력을 회복하고 장강을 건널 수 있소."

손권은 말씨름이나 하고 있어 봤자 득 될 게 없다고 여겨 고분고분 노숙의 명에 따랐다. 그는 배로 돌아와 손상향과 작별 인사를 나누고 야음을 틈타 춘곡으로 다시 돌아갔다.

손권은 곧장 대영으로 달려가 원술을 접견했다.

그는 자신의 거짓 항복이 성공했다는 것과 정월 스무사흘 날에 서주 수군이 몰래 장강을 건너려 한다는 사실을 보고했다.

여기에 확실한 증거로 노숙이 오경과 손분에게 보낸 편지까지 바쳤다.

노숙의 편지를 다 읽은 원술은 기뻐 어쩔 줄 몰라 그 자리에서 손권을 참군교위에 봉하고, 손분과 오경에게도 중상을 내렸다.

이어 그는 염상, 서소, 진분 등 심복 관원들을 소집해 서주 수군과 정예병을 단숨에 함정에 빠뜨리고 몰살할 계략을 논의했다.

겉으로는 평화로웠지만 안으로는 분주하기 짝이 없었던 사흘이 지나고 종내 정월 스무사흘 날이 도래했다.

이날 밤, 구름 한 점 없이 맑은 하늘에 서풍이 매섭게 불고 강상의 파도가 거세게 일렁여 풍향과 수류는 모두 서주 수군의 도강에 더할 나위 없이 유리했다.

이때 노숙은 긴장이 역력한 표정으로 누선 꼭대기에 올라 한참 동안 말없이 강 남쪽 기슭을 응시하고 있었다.

왼편의 장흠과 오른편의 주태는 물론 서주 장사 전원도 모든 전투 태세를 마치고 진격 명령만을 기다리고 있었다.

그때였다.

"불이다! 남쪽 기슭에서 불이 났다! 도독, 저기 불길이 일어나고 있습니다!"

이경 때가 되었을 즈음, 기함 망대에서 갑자기 초병의 외침이 울려 퍼졌다. 눈을 감고 생각에 잠겼던 노숙이 번쩍 눈을 뜨고 바라보니, 과연 남쪽 기슭 여러 곳에서 불길이 타오르고 있었다. 불길은 갈수록 거세게 번져 수십 곳에서 이미 화광이 충천하고 있었다.

장흠, 주태와 수군 장령들은 이 광경을 보고 환호성을 지르며 노숙에게 달려가 이구동성으로 외쳤다.

  "도독, 남쪽 기슭에 불이 나고 있습니다! 당장 진격 명령을 내려주십시오!"

  하지만 노숙은 아무 대답도 하지 않고 솟구치는 불길만 바라볼 뿐이었다.

  잠시 후 그는 입을 앙다물고 품속에서 봉랍으로 밀봉한 서신 한 통을 꺼내 들고 설명했다.

  "너무 서두르지 마시오. 이건 합비에서 출발할 때 주공께서 주신 밀서요. 남쪽 기슭에서 불길이 일어날 때 뜯어보라고 하셨소."

  얘기와 함께 노숙은 밀서를 뜯어 횃불에 비쳐 보았다. 그런데 이를 본 노숙의 얼굴이 순식간에 변하며 저도 모르게 외마디 비명을 내질렀다.

  "헉! 주공… 주공께서 어찌 이런 명령을 내렸단 말인가?"

  장수들이 의아한 표정으로 무슨 명령이냐고 묻자 노숙은 아니라며 고개를 내저은 후 큰소리로 엄숙하게 명을 전했다.

  "명을 내리노라! 전군은 속히 유수구 나루로 물러나 진용을 갖추고 원술군 수군의 공격에 철저히 대비하라!"

  "네? 유수구로 후퇴하라고요?"

  그 자리에 있던 장령들은 도대체 이것이 무슨 뚱딴지같은 소린지 몰라 일제히 물었다.

"도독, 우리는 장강을 건너는 것이 아니었습니까?"

"적정이 불명한 데다 우리 수군의 전투력이 약하니 위험을 감수하지 말라는 것이 주공의 명이오."

장흠이 이해가 가지 않는다는 듯 되물었다.

"그럼 우리가 수백 리를 행군해 유수구로 온 이유가 무엇입니까?"

그러자 노숙도 쓴웃음을 지으며 대답했다.

"그거야 물론 주공의 진짜 의도를 엄폐하기 위해서였소. 우리 수군은 사실 적을 속이기 위한 미끼였고, 원술과 유요의 주의력이 이곳에 집중된 틈을 타 주공의 진짜 계획을 달성시킨다는 계산이었소."

"뭐라고요?"

장흠과 주태 등 장수들은 하나같이 놀라 입이 쩍 벌어졌다. 잠시 후 정신이 혼미해진 장흠이 더듬거리는 목소리로 물었다.

"그… 그럼 주공은 어디… 어디 계신단 말입니까?"

"오늘 아침에 이미 군사를 거느리고 장강을 건넜을 거요."

이 말에 더 크게 놀란 장수들은 이번에는 벌어진 입이 다물어지지 않았다.

이 무슨 귀신이 곡할 노릇이냐는 듯 여기저기서 웅성거리는 소리가 흘러나왔다.

"주공이 이미 장강을 건넜다고? 대체 어디서 장강을 건넜단 말인가? 우리 수군의 호위 없이 어떻게 장강을 건널 수가 있지?"

"주공이 장강을 건넌 지점은 누구도 예상 못 한 곳이오. 나도 듣기 전까지는 상상도 하지 못했으니까 말이오. 그곳은 바로……."

『전공 삼국지』 10권에 계속…

이 시대를 선도하는 이북 사이트

이젠북

www.ezenbook.co.kr

- -

더욱 막강해진 라인업!
최강의 작가들이 보이는 최고의 재미.

이들의 "유료연재"가 시작됩니다!

김재한 『성운을 먹는 자』 태제 『태왕기 현왕전』
홍정훈 『월야환담 광월야』 전진검 『퍼팩트 로드』
이지환 『어린황후』   방태산 『완벽한 인생』
좌백 『천마군림 2부』   왕후장상 『전혁』
김정률 『아나크레온』   설경구 『게임볼』

검색창에 **이젠북** 을 쳐보세요!

초대형 24시 만화방

신간 100%, 샤워실, 흡연실, 수면실(침대석), 커플석, 세탁기 완비

▪ 강북 노원역점 ▪

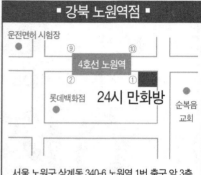

서울 노원구 상계동 340-6 노원역 1번 출구 앞 3층
02) 951-8324 (화용빌딩 3층)

▪ 일산 정발산역점 ▪

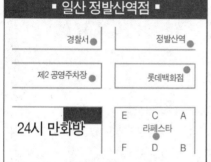

라페스타 E동 건너편 먹자골목 내 객잔건물 5층
031) 914-1957

▪ 일산 화정역점 ▪

경기도 고양시 덕양구 화정동 984번지 서일빌딩 7층
031) 979-4874 (서일사우나 건물 7층)

▪ 부천 역곡역점 ▪

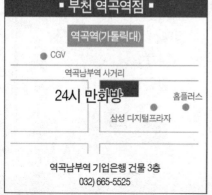

역곡남부역 기업은행 건물 3층
032) 665-5525

▪ 부평역점 ▪

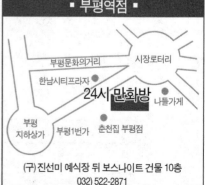

(구) 진선미 예식장 뒤 보스나이트 건물 10층
032) 522-2871

현대 소환술사

THE MODERN SUMMONER

FUSION FANTASTIC STORY

현윤 퓨전 판타지 소설

하늘이 무너져도 솟아날 구멍은 있다!

드래곤의 실험으로 모진 고난을 겪어야 했던 레비로스!
우여곡절 끝에 소환술사가 되어 최강의 자리에 오르지만
운명은 그를 나락으로 떨어뜨린다.

『현대 소환술사』

다시 한 번 주어진 삶!
그러나 그마저도 암울하기 그지없는데……

소환술사 레비로스의
인생 역전이 시작된다!

Book Publishing CHUNGEORAM

이경영 판타지 장편소설

FANTASY FRONTIER SPIRIT

그라니트

용들의 땅

G R A N I T E

사고로 위장된 사건에 의해 동료를 모두 잃고 서로를 만나게 된 '치프'와 '데스디아'.
사건의 이면에 상식을 벗어난 음모가 있음을 알게 된 둘은
동료들의 죽음을 가슴에 새긴 채 각자의 고향으로 돌아간다.
2년 후, 뜻하지 않게 다시 만난 두 사람은 동료들의 복수를 위해
개척용역회사 '그라니트 용역'을 설립해 다시금 그 땅을 찾게 되는데……

용들이 지배하는 땅 그라니트!
그곳에서 펼쳐지는 고대로부터 이어지는 운명적 만남,
깊어지는 오해, 그리고 채워지는 상처.

『가즈 나이트』시리즈 이경영 작가의 미래형 판타지 신작!

Book Publishing CHUNGEORAM

유행이 이념 자유추구~
WWW.chungeoram.com